MIHAEL KELMAJER

DVA GOSPODINA na obali

Preveo s nemačkog
Nikola B. Cvetković

Laguna

Naslov originala

Michael Köhlmeier
Zwei Herren am Strand. Roman

Za Mihela Krigera

Mali čovek: „Imam kišobran."

„Lep je tvoj kišobran, velik je."

Mali čovek: „Ali ne pada kiša."

„Tačno. Imaš kišobran jer može da se desi da počne da pada kiša. Čini se da će početi da pada. Pogledaj ove crne oblake!"

Mali čovek: „Ako počne da pada neću da otvorim kišobran."

„Zašto? Bićeš mokar, a kišobran može da te zaštiti od vode, a ako budeš bio mokar, možeš i da nazebeš."

Mali čovek: „Neću da otvorim kišobran jer je nov."

„Bojiš se da bi mogao da se pokvari?"

Mali čovek: „Ako ga ne otvorim, neće se pokvariti."

„Tu si u pravu. Ali si onda mogao i da ga ostaviš kod kuće."

Mali čovek: „Kada ga ostavim kod kuće, ljudi me pitaju zar nemam kišobran."

Monika Helfer, *Bar u prirodi*

Prvi deo

1.

Za Božić 1931. godine, oko podneva – tako mi je pričao moj otac – na stepenicama kuće u Sedamdesetoj ulici sever, broj 119, na Menhetnu, u Njujorku, pojavio se posetilac. Želeo je da poseti gospodina Vinstona Čerčila, koji je tu privremeno boravio kod svog rođaka.

Posetilac nije bio najavljen, personal ga nije poznavao, ni batler, kao ni bolničarka, a činjenica da je tvrdio da je on Čarli Čaplin učinila je da u njihovim očima izgleda kao opasan ludak. Pripretili su mu policijom, a batler pred kraj čak i musketom braun bes, koja nije bila upotrebljiva, već je visila na zidu u hodniku kao uspomena na Rat za nezavisnost. Tek kada je čovek savio šake u obliku trube ispred usta i uzviknuo koliko ga grlo nosi – ali nije bio previše glasan – kroz prorez između vrata i rama, u kojem je njegovo koleno bilo zaglavljeno, uzvikujući: „Vinstone, Vinstone, ja sam, Čarli, tu sam, Vinstone. Došao sam!“, a Čerčil, čija soba se na sreću nalazila u prizemlju, uzvratio, sa svoje strane, koliko god glasno je mogao – tih dana nije bio previše glasan – „Glad tidings you bring!“* – pustili su ga da uđe u kuću.

Čerčil je sedeo u krevetu. Na krilu je imao dasku kao neku vrstu podloge za pisanje, u ruci listove ispisane rukom, penkala i drvene bojice. U jednom ćošku se nalazio veliki štafelaj i sto pun tuba, četkica, flašica, tegli. Pored jastuka, naslagane knjige. Gornji deo tela mu je bio go, sa bandažiranim levim ramenom i levim delom grudi, ruka i vrat žućkasti od krvi koja je samo obrisana.

Čaplin se seća: „Suze su mu kapljale iz očiju.“

Deset dana pre toga Čerčil je imao saobraćajnu nezgodu. Krenuo je – što nije uobičajeno za njega – peške i sam Sedamdeset šestom ulicom, tog iznenađujuće blagog zimskog prepodneva, dospeo do Pete avenije i tu hteo da pređe ulicu da bi se prošetao kroz Central park i u Muzeju nacionalne istorije sreo svog starog prijatelja i savetnika za finansijska pitanja Bernarda Baruha. Obojica su, to je već duže planirano i odlagano, htela da vide *Zvezdu Indije*, najveći safir na svetu, i da nakon toga večeraju u Baruhovom apartmanu. Udubljen u razmišljanje, pogledao je nadesno, kako je to uobičajeno u Engleskoj, spustio jedno stopalo na kolovoz i istog trena ga je udario automobil i bacio na trotoar. Teško je povredo rame, lice, kuk i levu butinu. Vozač automobila, električar italijanskog porekla, prvi mu je pritekao u pomoć; on je i pozvao hitnu pomoć. Čerčil je prebačen u obližnju bolnicu Lenoks hil, gde je i pored njegovih protesta zadržan nedelju dana. Lekari su dodatno dijagnosticirali potres mozga, njegov centar za ravnotežu bio je poremećen, na izvesno vreme je izgubio i vid, a i nekoliko puta je povraćao.

* Radosne vesti donosite! (Prim. prev.)

Zahvaljujući indiskreciji jednog od bolničara, štampa je doznala za slučaj. Pošto su lekari odbili da daju bilo kakve izjave, novinari su se osvetili tako što su objavljivali razne izmišljotine. Tako se u *Njujork tajmsu* moglo pročitati da je Čerčilovo stanje dobro i da iz bolničkog kreveta zahvaljuje električaru iz Napulja koji se s dužnom pažnjom pobrinuo da ga smesti u bolnicu, sledećeg dana je u *Vol strit žurnalu* pisalo da se Čerčil bori za život, a *Njujork žurnal* je čak nagađao da i ako nekadašnji ministar preživi, više nikada neće biti u stanju da hoda, a najverovatnije neće moći ni da govori, u svakom slučaju, njegova politička karijera je završena. Novine i radio-stanice iz celog sveta prenele su te vesti; u Londonu je vestminsterski dekan pozvao na molitvu za Čerčilovo zdravlje u tamošnjoj katedrali.

Čaplin se u tom trenutku zatekao u Velikoj Britaniji. Posle engleske premijere *City Lights**, u londonskom Dominion teatru, krajem februara je sa svojom pratnjom proputovao Evropom, posetio Berlin, Minhen, Veneciju, Beč, Pariz, spustio se atlantskom obalom u automobilu sve do Akvitanije, da bi se u južnoj Francuskoj sreo sa svojim bratom Sidnijem i nagovorio ga da im se pridruži. Ukrcali su se u luksuzni italijanski parobrod *Augustus* i prešli u Alžir, gde ih je dočekalo desetak prijatelja s kojima su u konvoju moćnih teretnih vozila prošli severnom Afrikom.

Te godine su se Čerčil i Čaplin već dva puta sreli: u Londonu, posle filmske premijere – toga se Čaplin nerado seća – i u septembru, više ili manje slučajno, u Bijaricu. I bili su u prilici da sami razgovaraju, o čemu nikada ništa

* *Svetla velegrada.* (Prim. prev.)

nisu govorili – što je posebno znatiželjne engleske novinare teralo na najrazličitije spekulacije. Dobronamerni su pisali da su se dogovorili o zajedničkom filmskom projektu, dok su drugi tvrdili da su umetnik i političar upleteni u sumnjive berzanske poslove, a zlobni da se radi o jevrejskoj zaveri. Neko vreme su trač strane engleskih novina bile pune napisa o vezi ovog čudnog para, ali ničeg „ozbiljnog" nije bilo u tim tekstovima. Protagonisti su se izgleda jedan drugom zakleli da nikome ne saopšte ništa o svojim šetnjama i razgovorima.

I Čerčil je te godine dosta proputovao, boravio je i u Nemačkoj i u Francuskoj. Jesen je proveo kod kuće u Čartvelu, u svom letnjikovcu, okruženom poljima Vilda, „u najboljem raspoloženju" kako je pisao arhitekti Filipu Tildenu; i pored toga što se činilo da je njegova politička karijera došla do samog kraja, pošto se posvađao sa vođama konzervativne partije i posle oktobarskih izbora nije bio predviđen ni za kakvu funkciju. „Nameravam da zaradim mnogo para kao pisac", pisao je – čovek kao da čuje njegov naredbodavni ton – „tu leži moj dar i određenje. Ući ću u istoriju kao poznati pisac, ne kao političar." Istina je da je u to doba, imao je četrdeset osam godina, najveći deo njegovih prihoda dolazio od pisanja kolumni i tekstova u novinama i časopisima po celom svetu i od tantijema od njegovih knjiga (između ostalih *Svetska kriza*, četvorotomna istorija rata 1914–1918, i *Moj rani život*, njegova sećanja iz mladosti, obe knjige su bile bestseleri). Sada je imao novu temu: život svog pretka Džona Čerčila, prvog vojvode od Marlboroa, kome je početkom 18. veka pošlo za rukom da ujedini sve evropske sile protiv hegemonističke politike francuskog kralja Luja XIV. Njegov mladalački san je bio da rehabilituje vojvodu koji je pao u nemilost. Kada je Čerčil u decembru krenuo za Ameriku, već je izdiktirao i korigovao dve stotine strana buduće knjige.

Čaplin je hteo da tokom Božića ostane u Londonu, a da se posle Nove godine vrati u toplu Kaliforniju. U novinama se moglo pročitati da filmska zvezda planira božićnu žurku za decu bez roditelja u školi Hanvel, gde je i sam proveo gorke i tužne godine svog detinjstva. Posetio je školu i bio dirnut ljubavlju s kojom su ga dečaci i devojčice dočekali – „ne kao holivudsku zvezdu, već kao jednog od njih“, kako je – ovo je bilo tačno – saopštio jednom reporteru. Kada je saznao za Čerčilovu nezgodu, otkazao je božićnu proslavu i rezervisao mesto u brodu za Njujork.

Čaplin je bio nepoverljiv spram horor vesti. Iz sopstvenog iskustva je znao kakvoj sorti pripadaju novinari i koliko ih raduje da nanesu bol slavnima tako što će širiti laži. Nije mnogo brinuo za Čerčilov život, čak se nije brinuo ni za Čerčilovo fizičko zdravlje. Ali je bio zabrinut za njegovo duhovno stanje.

Sve ovo sam saznao od svog oca.

2.

Moj otac je kao dete sreo i Čaplina i Čerčila, obojicu u našem malom gradu, obojicu u isto vreme; primetili su ga i razgovarali s njim, pohvalili ga. Vrlo rado ću o tome kasnije pisati. Moj otac je u svojoj mladosti i tokom odrastanja živeo uz ova svoja dva uzora; sasvim lako je mogao da zamisli da postane klovn, kao i državnik. Postao je činovnik, komunalac za nadgledanje pijaca, kontrolisao je mleko na obližnjim seoskim dobrima, uzimao uzorke piva i utvrđivao sadržaj šećera u šećernoj repi.

Posle smrti moje majke, moj otac i ja smo živeli sami i daleko od prijatelja. Ostajali bismo da sedimo, nepokretni za kuhinjskim stolom, kada bi neko pozvonio na vrata našeg stana. Obavljali smo dnevne obaveze, kao mašina čiji zadatak je bio da proizvodi melanholiju. (Moj prvi celovečernji program imao je naslov *Melanholična mašina*: muškarac obavlja svoje kućne poslove i sve radi naopako, svoj izraz lica sam ukrao od Bastera Kitona, publika je vrištala od smeha.) Onda je moj otac počeo da pije i od početka je pio mnogo. Na kraju sam ga jednom onesvešćenog odneo do kreveta i skinuo mu kaput, sako i cipele. Za doručkom sam mu saopštio da nemam želju da dalje živim. Plakao je i prestao da pije.

Moj otac je posle mature hteo da studira, rat ga je omeo i sada je želeo da nadoknadi propušteno. Čerčil je svoje najteže dane prebrodio tako što je pisao biografiju prvog vojvode od Marlboroa; moj otac je želeo da sebe – i mene – spase tako što je pisao Čerčilovu biografiju. Upravo sam bio došao iz škole kada je s tim otpočeo. Dopustio mi je da učestvujem u njegovom radu i objasnio mi svoju nameru. Kada je neki čovek veoma tužan, rekao je, preporučljivo je da nađe nešto što će ga udaljiti od njega samog. Ima obdarenih osoba koje uspevaju da se prave kao da su neko drugi; gledaju sebe i odmahuju glavom ili klimaju njome, uzimaju sebe za ozbiljno, ali ne previše; na taj način im polazi za rukom da bez posledica prevaziđu tugu. Ali najveći broj ljudi uvek je okrenut sebi, gleda u sebe i samo sebe, što nije čudno kada je čovek ono što jeste. Takve osobe ne mogu da se prave da su neko drugi i ne ostaje im ništa drugo do da postave nekog drugog na svoje mesto. A to nije toliko teško. To najbolje uspeva kada se prepričava nečiji tuđ život. Čerčil je prepričao život prvog vojvode od Marlboroa, a on će prepričati Čerčilov život.

U to vreme je učio engleski; mogao je dobro da ga čita i dobro da ga piše, nikada ga nije dobro govorio. Prekinuo ja svoj posao činovnika i počeo da čita i uči, čitao bi do duboko u noć; čitao je dok bih se ja igrao, čitao je dok sam radio svoje domaće zadatke, čitao je dok sam kuvao i dok sam sipao supu u naše tanjire, učio je dok je vešao oprani veš i dok ga je peglao. Nije ga zanimala nikakva akademska titula, ali je na kraju svog života raspolagao takvim poznavanjem istorije da bi pred takvim znanjem veliki broj profesora istorije zapao u nelagodu.

U našem gradu je bilo više pozorišta i bioskopa negoli u drugim mestima, i svuda su se prikazivale vesele stvari. Moj otac je smatrao da su on i njegov sin suviše usamljeni i da se premalo smeju. Predložio je da dva puta nedeljno idemo u pozorište ili bioskop. Gledao sam svoj prvi Čaplinov film – *Limelight** – i svoje prve klovnove: Afreda Smaldinija, Arminija Rotstajna alijas Habakuka, i nezaboravnog Čarlija Rivela. Zanimali su me klovnovi, moj otac je rekao da je klovn poštovanja vredan poziv. Nabavio mi je knjige sa biografijama poznatih komičara i sa skečevima i osnovama pantomime, i probao sam da ih imitiram. Provodili smo lepe večeri. On bi mi pričao šta je pročitao i šta namerava da piše, a ja sam mu pokazivao šta mi se dopada kod komičara. Smejao se mojim klovnovskim tačkama kao nikada do tada. Obojica smo se mnogo smejali u to doba. Mogao sam da zamislim da jednom, kad odrastem, napišem biografiju Čarlija Čaplina, kao što je on – već više godina – pisao biografiju Vinstona Čerčila.

Postao sam profesor istorije i književnosti u mojoj gimnaziji. Vikendima sam nastupao kao komičar, prvo zajedno sa svojim kolegama, potom sâm, kasnije, kada sam odustao od svog poziva profesora u gimnaziji i posvetio se komičarskom poslu, zajedno sa jednom velikom lutkom.

---

* *Svetla pozornice*. (Prim. prev.)

* * *

U jesen 1974. godine moj otac je učestvovao u Ahenu na simpozijumu povodom sto godina od rođenja Vinstona Čerčila. U skupštini grada je sedeo u publici kada je Vilijam Not – „The *very private* Private Secretary to a *very prime* Prime Minister“* – na bini davao intervju novinaru i Čerčilovom biografu Sebastijanu Hafneru. Po završetku manifestacije – koja se održavala u istoj sali u kojoj je Čerčil 1956. godine primio Nagradu „Karlo Veliki“ – moj otac je, neupadljivog izgleda i ekstrovertan, uhvatio podruku svedoka istorije i oslovio ga na školskom engleskom. Očigledno su pitanja koja mu je postavio bila toliko originalna da ne samo da su se gospodinu Notu dopala već ga je sledećeg dana pozvao da zajedno ručaju i nakon toga zajedno odu u šetnju.

Iz tog susreta se izrodila međusobna prepiska koja je nedeljno iznosila dve do tri pisane strane, a neretko i po deset strana, i koja je trajala deset godina, sve do smrti Vilijama Nota.

Gomilu papira (preko hiljadu strana), sve sa nekoliko fotokopiranih dokumenata, predao sam *Čerčilovom arhivskom centru* u Kembridžu, gde od ponedeljka do petka, između devet i sedamnaest časova, može da se pregleda.

---

* Najpoverljiviji lični sekretar najvećeg premijera. (Prim. prev.)

3.

Postojao je razlog što Čaplin i Čerčil nikome, čak ni najbližim prijateljima, nisu poverili šta su razgovarali tokom šetnji („talk-walks“*, kako ih je Čaplin zvao, „duck-walk-talks“, kako ih je korpulentni Čerčil samoironično nazivao), jer je tema bila: dobrovoljna smrt.

Druge stvari ih nisu interesovale. Malo je bilo stvari u kojima su se njihova interesovanja poklapala i o mnogome su imali dijametralno suprotne stavove. Preskakali su učtive floskule, skraćivali razgovor tako što su ono lično, što se nije odnosilo na temu, preskakali, i nastavljali tamo gde su svoju razmenu misli prekinuli pre nekoliko meseci, ponekad i posle nekoliko godina. Razmatrali su motive i tehnike kako sebi oduzeti život, diskutovali o peristazi i ambijentu poslednjih dana i sati poznatih samoubica – Vinsenta van Goga, Seneke, Ludviga II Bavarskog, lorda Litltona, Hanibala ili Džeka Londona (koga je Čaplin lično

* Šetnja uz priču; geganje uz priču – aluzija na hod „korpolentnog Čerčila“. (Prim. prev.)

upoznao i koji mu je dao ideju za *Zlatnu groznicu*) i analizirali svoje sopstvene aktuelne dileme, upoređujući ih sa pomenutim primerima. Obojica su bili svesni da im je potrebna uteha; žalili su se svojim bližnjima kako – obojica su bili skloni patosu i depresiji – celog života traže utehu. (Na obostrano iznenađenje konstatovali su kako je svaki od njih, nezavisno od drugoga, nameravao da napiše po jedan kraći esej o ovom pojmu. T. S. Eliot ih je pozvao da pišu o toj temi. Poznati engleski pesnik, i sam mučen depresijama, planirao je da u svom časopisu *Krajterion* objavi abecedu utehe, prilozi Čaplina i Čerčila bili bi objavljeni jedan za drugim. Iz nekog razloga od toga nije bilo ništa.)

Već posle svog prvog susreta odlučili su da se bar jednom godišnje susretnu i da bar dva sata šetaju. Nisu bili neki veliki šetači, a prirodu, sa njenim pticama, cvećem, šumovima i bojama, primećivali su tek kad bi im bila potrebna – Čaplin kada je njeno dejstvo pred kamerama prikazivao na licu skitnice, Čerčil kada bi u Čartvelu oblikovao baštu, kao da je ona bila trodimenzionalna, svim čulima dostupna slika, dakle njegovih ruku delo. Tokom svojih šetnji prisiljavali su se da obraćaju pažnju na prirodu i da je prihvataju kao stanje kojem nije potrebno njihovo delanje ili ocena; pri čemu – to su sami sebi priznavali, napola zabavljeni, a drugim delom iznenađeni – nisu želeli da artikulišu šta stvarno podrazumevaju pod prirodom. Jednom, tokom šetnje uskim, strmim puteljkom kroz bregove Malibua, zastali su pred jednim žbunom koji je bio bogato okićen crvenim plodovima. Pošto ni jedan od njih ni posle nekoliko minuta ništa nije rekao, Čaplin je upitao šta je razlog njihovog koncentrisanog ćutanja. Čerčil je odgovorio – neprijatnost. Čaplin je filozofski rekao da je pred njima još dug put. Na šta se Čerčil okrenuo i pogledao breg prošaran suvom travom, koji su prešli, ponovo se okrenuo, pogledao napred i prokomentarisao: „Ovo je naš put! Samo da bih oslabio vašu metaforu.“ – Metafore čovek može da koristi samo ako se ne radi o nečem bitnom.

Uteha, govorili su, ako treba da deluje i traje, mora da bude isplanirana – ne drugačije nego kao neki zahtev u *House of Common** ili gradnja bazena, ne drugačije od pripreme za neki film. Kvalitet plana zavisi od metode njegove izrade. Oni su sebi naredili – da, naredili! – metodu koja eliminiše sve patetično, sentimentalno, moralno, depresivno, ucenjivačko, fatalističko i beskorisno, religiozno i šokantno. U stvari, njima je polazilo za rukom da o sebi i mogućem samoubistvu govore kao da se raspravlja o trećoj osobi koja nije prisutna i čije misli i sudbina ih više interesuju sa naučne i estetske strane nego iz sažaljenja za nju samu. Čerčil je kasnije primetio, prisećajući se tih rasprava, da su tokom njihovih razgovora dominirale pasivne konstrukcije – nisu on i njegov prijatelj *pregovarali*, već „je pregovarano“, nisu oni *bili* zainteresovani iz naučnih razloga, već je „interesovanje bilo probuđeno“, nisu oni *osećali* sažaljenje, već je „sažaljenje bilo predmet rasprave“. Čaplin je njihove stavove sveo na formulu: „Otresito do prosvetljenja.“

Ti razgovori su često bili zabavni, veoma zabavni. Ali nisu bili s namerom zabavni. Ponekad bi bili plodonosni: scena iz *City Lights* u kojoj bogati čovek sebi stavlja omču oko vrata, a na drugom kraju kanapa je pričvršćen veliki kamen, koji namerava da gurne u vodu, od čega skitnica

* Donji dom Britanskog parlamenta. (Prim. prev.)

(*Tramp*) bezuspešno pokušava da ga odvrati, što se završava tako što skitnica sam pada u vodu – tu scenu su zajedno smislili, a tada su se poznavali tek nekoliko časova.

Čaplinu su, dakle, bila poznata Čerčilova tmurna duhovna stanja bezizlaznosti, koja su mu se iznova vraćala – „crni pas", kako Samjuel Džonson naziva tog bastarda probuđenog pogrešnim impulsima i poremećene moždane hemije. Znao je da Čerčil, u stilu britanskog fatalizma, uvek iznova ulazi u kavez te bestije, a da prethodno ne preduzme mere protiv toga; da ga ta životinja spopadne s leđa i retoričara za samo nekoliko časova pretvara u mucavca, koji uskoro zna samo za jedan pojam i koji je u stanju da izgovara samo jednosložne reči. Ni sa kim, čak ni sa svojim lekarima, Čerčil nije opširno i iskreno razgovarao o ovoj svojoj patnji.

Čerčil je, sa svoje strane, bio upoznat sa stanjima straha koja su najvećeg od svih filmskih umetnika spopadala u danima i nedeljama po završetku nekog filma, koja su ga mesila, koja su ga ponekad dovodila do gubitka moći govora i strmoglavljivala u osećaj potpune bezvrednosti. Obojica nisu mnogo marila za filozofiju, posebno za onu nemačku, ali su delili Ničeovo mišljenje da je pomisao na samoubistvo jako sredstvo utehe, uz pomoć kojeg su neki preživeli mnoge teške noći; iako ni jedan od njih nije mogao da navede mesto gde je to zapisano.

Da to najradikalnije sredstvo utehe ne bi jednom preostalo kao jedino, Čerčil i Čaplin su odlučili da se uvek iznova sastaju; jer ako je postojao neko ko je onog drugog mogao da odvrati sa tog puta, onda je to bio on ili on.

4.

Njihov prvi susret je u Čaplinu ostavio jak osećaj zahvalnosti; a pošto zahvalnost – kao i pravednost, sloboda, učtivost i nekoliko drugih reči – spada u osnovne postulate Skitnice, bilo mu je mnogo stalo do nje.

Susreli su se u takozvanoj „Ocean House" ili „Beach House"* glumice Marion Dejvis, u Santa Moniki. Gospođa Dejvis je bila ljubavnica izdavača i osrednjeg tajkuna Vilijama Randolfa Hersta, i to već više godina. Povodom useljenja u letnjikovac na obali, sa sto soba, bilo je pozvano dve stotine gostiju, sve same poznate osobe iz politike, filma, privrede, nauke. Čaplin nije nameravao da dođe. Daglas Ferbenks i Meri Pikford, njegovi najverniji prijatelji u Holivudu, konačno su ga nagovorili.

Bilo je to u proleće 1927. godine – za Čaplina užasno doba. Njegov drugi brak se raspao. Lita i njeni advokati su vodili najprljaviji „rat ruža", kojeg se američka štampa rado sećala (i koja je tom ratu dodavala ulje na vatru).

---

* Kuća na obali. (Prim. prev.)

Hteli su da ruiniraju Čarlija Čaplina, finansijski i društveno, i imali su dobre izglede za pobedu. Nisu tužili samo njega, već i njegov studio i njegovu firmu *Junajted artists*. Blokirali su njegove račune kod Nacionalne banke Los Anđelesa, Banke Italije i drugih banaka kod kojih su pretpostavljali da se nalaze delovi Čaplinovog bogatstva koje je u tom trenutku bilo najveće u filmskoj branši.

Širile su se glasine kako je Čarli pre braka i tokom braka uvek iznova imao seks sa maloletnicama. Pisalo se o pismima izvesne Lilit Luiz Makmari, koja je kao petnaestogodišnjakinja dopala kandži zlice. Uskoro se ustanovilo da je ta pisma pisala bivša Čarlijeva žena, koja je vodila sudski spor protiv njega i čije umetničko ime je bilo Lita Grej, a u svom građanskom životu se i dalje ponosno predstavljala kao Lita Grej Čaplin. Novine ovu grotesknu neprijatnost nisu pomenule nijednom rečju, nisu se, prirodno, ni izvinile, već su razotkrivale sledeći skandal: kada je Lita bila prvi put trudna, Čaplin ju je hladno izbacio iz postavke za *The Gold Rush**; umesto nje je za glavnu žensku ulogu angažovao izvesnu Džordžiju Hejl, šesnaestogodišnju lepoticu iz Čikaga. Osim toga, prinudio je Litu da rođenje njihovog sina taji, kako taj događaj ne bi ugrozio „mnogo važnije", naime – premijeru njegovog najnovijeg filma. Podmitio je nekog lekara da datum rođenja Čarlija juniora prijavi nekoliko dana kasnije. Najmlađa Čarlijeva ljubavnica, kako je uskoro moglo da se pročita u novinama, bila je trinaestogodišnja devojka iz pobožne porodice, koja je pobegla od kuće jer se posvađala sa ocem. Čaplin ju je uplakanu pokupio sa ulice i odveo u svoju kuću, pretvarajući se da je dobronamerni čika, za šta je

* *Zlatna groznica*. (Prim. prev.)

koristio svoj neosporan glumački talent. Devojka, koja je danas žena – citirana je u novinama – tvrdila je da ju je on ubedio da je sve u redu i da je stupio u kontakt s njenim ocem, koji ga je izričito zamolio da „pazi na nju“; što je on – u kom obliku, o tome ne žele da pišu iz poštovanja prema ženskom delu čitalaštva – i učinio. Čaplin je tužio novine i izdavač je bio prinuđen da objavi njegov stav; što su novine i uradile – u uglu pete strane, najsitnijim slogom, i to tek godinu dana kasnije.

U Litinom krstaškom ratu njeni advokati i reporteri uskoro nisu krili ni najneukusnije, najružnije detalje. Optužnica – koju je štampi neko dostavio – opisivala je, pored duhovnih odvratnosti kojima je Čaplin izlagao svoju ženu, i detaljno – bez poštovanja ženskog čitalaštva – seksualne radnje koje su u SAD bile krivično delo, a koje je on iz noći u noć od nje navodno zahtevao. Još je u javnom sećanju bio skandal oko Fetija Arbakla – jednog Čaplinovog prijatelja iz davnih dana – koga je sud oslobodio u vezi sa ubistvom neke glumice tokom seksualnih orgija, ali je i pored toga njegova karijera bila uništena, a on je sada bio čovek-olupina. Bilo je očigledno da Lita i njeni advokati žele da Čaplina sateraju u isti ugao: on nije bio samo pedofil, već i perverzna osoba. Udruženja žena su širom države zahtevala bojkot Čaplinovih filmova, pred studijem je demonstrirano, zgrade su izvršitelji stavili pod nadzor, svaki kostim glumaca, koji bi neki potrčko prenosio od A do B, bio je registrovan, dva njegova kostima za ulogu Skitnice bila su konfiskovana.

Čaplin je doživeo nervni slom, danima nije bio sposoban da govori. Prekinuo je snimanje filma *The Circus** na

* *Cirkus*. (Prim. prev.)

neodređeno vreme, što je firmu *Junajted artists* koštalo čitavo bogatstvo. Povukao se iz javnog života, preselio se u hotel na Samit drajvu, jedini ko je s njim ostao u kontaktu bio je Ferbenks. To što je Marion Dejvis pozvala Čarlija Čaplina na useljenje bilo je njegova zasluga. Daglas i Meri su bili mišljenja da takav izraz simpatije nije mogao da odbije.

Čerčila nije pozvala Marion Dejvis, već Herst, koji nije došao na proslavu, on i njegova ljubavnica su tog dana imali svađu. Čerčil nije poznavao nikoga lično, mnoge samo iz viđenja. Većinu vremena proveo je na terasi sa pogledom na plažu, mantil je obesio na jedan stub, kao da je nameravao da uskoro ode. Čaplin, koji je želeo da vidi u kolikoj meri ga izbegavaju, takođe se povukao, još pre nego što su počeli da ga izbegavaju, i stajao je pored istog stuba. Sa Pacifika je duvao prijatan vetar. Kada je u salonu, te sezone poznata i po glasinama nepredvidiva, Edit Bejker počela da svira klavir i uz to još i da peva, Čerčil i Čaplin su bili jedini koji su ostali na terasi.

Čerčil je pitao Čaplina da li bi hteo da mu pravi društvo u šetnji plažom. Čaplin je upozorio da su u finim salonskim cipelama i da će upadati duboko u pesak, upropastiti cipele i nakvasiti noge. Da li mu to smeta, pitao je Čerčil. Ne smeta mu. Naprotiv, samo to pitanje mu je donelo olakšanje.

Pošto su sa zavrnutim nogavicama krenuli plažom i došli do vlažnog uskog dela tik uz okean, kojim su krenuli pored osvetljenih letnjikovaca uz Santa Monika bič, ka severu, Čerčil je upitao:

„Jeste li bolesni?“

„Zar tako izgledam?"
„Da."
„Kako izgledam?"
„Kao čovek koji razmišlja o samoubistvu", odgovorio je Čerčil.
„To vidite u mraku?"
„Zar nije tako?"

Jednom drugom prilikom jedan drugom su objasnili kako su tog trenutka odlučili da se ne predstave. Obojica su priliku za ispovest u tami anonimnosti smatrali primamljivijom nego formalno upoznavanje, bez obzira kojim povodom. Priznali su da nisu prepoznali onog drugoga, ali svakako jesu pritisak koji je postojao. Čaplin – koji je bez sumnje posedovao afinitet prema romantičnom arhetipu – rekao je da su mu kičmom prošli žmarci pri pomisli da se susreo sa svojim dvojnikom, koji nimalo nije ličio na njega, takoreći, da se sreo sa svojim drugim Ja u telu nekog drugog. Čerčil – i on je u potpunosti bio prožet 19. vekom (Brem Stoker, autor *Drakule*, bio je pak prijatelj njegovog oca, a o noveli Roberta Luisa Stivensona *Neobičan slučaj dr Džekila i gospodina Hajda* održao je svoj prvi govor kao petnaestogodišnjak, u školi Harou, kao završni rad iz engleskog jezika) – Čerčil je potvrdio da su mu slične misli prolazile kroz glavu i da se on i gospodin Čaplin, prvo po spoljašnosti, a zatim i po poreklu, a pre svega po političkim pogledima, veoma mnogo razlikuju, što je ono zastrašujuće još više povećalo, ali je istovremeno nastupilo do tada nepoznato poverenje.

„Je li tako?"
„Da, tako je", odgovorio je Čaplin.

5.

U leto 1977. godine, nekoliko meseci pre svoje smrti, Čaplin je razgovarao – u međuvremenu kao ser Čarls Čaplin – opširno i poslednji put u svom životu, sa jednim novinarom, Jozefom Melcerom, iz jednog nemačkog magazina, koji je dobio zadatak da „istraži tajnu poznatog filmskog lika, pre nego što se i on sam ne pretvori u puku svetlost" – tako navodi Melcer u predgovoru svoje knjige (J. M., *Čaplinova vrlina*, izdavačka kuća V. Kert, Bern 1979), koja mi je pored razmene pisama mog oca i Vilijama Nota bila značajan izvor za moj izveštaj. Melcer je posetio Čaplina u *Manoar de Ban*, njegovoj vili u vinogradima Vevea sa pogledom na Ženevsko jezero. Čerčil je već dvanaest godina bio mrtav. Čaplin više nije smatrao da je njegova zakletva na snazi i dopustio je uvid u intimne teme ovog, u celom svetu, kuriozno shvatanog prijateljstva i ispričao detalje o njihovom prvom susretu na pesku Santa Monike.

On je, prisećao se, na početku bio zabrinut da bi ga onaj drugi, ko god da je bio, mogao prepoznati i da bi mogao da ga prezre ili da zapadne u sažaljenje, u zavisnosti od toga na koju stranu se okrene i koje novine čita. Pomisao na suicid je, kao što je to nepoznati dobro zapazio, bila izazvana medijskom kampanjom prethodnih nedelja i postala je u to doba opasno akutna, ali ga je ta opcija pratila još od detinjstva. Ta činjenica mu je postala kristalno jasna, ovoga puta na peščanoj plaži, pod zvezdanim nebom kalifornijskog februara: u svom bogatom društvenom životu nije sreo nijednog prijatelja s kojim bi mogao da razgovara o ovoj temi.

Nepoznati je stavio so na ranu: „Slobodno pričajte", rekao je. „Slušam vas."

„Bilo mi je neprijatno, nisam znao od čega da počnem", govorio je Čaplin Jozefu Melceru u mikrofon. „Sećanja su nagrnula kao bujica. Mislim na određena sećanja. Delovalo je kao da moje sećanje poseduje filter koji propušta samo uspomene na stvari koje se odnose na samoubistvo. Sebe sam video kao čoveka koji se sa trideset osam godina vukao kroz život preduzimajući sve moguće kako se ne bi obesio na sledećem drvetu ili skočio sa prvog mosta, ili kupio pištolj, što je u ono doba bilo najlakša stvar na svetu, kako bi sebi prosvirao glavu."

Ali, nasuprot Čaplinu, Melcer nije mogao da zaboravi da je u tom trenutku, i to bez ikakvog preterivanja, ovaj bio ne samo najomiljeniji glumac već i najomiljeniji čovek na svetu.

„Ja", uzviknuo bi Čaplin, „ja? Mislite? Stvarno tako mislite? Šta pod tim podrazumevate? Ja sam bio niko i ništa! Sve je bio Skitnica koga sam igrao! Svako ko bi me na ulici prepoznao, svako ko mi je do tada klicao, svako je u meni video tog Skitnicu. Skitnica je bio voljen. Kao da on nije bio ja. Kao da je bio neko drugi. Neki komentator je napisao kako mora da postoji mogućnost da mi se zabrani da i dalje igram Skitnicu, kako ja više nisam dostojan da igram tu ulogu. Litini advokati su proveravali da li postoji mogućnost da mi se sudski zabrani igranje te uloge. Tek tada su, kada su me ocrnili, pomislili da iza Čarlija prepoznaju moje stvarno ja. Investirali su u mene, svoju ljubav, svoje nade, svoje radovanje mojim mukama, ali su se sad osetili prevarenim. Tom neznancu na plaži Santa Monike, tako sam pomislio, bilo je svejedno ko sam ja. Mislio sam da ne zna ništa. Mislio sam da u meni ne vidi ni Čarlija, ni Skitnicu, kao ni Čarlija Spensera Čaplina, ni čudovište. Verovao sam, poslat je odnekud da bih mu sve ispričao. Ali nisam znao gde i kako da počnem, a da pri tome ne odam svoj identitet. Budući da smo obojica bili Englezi, nismo odali jedan drugom svoj identitet."

I tako je odlučio da ne govori o svojim trenutnim mukama, već od samog početka – o onome što mu nije manje predstavljalo problem.

„Ja", rekao je i zastao, prekrstio ruke preko grudi i zaljuljao gornji deo tela u nekom zamišljenom ritmu, u svom stilu, kao kada diktira svojoj sekretarici radni naslov nekog filma, „spadam u retku vrstu ljudi koji su već sa šest godina ozbiljno razmišljali o dobrovoljnom napuštanju života."

Čerčil, koji se plašio da ne nazebe ako se ne kreće – ispričao je petnaest godina kasnije svom ličnom sekretaru Vilijamu Notu – stavio je ruku na Čaplinovo rame i privukao ga k sebi, što je moglo biti shvaćeno kao gest saosećanja. Iza poslednjih kuća svet je bio crn, a voda se više nije mogla razlikovati od obale. Mislio je da će u tami njegovom novom prijatelju biti lakše da „govori o granici sa koje je, kao dete, gledao u ponor“. Odlučio je da je na povratku na njega red. I on je želeo da govori. Znao je da se njihova šetnja odvija po toj dramaturgiji.

„Slušam vas“, rekao je, „i, ako hoćete da vam kažem svoje mišljenje, ne ženirajte se da mi sve kažete.“

Iz Čaplinovog opisa te večeri saznajemo da je on, kada je govorio o svojoj majci, koja je bila sobarica na varijetetskim binama i uz to pomalo neka vrsta glumice – nju opisivao „sa belim tenom, bademastim očima i dugom kosom“.

Pitao je Čerčila da li su u njegovim krugovima bili poznati londonski lokaliteti kao, na primer, *Londonski paviljon*, ili *Alhambra*, ili pozorište *Poli varijete*? Ili *Kenterberi mjuzik hol* ili *Gatiz mjuzik hols*? Ili bar *Empajer* na Lankaster skveru?

„Žao mi je“, rekao je odrečno Čerčil.

„Šteta. Postojala je mogućnost da je vaš otac posetio neko od tih mesta i da vam je pričao o tome. Ko zna, možda čak i o nekom od nastupa moje majke. Ili da ste i sami bili tamo. To bi bila lepa slučajnost.“

Njegov otac je, rekao je, nastupao kao pevač i pomalo kao imitator. Njegovi roditelji su imali dobre izglede za izvesnu karijeru, što bi bio povod za hvalisanje. Otac je savetovao onima koji su želeli da ga čuju: umetnost je tu da bi umetnici imali čime da se hvale. Jer osim toga nije imao ništa. Osim alkohola. Na kraju je otac preterao s tim. Na jedinom vencu koji se nalazio na njegovom grobu pisalo je: „Umro je za umetnost.“

Majka je, govorio je Čaplin, njega i brata podigla sama. To znači: bar prvih godina njegovog života – iz jedne jazbine do druge, povremeno ih smeštajući u sirotište.

Tu je bila i majčina prijateljica Eva Lester, sa nadimkom „Žustra" – *Dashing Eva Laster* – ona se jednog dana pridružila trupi u *Empajeru*. Bila je lepa, bezobzirna, ambiciozna. Majka je pala u drugi plan, zatim u treći, da bi na kraju bila samo rezerva. Na kraju se povukla iz šou-biznisa. Za nju je kraj karijere predstavljao sramotu i svuda je pričala da je to njena lična odluka, jer želi da se brine o svoja dva sina. Novca nije bilo. Morali su da se isele da bi završili kao podstanari u nekom podrumu.

„Ali!", uzviknuo je Čaplin. „Ali!"

„Ali?", uzvrati Čerčil.

„Ali svet je pošten!"

„Je li?"

„Da, jeste", reče Čaplin.

Poslednje Čerčilove reči zvučale su mu ironično, priznaje; to je nagon, u međuvremenu mu je postalo jasno, na koji se već navikao kroz život, već mu je doneo dosta neprilika; svejedno kakav bi izraz lica složio prilikom ispitivanja pred sudijom za razvode, uvek bi bio ismejan.

„Kada sam" – sam sebe je opominjao na disciplinu – „imao šest godina, moja majka me je jednog dana povela na Ist lejn. Da bi nabavila nešto jestivo. Sreli smo Evu Lester. Više nije bila 'žustra', naprotiv. Čučala je na ćošku sa ispruženom, prljavom rukom. Kosa joj je bila kratko podšišana, a na lobanji su bile vidljive kraste. Nije više imala nijedan zub u vilici. Izgledala je kao neka starica, a bila je mlađa od moje majke. Rekla je, lepo je videti da si bar ti uspela. Da, rekla je moja majka, uspela sam. To je odgovorila moja majka, zamislite! Povela je Evu s nama u naš podrum. Majka ju je oprala. Sredila njene kraste na glavi. Namazala kremom njeno telo i kuvala za nju. Kada je ova bila nervozna, davala joj je rakiju koja je preostala iza mog oca."

Sidni, Čarlijev brat, četiri godine stariji, dobio je posao kao raznosač novina po gradu i još nekoliko sitnijih poslova, pa je provodio po ceo dan na ulici – „junak našeg blagostanja", kako ga je majka zvala. Majka je zarađivala nekoliko šilinga kao švalja. Zbog toga je morala da odlazi van kuće jer nije imala sopstvenu mašinu za šivenje. Čarli je najveći deo dana provodio sam sa Evom. Ona ga je uvela u život, tako je ona to formulisala.

„Za ljude kao što smo mi", rekla je, „sreća nije predviđena. Znaš li, mališa, da je najlepše što neki čovek može da doživi milost. A to je u isto vreme i jedino. Sve ostalo je slatkiš, kojeg odmah smažeš. Kada su ljudi bogati, to je dokazano, njima je poklonjena milost. Kada su lepi i celog života ostanu lepi i kada svake dve godine mogu da sebi priušte lepo odelo, i kada u restoranu u jelovniku ne gledaju cene, pre nego što naruče, onda je to milost. A onda pogledaj mene i tvoju majku. I pogledaj sebe. Kako mi izgledamo? I još nešto moraš da znaš, ti si tanušan kao iverak: ono što neko može da bude, on je to već. Šta želiš da budeš kad porasteš?"

Rekao je da želi da bude umetnik, kao što je to i njegov otac bio, kao što je i njegova majka. Tu mu je Eva objasnila šta je umetnik – naime, neko ko želi da pridobije milost; neko ko zna o čemu se radi, ko zna za caku.

„A kako se to postiže?", pitao je Čarli.

„Reći ću ti. Tebi ću reći, mališa. Ali je riskantno."

Umetnik vara dragog Boga. To i ništa drugo je umetnost. Bog ga je obdario talentom i za šta ga on koristi? Na bini prikazuje ljude i nekad ih pravi boljima nego što jesu, ili lošijima. Uvek je u pitanju zloupotreba božjeg dela.

„A to dragi Bog ne primećuje?", pitao je Čarli.

„Svakako da primećuje", rekla je Eva. „Skoro uvek primeti."

„I šta čini dragi Bog, kada primeti?"

„Umlati umetnika, eto to uradi. Pogledaj mene. Pogledaj svog oca. Pogledaj svoju majku."

Još i danas u njegovom srcu odjekuju potresne reči Eve Lester, priznao je osamdesetosmogodišnjak novinaru Jozefu Melceru. Jednim potezom su mu i svet i ljudi na njemu postali jasni, bedno mesto, prepuno bednih kreatura koje se međusobno saplića i ništa ne postižu. Ničeg plemenitog nije bilo u propasti njegovog oca, ničeg plemenitog u neuspehu njegove majke, ničeg herojskog u trčanju njegovog brata za sitninom, nijednog znaka poboljšanja u okruženju njihove bubnjare u podrumu, koja se, ako se pruži prilika, ložila samo svečeri. Imao je samo šest godina kada je pomislio: ja nemam nikakve šanse!

„Pri tome sam bio bistar momak, to morate da znate", rekao je Čaplin Jozefu Melceru u mikrofon. „Verovao sam da sam sposoban da varam ljude. Delovalo je veoma teško i veoma zlo, ali sam verovao u sebe i nisam dozvoljavao da me savest oprhva. Varanje ljudi mi je ležalo. Varati ljude *i* Boga, to mi se nije činilo lakim. Da je gluma prevara, to je moj otac uvek tvrdio, i to ga je čak činilo srećnim, da vara ljude. A da je trebalo prevariti i Boga ako želiš da budeš uspešan glumac, o tome nije govorio. Doživeo je trideset osam godina i nije uspeo ništa da sazna o ovoj mračnoj počasti. Ja sam već sa šest godina znao za nju. Iako nisam znao ni reči koje je opisuju, znao sam da propali umetnici završavaju ili kao Eva Lester, ili u nemoralnom konformizmu, što je bilo još gore jer je takav umetnik odustao i da pokuša da prevari Boga. U najvećem broju slučajeva umetnici su živeli i umirali siromašni i bez počasti, bivali zaboravljeni pre nego što je njihov grob zarastao u korov. To saznanje je za mene bilo potresno."

„Kako se ta potresenost odrazila na dete?", pitao je Jozef Melcer; bio je pomalo zatečen, upravo jer je pomislio da na staračkom licu prepoznaje deo tog nasledstva, jer nije bio siguran da li je ta prevara i dalje na delu, konkretno: da li je i on prevaren.

Slično pitanje je postavio Čerčil na plaži Santa Monike; ali bez zle namere. Čaplinu je bilo sasvim u redu što su hodali kroz mrak i što je okean pokrivao nijanse njegovih reči. Osećao je da mu glas podrhtava i da mu suze naviru, ali je i pored toga prepoznavao da bi se devedeset procenata njegovog stanja moglo pripisati njegovoj sklonosti ka sentimentalnosti; ipak, i onih deset procenata pribranosti bilo mu je dovoljno da pokrene svoju ruku i da njom potraži ruku drugoga.

„Tog popodneva sam pobegao", odgovorio je Čaplin. „Sjurio sam se ka obali Temze i preko Tauer bridža dospeo do nekog zida, i pentrao se sve dok se nisam našao trideset jardi iznad vode. Popeo sam se na jednu od sajli i borio se sam sa sobom. Da li da skočim? Ili ne? Šta je drugo moglo da postane od mene osim umetnika? Nijedan drugi poziv za mene nije dolazio u obzir, kao što nikada ni za mog oca ni za moju majku nijedan drugi poziv nikada nije dolazio u obzir. Njima čak nije pošlo za rukom da prevare nekoliko desetina posetilaca u *Empajeru* na Lankaster skveru. A kamoli Boga, koji je imao uvid u njihova srca!“

Hodali su duže od sat vremena, uz Pacifik, pored svih tih lepih kuća, od kojih je većina bila u mraku jer su u njima vlasnici boravili samo preko leta ili za vikend. Došli su do mesta na kojem se, van plaže, koja je na tom mestu bila znatno šira, Sanset bulevar uliva u Pacifik koust hajvej.

„Dosta je“, rekao je Čaplin. „Ispričao sam ono što sam hteo da ispričam. Hvala. Vratimo se nazad.“

„I ja“, rekao je Čerčil.

6.

Da, i on je pripadao sorti ljudi koji su već sa šest godina ozbiljno razmišljali da dobrovoljno napuste svoj život.

Njegov otac – time je počeo – nije bio ponosan na njega. Nije postojao nikakav razlog da bude ponosan na njega.

Sve do svoje šeste godine bio je jedno od najsrećnije dece. Njegovi roditelji su bili van zemlje, na njega je pazila dadilja. Pitanje šta će dete jednog dana postati nije postavljano. Poticao je iz porodice koja nije mogla da propadne. Osim toga, posedovao je celu flotu brodova, gomilu olovnih vojnika, laternu magiku i jednu parnu mašinu sa desetak manjih i većih firmi, među njima jednu pivaru, jednu pilanu, jednu kovačnicu, jedno brodogradilište, jednu fabriku cipela i čak jednu elektranu. Da bi mašina dosegla svoj maksimum, bilo je potrebno pola dana, da se vojnici postave u položaj za napad, ceo dan. Uveče bi zaspao sa zadovoljstvom što je uradio nešto korisno.

Nikada više u njegovom životu nisu ga hvalili kao što je to činila njegova dadilja gospođica Everest. Do svoje šeste godine mislio je da je najpametnije dete na svetu. Ono što je radio nije mu izgledalo kao igra, već kao posao, ništa manje vredan od posla njegovog oca, o kojem je samo znao da je za Imperiju bio od velikog značaja.

Njegovi roditelji su se vratili, tek je dve nedelje imao za sebe, i strpali ga u internat. I tokom sledeće dve nedelje je shvatio da nije najpametnije dete na svetu, već najgluplje.

Mučila ga je čežnja za gospođicom Everest, nedostajale su mu njene namazane kriške hleba i uredno namešteni jastuci, njeno oduševljenje kad bi pas pokušavao da uhvati svoj rep; nedostajalo mu je njeno iznenađeno lice kada joj je pokazivao šta je napravio, njeni užasnuti uzvici dok joj je objašnjavao kako je britanska flota, pod vođstvom admirala Nelsona, kod Trafalgara pobedila Špance i Francuze. Gospođica Everest je kukala kao da se to sve upravo desilo. I upravo se dešavalo, on je igrao Nelsona: „Jednom uništavajućom salvom slomio *sam* neprijatelja", objašnjavao je, upravo ono što mu je gospođica Everest čitala iz istorijskih knjiga za mladež i što je on naučio napamet. Kakva magija, kakvo zadovoljstvo: mala promena – i od jednog „on" postaje „ja" – i bio je usred događaja, on, Vinston Leonard Čerčil! *On* je izdavao naređenja, *on* je smišljao strategiju, *on* je stajao na brodskom mostu broda *Pobeda* i preko mora gledao u neprijateljsku armadu, *njega* je kralj proglasio za vikonta. A gospođica Everest je svojom grdnjom, grdnjom upućenom Napoleonu, grdnjom koja se čula čak do bašte, stvarala osećaj oduševljenja pobedniku – „Dimwit! Know-it-all! Dunderhead!" – ljutila se na admirala španske armade Pjera de

Vilneva – „Arse-licker! Filthy swine! Wimp!“ – posebno je bila glasna i besna na francuskog vojnika koji je sa jarbola broda *Silni* hicem iz puške smrtno pogodio Nelsona – „Go to hell, damn bastard!“ To su izrazi, objasnila je svom štićeniku, pošto su se njene emocije smirile, koje i on mirne duše sme da koristi u prisustvu svojih roditelja – ako razgovor, na primer, bude vođen o Napoleonu; u tom slučaju će ga čak i pohvaliti. Druge konstrukcije, tipa „I'll have your guts for garters“, najbolje je da zadrži za sebe, kao i njen omiljen izraz za sve što je suprotno njenim željama i predstavi: „Brewed yellow shit!“*

Gospođica Everest je bila vrlo ponosna na svog ljubimca. – To da će on postati najgluplji učenik koji se ikada upisao u školu „St. Džejms“ – da je to znala, prestala bi da se bavi svojim pozivom.

Čak ni direktor nije želeo da poveruje izveštajima svojih učitelja. Nije želeo da poveruje da dečak takvog porekla nije u stanju da odgovori ni na koje pitanje. Nije mogao da poveruje da on umesto brojki i reči i posle tri četvrti godine školovanja u svesci ima samo crtice, i na početku nove školske godine naredio je da ga dovedu kod njega i poturio mu jedan list papira. Na njemu je stajalo:

mensa = sto
mensae = stola
mensae = stolu
mensam = sto
mensa = O, stolu!
mensa = sa stolom

* Engl.: Glupane! Pametnjakoviću! Tupoglavče! Ulizice! Prljava svinjo! Mlakonjo! Idi dođavola, gade! Živog ću te odrati. Smrdljivo govno! (Prim. prev.)

To je trebalo da nauči napamet i da smisli primere za to. Imao je pola sata vremena.

Vinston je razmislio i napisao:

Sto stoji u sobi.
Tanjir je na ivici stola.
Vaza je na stolu.
Pomeram sto pod prozor.
Stolom sam blokirao vrata.

Šta je „O, stolu“! Znači, nije znao.

„To je vokativ“, objašnjavao je direktor. „Ne znaš šta je vokativ?“

„Ne.“

„Vokativ se koristi kada razgovaraš sa stolom. Ako želiš da razgovaraš sa stolom, ili da ga nešto pitaš, na primer: 'O, stolu, ostani tu!' Onda moraš da koristiš vokativ.“

„Ali ja ne razgovaram sa stolom“, odgovorio je, „a posebno ne ako se pomera.“

„Ali, da!“, insistirao je direktor. „Ako želiš da vladaš latinskom deklinacijom, moraš da spustiš nivo i da razgovaraš čak i sa stolom, a posebno ako se on pomera.“

„Nemam nameru da to činim.“

„Moraš! U ovoj školi moraš!“

Ova anegdota je poznata. Čerčil je o njoj pisao u *My Early Life: A Roving Commission*; ne postoji nijedna biografija ovog državnika u kojoj se ne pominje ta anegdota.

Ono što je u knjizi opisano kao iskreno britanski, apsurdno veseo događaj, u stvari je prezentiralo mirnoću šestogodišnjeg Vinstona. Mislio je: nisam u školi. Ovo nije škola. Ovo je ludnica. Ovde razgovaraju sa stolovima koji hodaju.

Nedostajala mu je gospođica Everest, nedostajali su mu njene pohvale, njeno oduševljenje, čak i njeno proklinjanje; prisećao se kako je obema rukama zadigla svoje haljine i trčala uz dvokolice, preklinjući njegovog oca da ne čini to njenom ljubimcu, dok je on posmatrao svog oca kako pod čupavim brkovima i uz osmeh, kroz prozor malog fijakera, dovikuje kako škola „St. Džejms", pobogu, nije zatvor, i kako njegov sin nije Edvard V; i tu je konačno bio siguran: nisu samo direktor i njegov učitelj iz ove škole nenormalni, već i njegov otac, pa čak možda i njegova majka, koja se samo smeškala. Cela imperija, osim gospođice Everest, u suštini nije bila normalna. Kako bi inače bilo moguće da njegov otac bude na tako visokom položaju, a „St. Džejms" tako poznata škola?

Šta se posle toga dešavalo ne piše u Čerčilovim sećanjima iz mladosti; o tome do tada nije ni sa kim razgovarao, ni sa gospođicom Everest, ni sa svojim roditeljima, ni sa svojom ženom. Ali je želeo da to poveri neznancu na plaži Santa Monike.

Još je stajao u direktorovoj sobi, čiji zidovi su bili presvučeni tamnim drvetom, u sredini pisaći sto, pred kojim su svi učenici stajali mirno, jer stajati pred njim nije značilo ništa dobro. Direktor je već stajao pored vrata, već je spustio ruku na kvaku, što je značilo da je razgovor završen, a on, učenik, mogao je da se vrati u učionicu. Ali se on nije pomerao s mesta. U mislima je, rekao je Čerčil neznancu, pred sobom video gospođicu Everest, koja je trčala pored zaprege i molila sve dok više nije imala snage i morala je da zastane. I odjednom mu se činilo kao da se u njemu budi neko drugi, neko ko je veći od njega, neki nitkov, pijanac, ubica rečima, heroj podlosti, koji se smeje kao muškarac koji je povremeno posećivao gospođicu Everest i koga on nikada nije video već samo čuo. Sada je sve to naviralo iz njega. Zapamtio je proklinjanja gospođice Everest, posebno ona bezobrazna, nijedno nije zaboravio, *taj* vokabular je dobro upamtio. Njegov glas, koji je i njemu delovao strano, koji je i u njegovim ušima zvučao kao glas odraslog muškarca, govorio je brzo, bez zamuckivanja, skoro bez strasti, jedna psovka za drugom, direktoru usred lica.

Čovek je bio toliko uplašen da nije znao šta ga je snašlo. Ništa mu nije padalo na pamet, ništa što bi izgovorio, ništa što bi učinio. Zato nije ništa rekao niti učinio.

Iste noći, govorio je dalje Čerčil, iskrao se iz svoje sobe, da bi se kroz prozor hodnika spustio sa prvog sprata u dvorište. Internat je bio okružen zidom koji je direktor učenicima pokazao još prvog dana: da svako izgubi nadu da odavde može da se pobegne. Zid je bio pet metara visok i gladak, a na samom vrhu su se nalazili gvozdeni šiljci, delovali su kao neki ukras, ali su bili oštri kao britva, kako je direktor objasnio. Nije znao šta da radi. Nazad u spavaonicu, to više nije želeo. Nije želeo više ni sa kim da razgovara. Privio se uz zid zgrade da ga neko ne bi video s prozora. Bio je bos, a na sebi je imao samo spavaćicu. Pao je u mali podrumski šaht, udario glavom o nešto i pomislio da je mrtav. Trebalo mu je neko vreme da bi se orijentisao. Prozor koji je vodio u podrum nije bio veći od njegovog školskog ranca. Neka krpa je bila na njemu. Progurao se kroz njega, pao na neku dasku i skliznuo na gomilu uglja. U mraku je pipajući uspeo da se spusti sa gomile uglja i pronađe neki prekidač za svetlo. Negde je zasijala sijalica. Išao je iz jedne podrumske prostorije u drugu, kroz ostavu i vinski podrum. Na kraju se našao pred metalnim vratima, bila su zaključana, ali se u bravi nalazio ključ. Otključao je vrata i ušao u prostoriju u kojoj su se nalazili osigurači i glavni prekidač za dovod struje. O tome je nešto znao. Njegova igračka parna mašina bila je slična aparatura, samo u umanjenom obliku, sa malom turbinom pomoću koje je pravila struju. Glavni prekidač je bio u obliku slova Y. Kroz oba gornja dela tekla je struja. Ispod njega su se nalazili razvodnici. Nešto ga je nagnalo da stavi šaku na gole žice. Udarac struje ga je odbacio do vrata. U celoj kući je nestalo struje.

Našli su ga u besvesnom stanju, sa opekotinama na šaci i podlaktici. Uprava internata je odlučila da ne obavesti njegove roditelje. Direktor i učitelji bili su umireni Vinstonovim obećanjem da on sam neće ništa pričati. Znali su da se deca još više boje svojih roditelja negoli njih. Proveo je dve nedelje u bolnici, a hrana koju je dobijao bila je ista ona koju su dobijali i učitelji. Njegovim školskim drugarima je rečeno da je prehlađen i da je ta vrsta prehlade veoma zarazna i da se manifestuje flekama po rukama bolesnog.

Kada su prišli letnjikovcu Marion Dejvis na obali, već je prošla ponoć. Najveći broj gostiju je već bio otišao, nisu želeli da budu dovedeni u vezu sa mogućim misterioznim nestankom prominentne filmske zvezde i ne manje prominentnog političara. Oni savesniji, među njima naravno i Ferbenksovi, bacili su se u potragu za njima, telefonirali su prijateljima ili su ih tražili u obližnjim restoranima i barovima. Niko nije mogao da veruje da su obojica napustili parti a da se nisu prethodno pozdravili sa domaćicom. Da su jednostavno šetali peščanom plažom to nikome od njih nije palo na pamet. Gospođa Dejvis je htela da obavesti policiju, ali ju je izvesni „mister Braun“, iz pratnje Herstovih, sprečio u toj nameri.

„Vilijam Randolf je bio spreman da učini sve samo da njegovo ime ne bude povezano s bilo kakvim skandalom“, rekla je i još glasnije dodala: „Čak i ako bi Čarli i Vinston pri tome stradali.“ Bila je poznata po tome što je istinu saopštavala u svoj njenoj brutalnosti.

Ali ni brutalnost ni istina na njih dvojicu nisu imali uticaja. Oni su jedan drugom pričali o danima u kojima su ih čudne sile terale da se povinuju stvarima koje tada nisu shvatali. A onome kome na početku te šetnje nije bilo prijatno, sada je bilo bolje.

7.

Čaplin je te noći spavao u svojoj kancelariji, u studiju, dugo se tuširao, u devet je zamolio gospođicu Nikolajsen za biftek i ostatak dana je proveo baveći se korespondencijom i čitanjem novina. Iako su tekstovi o njemu u štampi u međuvremenu postali manje napadni i više nisu bili ni na prvoj, ni na drugoj strani – iako pisma sa pretnjama i kritikom nisu više u korpama donošena u kancelariju, već su završavala u rukama gospodina Prajora – i dalje je bilo dosta razloga za očajavanje.

Nije više bilo jasno da li će film *The Circus* ikada biti završen. Pomisao da će to delo propasti bila je bolna. Smatrao je da je to njegovo najbolje delo. Ako je želeo svoje životno delo, umesto hronologije životnog puta Skitnice, onda je taj avanturista bio u prvom planu. Skitnica može da se pojavi svuda, u bilo kom gradu, u provinciji, u divljini Aljaske, na prekookeanskim parobrodima, čak i na Divljem zapadu, ali njegov dom je bio cirkus i njegov manjež. Ljudi su uvek pitali odakle dolazi, kuda ide, zašto ne ostaje. Tu je ležao odgovor. Nikada, to je osećao, taj lik nije bio blizak njegovoj „poetskoj istini". Jedan novinar je – u vreme dok su novinari još bili dobronamerni prema njemu – u intervjuu povodom premijere filma *The Kid** pomenuo taj pojam. On, Čaplin, nije razumeo, nije znao, ko je u stvari taj lik; nije imao razvojni put, nije se razvijao tokom svojih nastupa, što je uobičajeno kod takvih, komičnih figura – kao kod Knjigovođe Harolda Lojda, Mizantropa V. K. Fildsa, razrokog pametnjakovića Bena Tarpina i drugih kolega iz tog doba filmskih studija *Kistoun*; nije se oslanjao ni na kakvu tradiciju, nije bio harlekin, nije bio Pjero, ni Glupi Avgust, a ni u kom slučaju klovn; pojavio se odjednom, gotov, nepoznat, zagonetan. U filmu *The Circus* prvi put je otkrio više o sebi, u njemu nije više bio stranac. I kada publiku zasmeje, jer skoro sve radi naopako, predosećamo – i bolje od njegovog tvorca – kako on zna da je to pogrešno upravo ono pravo u tom trenutku. Kada je pregledao prve snimke, bio je iznenađen grimasama i gestikulacijama koje su odavale više nego što je on to želeo dok ih je izvodio, a jeza ga je prolazila kad je Rolandu Toterou, koji je i ovoga puta bio kamerman, rekao da mu je konačno postalo jasno da on ne vlada Skitnicom, već Skitnica njime. Roland je zabrinuto klimao glavom. Činilo mu se da sada shvata šta znači pojam „poetska istina".

Ali troškovi su neverovatno rasli zbog prekida snimanja. A uporno se odnekud pominju fijasko, debakl i javašluk: probni snimci nisu bili dobri, odnosno filmska traka je bila izgrebana – „iz misterioznih razloga", kako je tvrdio

* *Mališan*. (Prim. prev.)

Tim O'Donel, šef laboratorije. Čaplin je zamenio ceo tehnički tim. Požar je na nekoliko nedelja odložio dalji rad u studiju – uzrok katastrofe: „misteriozan". Ceo ansambl, osim prve sporedne uloge i Merne Kenedi, ženske filmske zvezde, morao je da bude otpušten. Uz srceparajuće scene. Beti Morisi, dvadesetogodišnjakinja – igrala je asistentkinju mađioničara – ponudila se da izvrši samoubistvo kako bi se neprijatelji postideli i bili naterani da odustanu; samo je šef, pričala je kasnije, shvatio da se nije radilo o šali. Uz to je Čaplin imao i hronične probleme sa stomakom, na šta mu je njegov lekar dr Van Rimsdejk prepisao gorku so, što ga je teralo da neprestano podriguje i izazvalo dijareju, tako da je veoma smršao. Uz to: poreska uprava ga je proganjala. Smatrali su da gospodin Čarli Čaplin treba da doplati 1.113.000 dolara na ime poreza. Nekako se nagodio sa državom da plati milion dolara, posle čega je država odustala od prijave za utaju poreza. (Radi poređenja: film *Ben Hur*, koji je studio *Metro Goldvin Majer* snimio dve godine pre toga, a radilo se o do tada najmonumentalnijoj produkciji u istoriji snimanja filmova, koštao je četiri miliona dolara.) U isto vreme sud je presudio da Čaplin treba da plati svojoj bivšoj ženi Loti 600.000 dolara, plus 200.000 za njihova dva sina. Čaplinovi troškovi za advokate koštali su još jedan milion.

Sidni Čaplin, direktor *Junajted artistsa*, koji se u to doba zatekao u Njujorku proučavajući prednosti i mane preseljenja studija na Istočnu obalu, pisao je svom bratu: „Ne bih želeo da maleršem, ali mi se čini da bi trebalo da se pripremimo za odlazak preko okeana" (time je mislio na povratak u Englesku). A onda: „Uvek kada me muče problemi, setim se koliko sam bio srećan, veseo i oduševljen, kada sam kod Freda Karnoa (direktora putujućeg pozorišta u kome su obojica igrala svoje prve uloge) potpisao priznanicu – setim se, na ogromnu sumu od tri funte nedeljno – trčao sam sve do Ulice Kensington da bih tebi i mami doneo veselu vest. Čini mi se da je sreća relativna stvar." Sidni je dobro poznavao finansijsko stanje firme, znao je da *Junajted artists* visi na trulom kanapu iznad duboke provalije – baš kao što su visili šeširi kopača zlata u filmu *The Gold Rush*.

U podne je poštar doneo pismo. Gospodin Vinston Čerčil poziva gospodina Čarlija Čaplina na večeru u hotel *Baltimor*, na Peršing skveru, gde je živeo sa svojom ženom i ćerkom. Pod P.S. je na pozivnici pisalo: „Molim vas da dođete sami."

Čaplin je to saopštio svom bratu preko telefona.

„Idi", rekao je Sidni, „on je važan čovek. Blizu je finansijama Imperije. Ako stvarno budemo morali da se selimo, moći će da nam pomogne. Očigledno mu se dopala tvoja ludost, a to je dobro. Reci mu kako te nostalgija zove u staru domovinu, ili nešto slično. Samo mu ništa ne govori o stanju u kojem smo. Ljudi kao što je on nemaju saosećanje za gubitnike. Engleska bi trebalo da se raduje ako se vratimo. Bar tako treba da deluje. Reci mu nešto u tom smislu, nagovesti mu, ti to umeš. Možda bi bilo dobro da pomeneš, naravno usput, da mi još uvek imamo britansko državljanstvo, da nikada nismo postali Amerikanci, da još uvek imamo svoje britanske pasoše. Hoćeš li?"

„Da, uradiću tako."

„Obećaj mi!"

„Dobro, obećavam."

Ne bi mogao da objasni bratu o čemu su on i rizničar njenog veličanstva razgovarali prošle noći na plaži Santa Monike i da nema nikakve veze što se jedan bavio finansijama, a drugi bio filmski umetnik, čak ni da li će prvi ostati to što jeste, ni da li će ovaj drugi ostati ono što je.

Radovao se večeri...

8.

...koja je otpočela tako razočaravajuće.

Sedeli su u separeu, pozadi u restoranu, njihov sto je mogao da vidi samo neko ko bi nepristojno zurio. Nije bilo verovatno da su ostali gosti razumeli šta je Čerčil svojim piskavim glasom govorio o „budućem planu da sklopi savez sa crnim psom"; ali da je njegov govor privukao pažnju svih u sali to je Čaplin čuo, jer se u retkim pauzama, koje je njegov sagovornik pravio, nije ništa čulo, a u normalnim prilikama bi se čuli glasovi, smeh, zveckanje escajga. Da je u međuvremenu svako u sali bio obavešten ko tu slavi, za to su se odavno drugi pobrinuli, u to je bio siguran. Holivudski kelneri i kelnerice nisu zarađivali samo od serviranja koktela i pečenja, već i od širenja tračeva.

Čaplin je kasnije pričao da mu je bilo veoma neprijatno. Čerčilova uzbuđenost ga je iritirala, još više njegovo neumereno konzumiranje alkohola i nikotina. Stekao je utisak da taj čovek ne diže čašu da bi pojačao svoj govor, već da govori da bi dizao čašu. I, dok je govorio, iz njegovih usta je kuljao dim, kao da je u stomaku imao peć na ugalj. To usiljeno dobro raspoloženje izdržao je tako što je zanemario scenu i gledao potajno u drugom pravcu.

„I sad ćemo jedan drugom da obećamo, kada jednom od nas bude potrebna pomoć u našoj borbi, onaj drugi, bez obzira gde se nalazio, ostaviće sve i požuriti da pomogne onome koji je u nevolji!"

Osećao se kao da Čerčil govori glasnije nego što je bilo potrebno, mnogo glasnije. Kao da mu je bila namera da ga čuju. Kao da je želeo da svetu demonstrira kako gospodin Čarls Čaplin i pored svih nezgoda nije zaboravio kako se slavi. Ali gospodin Čarls Čaplin nije želeo nikome ništa da demonstrira.

Čaplin je bio uvređen, komentarisao je Jozef Melcer. On je njihovoj noćnoj šetnji pridavao značaj koji po njegovom mišljenju nije bio za javno iznošenje, a ni za ironiziranje. A sada mu se činilo da Čerčil želi upravo obe te stvari, a pre svega da od toga pravi šalu, jednu od onih muških šala kakve su bile uobičajene u engleskim klubovima, ceremonije sačinjene od nonsensa i svinjarije. To mu se činilo vrlo detinjasto – „crni pas"! On u depresiji nije video ništa životinjsko, a psa ni u kom slučaju – zašto ne bi bio plišani medved? – pre više godina imao je crnog psa, patuljastog šnaucera, koji mu je prišao tokom snimanja filma *A Woman of Paris**, i svake večeri ga čekao na uglu Bulevara Holivud i Ulice Čiroki: Čaplin ga je poveo u kafanu *Kod Henrija* i tražio od kuvara da za njega jedan

* *Parižanka*. (Prim. prev.)

ramstek iseče na sitne komade, veoma prijatna životinja od koje niko nije morao da se plaši, čak ni poštar.

I zato je odgovorio veoma tupavo: „Ne bih mogao da kažem koje je boje moj poremećaj i da li je uopšte u boji, a ako pretpostavimo da je on stvarno neka životinja, što je ideja koja je u isto vreme i slatka i užasna, onda bih, pre..."

„Ja sam imperijalista", ukorio ga je Čerčil, ovoga puta veoma ozbiljno i trezno, „jedan Džon Bul. Ja sam kao Engleska. Namećem celom svetu svoje stavove. Divim se Samjuelu Džonsonu, iako nisam pročitao više od pet njegovih stranica, ali on opisuje svoju bolest i mislio sam da govori o meni. To mi je bilo dovoljno da o njemu steknem dobar utisak. On svoju bolest naziva 'crni pas'. Zašto je potrebno da izmišljamo nešto novo?"

Da je on, Čaplin, svoje prijatelje pre trideset godina ubeđivao da će jednog dana sedeti sa ovim gospodinom, u otmenom hotelu u Los Anđelesu, i ispijati šampanjac, oni bi ga premlatili. Izvesno, Čerčil je bio važna osoba; ali je u ono doba bio legenda, mitska figura. Njemu su klicali na Trafalgar skveru, a on, Čarli, deset godina star, provukao se kroz gomilu da bi ga video izbliza, što mu je i pošlo za rukom zbog njegove sitne konstitucije i neuhranjenosti. Nije postojao niko u Imperiji ko nije poznavao prošlost ovog čoveka, kao da je bio junak romana koji je napisao Volter Skot: zarobljen u Burskom ratu, pobegao iz zarobljeništva na spektakularan način, danima lutao kroz pustinju Karu samo sa vojničkom čuturom dopola punom vode, jednom, od toplote omekšalom čokoladom kedberi i pocepanim šeširom, da bi se na kraju sakrio u vagonu punom uglja, izdržao u njemu sve dok nije dospeo u Mozambik, crn od uglja kao Zulu ratnik – i vratio se trijumfalno u svoju domovinu, da bi ovde započeo svoju veliku budućnost. Bio je vitak, a njegova kosa je bila duga i talasasta, začešljana unazad.

I sad je sedeo preko puta njega i pravio se da ga sluša – čak i to mu je padalo teško. Čerčil je neprestano ustajao sa svog mesta, pogled mu je bio nemiran. Pričao je i gestikulirao. Ljutio se. Zapadao u sve dublji patos, koji je opterećivao čak i vazduh u separeu. – Šta radim ovde, pomislio sam. Zašto ovo trpim? U njemu više nije bilo ni trunke osećajnosti noćašnje čarolije. Dvojnik? Apsurd! Gledao je grubo, sunđerasto lice. Mešavina momka i starca. Nikako otmen gospodin. Može da se doteruje koliko želi, uvek će delovati veštački. Njegovo odelo je delovalo loše. Svako odelo će na ovom čoveku izgledati loše – kao što njemu svako odelo dobro stoji.

Ponekad je dao da se po gradu dele leci ili bi u nekim od novina dao oglas, Čaplinov studio traži glumicu ili glumca. Ljudi bi stajali u redu ispred studija. Rekao bi: igrajte mi ono što ste vi! Ne želim da gledam Juliju ili Otela, želim da vidim vas! Sa hladnim zadovoljstvom je posmatrao kako se jedan za drugim gube. Onda bi *on* njima odglumio šta su oni. Svako od njih se prepoznao, nekima se činilo da se gledaju u ogledalu. I bili su potreseni. Neki su se ljutili, ali većinom su bili zahvalni, stiskali mu ruku čak i kada bi im saopštio da mu nisu potrebni.

Nije umeo da odglumi svakoga – njegovi prijatelji i neprijatelji su tvrdili da može, ali to nije bila istina – kod nekih mu je to polazilo za rukom bez napora, tada bi se prepuštao svojim mišićima i gipkosti svojih žila, dok su mu neki ostajali strani i to ostajali zauvek. Imitirati gospodina Čerčila, to mu ne bi bilo teško. Toliko ubedljivo bi ga imitirao da bi svako u publici ili pred bioskopskim platnom, i pored njegove guste i kovrdžave kose, lako mogao da ga zamisli sa nekoliko plavocrvenih pramenova i ćelavom glavom. Njegovo graciozno i savitljivo telo uverljivo bi iskazivalo drskost, kao da je drskost sama, a kroz igru nosa i usana, nabora na čelu i adamove jabučice, obrva i brade dopuštao bi uvid u dušu – koju nije imitirao po predrasudama, već koja bi bila otkrivana kroz igru.

„Šta mislite o tome?", prekinuo ga je Čerčil u razmišljanju. „Morate i vi nešto da kažete! Ne radi se samo o meni. Radi se i o vama. To je srž svakog saveza!"

Nije znao o čemu je trebalo da misli bilo šta. Nije ga slušao.

Čerčil je bio pijan; to je dodatno podstaklo patos u njegovom izražavanju, ali nije otupelo njegovu pažnju i njegovu osetljivost. Stajao je nepokretan i gledao preko Čaplina. Niko ga nije slušao, njegov govor se gubio u dimu njegovog tompusa. Stajao je nepokretno i piljio u svilene tapete preko Čaplinovog razdeljka. Možda bi se odmah naljutio i možda bi učinio grešku, prisetio se porekla svog gosta i svog ličnog, i možda bi promenio ton i posegao za rečima, što nije često radio, ali ipak ponekad, i što je zauvek uništilo odnose sa nekim ljudima. (Brendan Braken, dobar Čerčilov prijatelj, pisao je u svojim sećanjima o užasnom napadu besa Vinstona Čerčila pošto su članovi njegove frakcije, dok je on govorio, rešavali ukrštene reči, turpijali nokte i pravili brodiće od papira. – „Da ste ga kritikovali i razbucali njegov govor, pa čak i da ste ga ismejali, oprostio bi vam, ali ne i ako ga niste slušali.") Možda bi prijateljstvo između Čarlija Čaplina i Vinstona Čerčila, tek u povoju, potpuno propalo – da se u tom trenutku nije pojavio šef sale sa devojkom pod rukom: Sara, Čerčilova ćerka od trinaest godina.

Nije mogla da spava, rekla je, i prislonila svoju bakarno obojenu kosu na ruku svog oca. Tokom ostatka večeri više nije pio alkohol. Boja njegovog lica se spustila na jednoličnu roze boju. Njegov glas je postao dublji i mirniji, njegovi gestovi širokogrudi. Smeškao se i u njegovim očima videla se smirenost. Nikada u svom životu nije sreo nežnijeg oca, pričao je Čaplin. A i ni nežniju ćerku.

„Gospodin Čaplin može da imitira svakoga na svetu", rekao je Čerčil.

„Kako da imitira?", pitala je Sara.

„Tako da svako odmah prepozna o kome se radi."

„Baš svakog čoveka?"

„Baš svakog."

„Ne verujem."

Postalo mu je neprijatno, pričao je Čaplin i dugo se smejao, što je zabeležio magnetofon Jozefa Melcera, sve dok i on nije nije počeo da se smeje. Kao da su, rekao je i opet se uozbiljio, njegove misli ostale da vise negde u vazduhu, vidljive samo za tu devojčicu. Sara je rekla:

„Je l' imitirao i tebe? Tebe sigurno ne može da imitira, ne može."

„Misliš?", rekao je Čerčil. „Hoćeš da ga zamolimo da pokuša?"

„Da", viknula je. „Zamolimo ga!"

„Mislim da nas je provalila", rekao je Čaplin pedeset godina kasnije. „Kada me je pogledala, što je učinila bez ženiranja, osećao sam kao da zna za nas dvojicu. O nama, bogaljima." – (Opet sledi dug smeh.) – „Brinula je za svog oca. I brinula je, bar mislim, pomalo i za mene, jer ja sam bio jedini koji je mogao da pomogne njenom ocu."

Ta briga u njenim očima ponovo je vratila osećanja njenom ocu.

Stideo se zbog svoje drskosti i bezobzirnosti. Kao i svoje plebejske prepotentnosti. Stideo se zato što je imao tako malo poverenja u svog prijatelja. Šta god da neko kaže o Čaplinu, Čerčilu će biti nevažno. I kada bi stvarno bio najgora propalica, i kada bi to Lita i njeni advokati i novinari-saučesnici uspešno poturali svetu pod nos, Čerčilu bi to bilo nevažno. To što su se politički dijametralno razlikovali; to što je jedan u Gandiju prepoznavao samo fakira bez ikakvog značaja, a drugi jednog od najvećih političara, koji će možda srušiti Imperiju; što je jedan verovao da će komunizam otkloniti nejednakost, dok ga je drugi video samo kao mašinu za ravnopravnu raspodelu bede; dok je jedan zahtevao da se generalni štrajk britanskih radnika slomi silom, a drugi slao iz Amerike telegrame podrške sindikatima, što je jedan bio zvanični ministar finansija njenog visočanstva, a drugi najpoznatiji glumac od kada postoji gluma – sve to je bilo nevažno. Njih dvojica su imala zajedničkog neprijatelja koji se nalazio *u njima*; on nije vrebao u mondenskim, zlatnim i boje vanile foteljama hotela *Baltimor*, ni u skandalima željnom Holivudu, ni u mozgu nekog propalog pisca, ni u advokatskim kancelarijama, ni iza sudskih pultova, nije vrebao ni iz nekih partijskih centrala, niti iz rovova ispred bodljikave žice – on se nalazio *u njima*, a taj neprijatelj je upravo činio njihov savez; o svemu drugom nije bilo diskusije i nikada neće biti.

Na rastanku je Čaplin rekao Čerčilu: „Obećaćemo jedan drugom da ćemo bez obzira kome od nas je potrebna pomoć, bez obzira gde se ko od nas nalazio na svetu, da ćemo ostaviti sve i požuriti da pomognemo onom drugom!“

Pružio je ruku i predložio da se oslovljavaju sa Vinston i Čarli. A Čerčil se – sada već sa suzama u očima – složio.

9.

Jednog od sledećih dana krenuli su u šetnju brežuljcima Malibua. Opet je Čerčil bio taj koji je predložio šetnju. Slavlje je okončano, rekao je preko telefona, sada moraju trezveno da razmotre stvar. Sada treba uporediti metode i eventualno razviti nove metode.

„Zašto brežuljci Malibua?"

„Želim nešto da vam pokažem."

Čerčil ga je sa šoferom čekao na Pacifik koust hajveju, ispred jednog meksičkog restorana. Dao je da se u ruksak upakuju takosi i voda, kao i nešto slatko. Nije bilo alkohola. Na sebi je imao cipele za pentranje i jaknu otpornu na vetar, vezanu oko struka, a na glavi šešir od kože. U lanenom džaku se nalazila mačeta. Insistirao je da sve sam nosi, nije dopustio da mu se pomogne. Čaplin se spremio za laku šetnju, na sebi je imao belo odelo i bele patike, provijant nije poneo.

Šofer ih je odvezao do brežuljaka. Kada je za dodž kameni put postao pretežak, Čerčil ga je zaustavio. Šoferu je rekao da ih čeka tri sata, ako ih ni tada ne bude, treba da se zabrine, rekao je. Bilo je podne, sunce je peklo, ali je vazduh bio svež, sa Pacifika je duvao vetar, koji je bivao sve jači kako su se penjali. Čerčil je išao napred, uskoro se zadihao i morali su da zastanu. Znojio se, lice mu je bilo puno fleka, šake su mu takođe bile flekave. Čaplin se nije znojio. Što se njega tiče mogu da sednu i u pesak, rekao je, možda u senku nekog žbuna, gore je isto kao ovde, ništa se neće promeniti. Čerčil je vrteo glavom i nastavio da hoda. Čaplin ga je pustio da ide ispred njega. Više nije bilo puta, samo uska staza koju su koristile životinje ili ljudi. Tlo je bilo nesigurno, delimično zaraslo, pod granjem su se nazirali duboki procepi, koje je kiša isprala. Ovde je čovek lako mogao da slomi nogu. Čerčil je izvadio mačetu iz džaka i njome mlatio po šiblju. Da li je već bio ovde, pitao ga je Čaplin. Ne, ovde još ne, samo je video slike, fotografije. Stao je, nije više mogao da govori.

„Dajte meni mačetu, ja ću ići napred“, reko je Čaplin.

Čerčil to nije hteo. Tražio je određeno mesto. Kada ga pronađu, znaće. Kada je ponovo došao do daha, rekao je da treba da im je jasno da se nalaze na kraju Zapada. Gledali su u zaobljeni Pacifik, koji je ležao ispod njih u beličastoj izmaglici i u daljini se spajao sa nebom. Da li će moći da izdrži još nekoliko metara, pitao ga je Čerčil. Ja, uzviknu Čaplin, da li ću ja da izdržim? Bar je trebalo da mi date ruksak. Tražim određeno mesto, ponovio je Čerčil, obesio ruksak i mačetu o rame i nastavio da hoda.

Uskoro je opet zastao. Umoran od napora, seo je na tlo.

„Nije ovde“, rekao je.

„Koje to mesto tražite?“, pitao je Čaplin. „Ovde sve izgleda isto, verujte mi.“

„Jedno mesto za slikanje", rekao je Čerčil. „Mesto na kojem bih mogao da postavim svoj štafelaj, kada bih ovde došao da slikam."

On je slikao. To je njegova metoda. Na platnu. Ulje na platnu. Pre svega pejzaže. Retko portrete. Pejzaž ne govori dok mu je pred očima, a pejzaži se i ne menjaju, takvi su bili davno pre njega i takvi će ostati još dugo posle njega. Isto važi i za nebo. Da slika ljude, to ga ne zanima previše.

„Koje je boje nebo? Svi kažu da je plavo. A je li to tako? Pogledajte nebo, Čarli! Je l' plavo? Dakle, slikar razmaže plavu i uporedi je s nebom, ali to nije to. On ponovo razmaže, doda malo žute, razmazuje, dodaje kap po kap ljubičaste. Opet nije to to. Pokušava da se uz pomoć zelene približi plavoj. Opet se ne slaže. Oslanja se na belu i njegovo nebo deluje kao da je od kamena. Proba i proba. I nikada ne pogodi. Adam kod Miltona ima tamnosmeđe lokne, a i Odisej kod Homera. Ali ni Milton ni Homer nisu bili ludi. O tome razmišljam. To me odmara, verujte mi. Više od toga ne mogu da ponudim. Bolje od toga ne mogu da ponudim. Ali to je dobro."

„Zbog toga ste me dovukli ovde", pitao je Čaplin. To nije bilo pitanje. Izgovoreno je kao da se radi o pohvali.

„Ovako bih sedeo", rekao je Čerčil i ispravio leđa. „Tako bih sedeo i slikao. U jednoj ruci bi mi bila paleta, u drugoj četkica. Šešir bih zavezao čvrsto ispod brade. Mislio sam da ćete možda razumeti ako to vidite. Sigurno mislite da smo mogli da izbegnemo ovaj naporni put. Ali ne mogu jednostavno da kažem: ja slikam. I gotovo. Jednostavno sam mislio da ćete razumeti kada budete videli."

„Razumem, Vinstone", rekao je Čaplin. „Kada je on tu, crni pas, onda…", nije mu ništa drugo palo na pamet osim: „...onda... je loše, Vinstone, zar ne?“ Jednostavno mu na pamet nisu padale elegantnije reči, rekao je Jozefu Melceru. Ali nije još upoznao nikoga kome bi o ovoj temi pale na pamet elegantne reči.

Dugo su sedeli jedan pored drugog. Čerčil kao da slika. Čaplin kao da posmatra kako on slika. Ispod njih su rasli borovi i kaktusi u cvetu. Džošuino drvo se dizalo u nebo, nesavitljivo pod vetrom, kao neki kostur posle požara. Ptice su obletale oko njega, skupljale semenke sa vrhova grana, njihov cvrkut je dopirao gore, do njih. Primakli su se uz jedan žbun da bi se zaštitili od vetra. Bili su okruženi mirisom žalfije, koja je, gde god je rasla, potiskivala sve druge biljke. U donjem delu Čaplinove bašte uvek je rasla divlja žalfija, ponekad je otkidao delove biljki da bi ih sagoreo u svom kaminu.

Konačno, Čerčil reče: „Gladan sam i želim da popušim.“

Raspakovali su takose, jeli i pili vodu iz flaša i razgovarali o svemu i svačemu. Čerčil je u zaklonu svoje jakne zapalio tompus. Čokoladu je prepustio Čaplinu.

Posle nekog vremena je upitao: „I šta je vaša metoda, Čarli?“

A Čarli je odgovorio: „Metoda klovna.“

Iskorišćavam Melcerovu knjigu na način koji nema opravdanja. Ali je činjenica da nijedan izvor ne može da se poredi u kompaktnosti i detaljima sa *Čarlijevom vrlinom*, takva nije ni antologija Čarlijevih izjava štampi Džefrija Pauera, ni *Intervju sa Skitnicom* Erike Sadern; osim toga, nema razloga da se ne veruje Pjeru Kesleru, majstorovom francuskom sekretaru, koji je tvrdio da je Čaplin lično

Melcerovu knjigu posmatrao kao svoj testament. Knjiga je imala dva izdanja, odavno je nema u prodaji, izdavačka kuća više ne postoji; u centralnom registru antikvarnih knjiga na internetu mogao sam da konstatujem da se u ponudi nalaze samo tri primerka.

Jozef Melcer izveštava da se Čaplin na ovom mestu, tokom njegovog intervjua, podigao iz pletene fotelje da bi mu odigrao kako se sve to dešavalo tog popodneva na brežuljcima Malibua. Jednom bi igrao sebe, zatim Čerčila. Prvo je bio on sam, sa trideset osam godina, ništa manje pokretan nego tada. Kakvo glumačko znanje! Onda je bio Čerčil. Njega je, sasvim i skroz drugačijeg od sebe, prizvao uz pomoć magije, „uz pomoć prastare magije", iz onog doba u prolećnoj bašti *Manoir de Ban* iznad Vevea; govorio je kao Čerčil, kretao se kao Čerčil, ćutao je i razmišljao kao Čerčil, mrmljao je i krivio usnu na jednu stranu; tokom trajanja predstave Melcer je bio uveren da u tom čoveku „vidi prototip sebe samog, čoveka po kome su stvoreni svi drugi".

Čaplin je otpočeo retoričkim pitanjem: „Zašto je jedan klovn klovn? Nema ničeg veselog na njemu. Najveći klovn je Baster Kiton. Šta je na Basteru Kitonu veselo? Šta ga čini klovnom? Saznanje da je svet lud? Čovek je mali kao buva. Ali duh buve je, to nam govore pesnici, natprirodno zao."

A Čerčil bi na to: „Bez uvoda, molim! Metoda, Čarli! Bez teorije! Nas zanima samo praksa!"

„Dobro. Praksa. Napišem sam sebi pismo. Shvatate li Vinstone? Pismo sam sebi."

„Ne razumem."

„Baster Kiton me je podučio toj metodi. Treba da nabavim veliki list papira, rekao mi je. Onda treba da ga raširim po podu. Jasno?"

„Da. Dalje, Čarli, dalje!"

„Na taj papir legnem."

„Molim?"

„Na stomak."

„Na stomak, dobro. Dalje, dalje!"

„Kao neko jelo na čaršavu, legnem na papir. Smejete mi se, Vinstone?"

„Ne, Čarli. Je l' se smejem? Pogledajte me! Je l' se smejem? Je li to smeh? To nije smejanje. Moje lice je takvo."

„Protiv pomisli da sam poludeo mogu se izboriti samo ako uradim nešto ludo. To je nešto veoma ozbiljno, Vinstone. To je metoda klovna. Na svetu ne postoji čovek koji je ozbiljniji od klovna."

„Da, da, razumem. To sam pročitao stotinu puta. Dalje!"

„Pri tome moram da budem go. Ne smem da imam ništa sa svetom. Moram da budem sam sa sobom. To je veoma važno. Pantalone su već svet i košulja je svet."

„Slažem se s vama."

„Legnem na papir i pišem pismo. Molim vas, Vinstone, nemojte da se smejete. Je l' se smejete? Ne, ne smejete se. Pišem pismo samom sebi. Dragi Čarli, pišem i pišem, šta mi padne na pamet. Ako ikada budete primenjivali ovu metodu, ne zapadajte u iskušenje da pišete nekom svom prijatelju. Na primer, meni. Ne pišite: Dragi Čarli. Pišite: Dragi Vinstone. Već će vam pasti na pamet ono pravo, ne brinite. Jer u tim trenucima je sve ispravno i sve važno."

„O ovome moram da povedem računa."

„Ali ja ne pišem na uobičajen način, to morate da znate."

„Već?"

„Ja se vrtim pri tome."

„Kako se vrtite pri tome?"

„U smeru kazaljke na satu. Vrtim se na stomaku. I pišem pri tome."

„Pišete ukrug. Pismo sami sebi."

„U obliku spirale, da budem precizan. Od spolja ka unutra. Izgleda kao vrtlog. Tako treba da bude."

„Tako treba da bude. Kao vrtlog. Da, dalje!"

„To je sve. Stvarno, to je sve, Vinstone."

„Je l' pomoglo?"

„Da."

Posle veoma duge pauze – tako je Čaplin pričao Melceru – ustali su i krenuli dalje, ka najvišem bregu. Tamo je Čerčil rekao: „Vi ste vojskovođa, Čarli. Bistar kao Valenstajn, odvažan kao Nelson, nemilosrdan kao Arminije. Želim da učim od vas. Mogu li da učim od vas? Koliki je taj list papira? Tačno, molim vas! Dužina? Širina?"

„Pet i po stopa. Iste širine i dužine. To je najbolje, tako je najlakše da se čovek vrti po papiru."

„A šta koristite za pisanje, penkalo, olovku, kredu?"

„Ah, o tome nisam razmišljao. Bilo šta što je pri ruci."

„Bilo šta sa čime može da se počne, to mislite?"

„Bilo šta sa čime može da se počne i da se udari na bestiju, tačno, Vinstone!"

„Vi ste vojskovođa, Čarli", ponovio je Čerčil – iza njegovih leđa bledoplavi Pacifik, na čijem južnom horizontu se jedva ocrtavala kontura ostrva Santa Kataline, tako je stajao, raširenih nogu, u jednoj ruci mačeta, a u drugoj tompus, nogavice i raskopčana jakna lepršali su na vetru, lica crvenog, oznojenog, zadihanog, tako je stajao u senci kasnog popodneva. „Pronašli ste dobar metod, Čarli. Hvala vam, za vas nema boljeg.“

10.

U septembru je Čaplin, posle osam meseci pauze, ponovo počeo da radi na filmu *The Circus*.

Sidni: „Dok su svi klonuli duhom i dok su im od loše vesti do sledeće loše vesti lica bila sve tužnija, dotle su Čarlija još izdaleka čuli kako pevuši, i kada je ulazio na vrata, poskakivao je kao da igra, kao da je hteo da parodira Robinsona Bila Bodžengla. Veliki broj saradnika je mislio da je od brige definitivno poludeo. Ali su se radovali s njim."

U oktobru je *The Jazz Singer** Alana Kroslanda, sa brodvejskom zvezdom Alom Džolsonom u glavnoj ulozi, prikazan pred odabranom publikom. Taj film važi za prvi tonski film, izvesno je da se radilo o prvom filmu u kojem glumci govore – Čaplin je kasnije osporavao ovu činjenicu. Bio je pozvan na premijeru u Njujork, ali nije otišao jer nije želeo da prekida rad na filmu *The Circus* „ni na sat vremena". Vesti o izvanrednom uspehu su ga uznemirile, ali ne zadugo. Tehnički napredak

---

* *Džez pevač.* (Prim, prev.)

koji je omogućavao režiseru da može da određuje koja će muzika da prati svaku scenu toplo je pozdravio. Kuća *Junajted artists* je u tom pogledu zaostajala za *Vorner brosom*. U međuvremenu je Čaplinov studio ovaj tehnički napredak uzimao za ozbiljno. Jedan mladi saradnik, Arti Dž. Milford, eksperimentisao je sa takozvanim postupkom tonske igle i postupkom vitafon, pri čemu je filmski projektor bio povezan sa gramofonom – što je zahtevalo dodatni personal i bilo dosta nesigurno – ali je Arti radio na usavršavanju svoje ideje. Čaplin je za film *A Woman of Paris* i za *The Gold Rush* dao da se komponuju i aranžiraju melodije koje je na premijeri svirao orkestar. Po njegovom mišljenju, za muziku na filmu trebalo bi da bude zadužen sam režiser – bilo da ima poverenje u kompozitora ili da sam komponuje. – Ukratko: muzika da, reči ne. Za govor na platnu nema budućnosti, to je bilo njegovo mišljenje, tako da nije ni razmišljao o odbrani pantomime (o *nemom filmu* je raspravljano još dugo posle pronalaska tonskog filma). Kada je Skitnica u očaju gladi kuvao svoju prljavu cokulu i otmenim manirima je tranžirao, prvo odvojio gornji deo cipele, tako da je đon sa sve ekserima ostao da leži na tanjiru kao kosti ribe, i pre nego što ju je s mukom pojeo, obmotavao pertle na viljušku kao špagete, razumeli su ga kako u Japanu, tako i u Kongu, kao Laponci u Skandinaviji, i kao Aboridžini u Australiji. Ko god da pokuša da ovu scenu pretvori u reči i da je rečima objasni, taj će morati da napiše baš pametnu i veoma obimnu knjigu.

Mesec dana posle premijere filma *The Circus* – Čaplinovog poslednjeg „čisto“ nemog filma, 19. novembra 1927.

godine – jedne noći probudio se producent, režiser, scenarista, montažer i pevač naslovne pesme *Swing, Little Girl*. Crna ruka je bila tu i uznemirila ga.

Drugi deo

11.

The Circus ne poseduje ništa što bi ga razlikovalo od ostalih filmova. Film veliča ružno. Skitnica se prilagodio građanskom, njegova romantika je samo iluzija. Dok se u filmu *The Gold Rush* udvarao četirima ženama istovremeno, ovde mu je dovoljna jedna i nju na kraju, kada konačno shvata da ga ne voli, velikodušno odvodi drugome; nastupa u ulozi svodnika, kome je tuđa sreća važnija od sopstvene. To što, pored svih poniženja kroz koja prolazi, još i sam sebe omalovažava tako što igra ulogu anđela koji drugima donosi sreću, jeste klečanje pred onim delom publike koji mu nije oprostio razvod od Lite, neoprostiva greška: *Primite me nazad! Vidite da želim da budem ono što vi smatrate da je ispravno*. Izdao je Skitnicu. Iskoristio ju je za svoje potrebe. Izdao je umetnost. Njegov doprinos umetnosti je bio Skitnica i ništa drugo. Nije on izmislio film, nije on izmisli Skitničin štap, smešne jurnjave, tučnjave, ni gađanje tortama, a ni nemu igru lica i gestikulaciju; Asta Nilsen je bila bolji mimičar,

Daglas Ferbenks svestraniji glumac. Ali lik Skitnice jeste on smislio, sâm. Od njega je stvorio ikonu, koja je ponosno mogla da zauzme svoje mesto pored Don Kihota. Mogla! Da je poslednji nastup Skitnice bio u filmu *The Gold Rush*, njegov otac bi zadugo imao pravo na eskapade, svaku grešku, svaki pogrešan potez, na svaki najgori kvalitativni umetnički pad, uvek bi kritičari i pakosnici bili svedeni na meru – rečima: ali Skitnica! U filmu *The Circus* Skitnica je s lica skinuo masku izuzetnog i time prvi put svetu pokazao da nosi masku, i ispod nje se ukazao malograđanin. *Ja sam kao vi, zar to ne vidite?* Trebalo je da odustane od čarobnih anarhičnih scena – kao od ove: Skitnica se nameće za posrednika u pomirenju jednog diva i patuljka. Njih dvojica su suviše udaljeni jedan od drugog da bi mogli da se rukuju. Publika u filmu ne vidi ni diva, ni patuljka, već samo ruke, jednu odozgo, drugu odozdo. Skitnica je uspostavio kontakt između njih. – Napolje s tim! – U *The Circus* ne nastupaju krupni, zli tipovi koji savijaju ulične svetiljke da bi na njima zapalili tompus, koji su istovremeno i blagi očevi, koji su istovremeno spremni da zapale i ceo svet da bi to dokazali. Skitnica je bio postiđen, Skitnica je bio ponižen, kao da su stvari bile bogovi. Zato su ga ljudi voleli. Od njegove milosti je ostala parodija. *Ja sam kao vi.* Postao je dosadni histeričar. Jurnjava po kabinetu punom ogledala pretvorena je u vodvilj, čak i šutiranje policajca u stražnjicu više nije originalno. Magarac je relikt iz filma *The Gold Rush*, gde on pojede deo božićnih ukrasa samo da bi to bio povod za jurnjavu, ovde je to plagijat. Reč plagijat dolazi iz latinskog i označava *prodaju duše*. Tome nema šta da se doda.

Zato se čuje zavijanje i škripanje zuba crnog psa.

* * *

Prvo se pokrio prekrivačem preko glave. Ostavio je samo prorez za nos. To mu je ulivalo sigurnost usred avanture: neprijatelji su bili svuda, ali ga nisu gledali, oni su jahali preko njega. Posle nekoliko minuta se uspravio i seo na krevet. Nikog nije bilo u kući. Čak je Konoa Toraičija, batlera, zamolio da ode. Sada više nije sam. Taj pas možda ima pravo, kaže sam sebi, ali on laje samo iz mraka i možda ima pravo samo dok je u mraku. Pali svetlo. Crni je i dalje zavijao i škriputao zubima. Probio se sve do srca. Ipak, Čaplin „veruje da se izvesno" radi samo o nekoliko manjih grešaka koje mogu lako da se isprave.

U pola pet izjutra se taksijem dovezao u studio. (Čak je Franka Kavu, uvek raspoloženog vozača, poslao na odmor, kao i asistenta Harija Krokera.) Izašao je dva ćoška pre ulaza. Vozač je, prirodno, znao ko je on, pitao ga je da li to želi da kratkom šetnjom samo protegne noge i osmehivao se, što je možda moglo da bude solidarno smeškanje – „odlična ideja posle jedne divlje provedene noći..." – ili nije bilo solidarno osmehivanje. Ne ide u studio, slagao je. I otabanao. Zar nije mogao da prestane da imitira Skitnicu? Vozač taksija je upalio motor, ali ne i farove. Možda kao neki znak. U to doba su ulične svetiljke već bile pogašene, a ivičnjak je bio pun rupa i čovek je lako mogao da se saplete. Ili je to bila zahvalnost jer je najveći komičar sveta njemu priredio privatnu predstavu. Moguće je da se radilo o pakosti: posmatramo te, Čarli, ne zaboravi šta je rekao Linkoln – čovek može sve ljude da laže neko vreme ili neke ljude sve vreme, ali ne može da laže sve ljude sve vreme. Ako je već ubeđen da sam lažov i prevarant, onda ću mu pružiti zadovoljstvo, mislio je, moći će, dok u nekom kafeu bude žvakao svoj tost, da kaže: ja sam taj, koji može da kaže da stvarno poznaje Čarlija Čaplina. Dok se penjao u svoju kancelariju, čuo je kako se automobil udaljava.

Od smrada iz krojačnice bilo mu je zlo, nekako se ipak dokopao klozeta. Povraćao je u lavabo. Zelenu, kiselu tečnost, jednjak ga je pekao, nije mogao da se seti kada je poslednji put nešto pojeo. Isprao je usta, naslonio obraz i slepoočnicu na zid, zatvorio oči.

Na stolovima u hodnicima stajale su prepune pepeljare. Neprekidno je sve molio da na kraju svakog dana isprazne pepeljare, a ne tek sledećeg jutra kada se zidovi i plafoni, zavese i tepisi natope hladnim dimom. Smrdelo je kao u štenari. U njegovoj kancelariji je bilo zabranjeno pušenje. U svom pisaćem stolu je uvek imao čokoladu, tamnu čokoladu sa kandiranim lešnicima ili bademima. Otvorio je jednu tablu, odlomio štanglu i brzo je sažvakao. Zatim je iz sefa izvadio filmsku rolnu.

Stavio ju je u projektor i premotao skoro do samog kraja.

12.

Skitnica stoji sam na praznom trgu. Cirkuska kola su otišla.

Skitnica seda na neku kutiju. Krupan plan. Deluje tužno.

Pred njim, na tlu, leži komadić papira. Podiže ga. Na njemu je nacrtana zvezda.

Posmatra zvezdu.

Zgužvao je papir.

Ustao je, šutnuo izgužvani papir i odlazi. Ide ka sredini ekrana. Sam je.

The End. *

Pogled na zvezdu je izbacio. Je l' Skitnica traži milost sa neba? Šta bi drugo mogao da znači pogled u zvezdu? To što je zgužvao papir i bacio ga nije nimalo popravilo stvar, već je učinilo gorčom. Zar on sam sebe ne smatra dostojnim milosti?

---

* Engl.: kraj. (Prim. prev.)

Ponovo je premotao filmsku traku do mesta kada je Skitnica izbačen iz cirkusa.

•

Skitnica u gaćama. Saplića se. Zbunjen je. Zastrašen. Upravo je katastrofalno završio tačku hodanja po žici. Sa svih strana pljušti grdnja. Ne brani se. Predao se. Sve je izgubio, posao, ljubav... Merna ga više ne voli, ona voli Reksa, akrobatu na žici. Sve je izgubljeno. Odlazi.

Međunaslov: *Te noći.*

Skitnica sedi pored vatre. Završio je tamo odakle je i došao. Ništa nije dobio. Tužan je.

Pojavljuje se Merna.

Međunaslov: *„Pobegla sam iz cirkusa."*

Kleči pred njim.

„Možeš li da me povedeš sa sobom?"

Nagovara je. Ti si nešto drugo, želi da joj kaže, ti ne spadaš u gubitnike kao što sam ja. Kako da joj dâ nadu? Razmišlja.

Međunaslov: *„Imam ideju."*

Žuri nazad u cirkus, moli Reksa da pođe s njim u šumu i sretne se sa Mernom.

„Ja ne mogu ništa da učinim za nju."

Daje mu prsten, koji je on želeo da joj dâ. Pokazuje mu kako u naručju ljulja bebu i da će uskoro da se rode i drugo i treće dete. Budućnost srećnog para. Reks razmišlja i donosi odluku:

„Odvedi me do nje!"

Skitnica ga grli od radosti, ljubi ga kao da je on čovek koji mu je doneo sreću, a ne čovek koji je uzeo njegovu sreću.

Međunaslov: *Sledećeg jutra.*

Merna i Reks se venčavaju. Skitnica baca pirinač po srećnom paru. Lice mu je panično, histerično izobličeno. Želi da kaže: *Sve sam dao. Oprostite mi!*

Izbacio je celu tu scenu, dve stotine metara filma samoponiženja, dve stotine metara srama, dve stotine metara uvlake.

Posle izbacivanja u gaćama, sledi prazan trg i usamljenost: Skitnica je izbačen iz cirkusa. Rez. Cirkus odlazi. Skitnica sedi sam. Skitnica odlazi. Kraj.

Ovakav kraj niko neće shvatiti. Rez mora da usledi ranije.

Izbacivanje iz cirkusa je posledica njegovog nastupa na žici, koji Skitnica izvodi misleći da je vezan drugim užetom oko struka. To uže se, očekivano, samo odvezalo, Skitnica igra na žici bez obezbeđenja. Još se pojavljuju majmunčići koji ga ometaju, ujedaju ga za nos, vuku ga, svlače mu pantalone. Publika vrišti od straha, Skitnica se bori s ravnotežom i sa majmunima, bori se za život. – Dok je tokom noći ležao budan i dok mu se pred očima odmotavao film, to je bila scena kojom je bez ostatka bio zadovoljan. Za ovu scenu je pola godine vežbao balansiranje na žici. Ekipa je plakala od smeha, mislio je da je otkrio novu oblast na klovnovskom nebu, pomislio je da napokon može da formuliše aksiom komike: *čovek je najsmešniji kada gleda smrti u oči. Tek kad upoznamo smrt, možemo da budemo komični. To je razlog što se životinje ne smeju*. Posmatrano iz trezvenosti ranog jutra, scena je dobra. Ali ne suviše dobra. Ona je, bez dvoumljenja, najbolja scena filma, ali nije tako dobra kao prosečne scene iz ranijih velikih filmova. To je bila istina. I to je upravo dalo povod za loše kritike.

Izbacio je ceo deo. Ponovo je pošao od scene u kojoj direktor cirkusa objašnjava Skitnici da će mu dati samo jednu šansu da zasmeje publiku.

„*I've had enough of this; you get one more chance.*"*

Besan, direktor je odgurnuo Mernu na pod, Skitnica želi da protestuje, želi da se suprotstavi despotu, ali kukavički beži. Propustio je svoju šansu. Direktor to ne zna. To ne zna ni Skitnica. Ne zna ni Merna. To zna samo publika. – Bar bi trebalo da publika zna.

Cirkus odlazi. Skitnica sedi sam. Skitnica odlazi. Kraj.

Ovo je sad bilo bledo. Ili apsurdno. Ili i jedno i drugo. Nema ničeg komičnog. Nerazumljivo. Možda tačno. Ali bez poetike. Ali iskreno.

Tek oko devet su počeli da pristižu saradnici, Olav Kaminski i Bari Gudel. Njih dvojica su uvek dolazili prvi jer su dolazili iz istog kreveta i nisu želeli da drugi to znaju, njihovu strast, bili su verni svom partneru i nisu hteli čak ni da od svog zajedničkog doma idu različitim putevima do studija. Zabezeknuto su ga pogledali i brzo pobegli. Pola sata kasnije u montaži se pojavi Sidni. Film je već tad bio kraći za trećinu.

Sidni je bio staložen. Ništa nije izgubljeno. Odavno su već bile urađene kopije. Veći deo mašina za kopiranje u gradu bio je rezervisan za kopiranje filma *The Circus*, radilo se i danju i noću.

* Engl.: Dosta mi je svega. Imaš još samo jednu priliku. (Prim. prev.)

„Je l' treba nešto da se dosnimi?“, pitao je.

„Ne.“

„Šta ti treba?“

„Tonski studio. Dva tonska tehničara, ili još bolje tri. I Merna, Hari, Elen i, ako je moguće, Henri Berman.“

Sidni je slegnuo ramenima i otišao.

Oko podneva je film već bio prepolovljen. Tonski studio je bio rezervisan, glumci su čekali.

„Je l' hoćeš nešto da mi pokažeš?“, pitao je Sidni.

Bez reči je gledao trideset šest minuta koji su preostali od filma.

Kasnije je rekao: „Radnja više nije bila razumljiva. Trebalo je napisati mnogo međunaslova da bi priča mogla da se prati. Da li je trebalo da međunaslove tonski snimimo? Da ih ne ispisujemo, već da ih neko izgovori i da ih snimimo. Ovo je lirski film. Tonski film sa slikama. Oslikana pesma. To neće biti film, neće biti ni pesma. Biće nešto novo. S time niko nije računao. Čaplin je prevazišao sva očekivanja tako što nijedno nije ispunio.“

„Ko će da izgovara pesme?“

„Merna, Heri, Elen, Henri… ja.“

„A koje pesme?“

„Ja ću da ih napišem.“

„Kada?“

„Danas.“

„A koliko pesama?“

„To još ne znam, Side. Pesme bez rime. Koje neće imati veze sa cirkusom.“

„Već?“

„Sa životom. Pesme o životu, o smrti, o Bogu, sudbini, radosti, patnji, o svemu, samo ne o cirkusu. Cirkus je nem, on je simbol za život. Sve što je on jeste metafora. Niko više neće moći da kaže da sam želeo da jašem na uspehu Diponovog varijete-filma."

„A film – ili kako da ga nazovemo – neće biti duži od trideset šest minuta?"

„Ne... ne... naravno da ne... To je isuviše kratko... Naravno da će biti duži."

„Znači, ipak ćeš da dosnimiš?"

„Ne. Ostaviću moje slike. Fotografije... Svet se okreće i iznenada staje. Kao u Uspavanoj Lepotici. To je novo. To je poezija. To još nije viđeno."

„To jeste novo, da."

„Tako ćemo da uradimo. Pojedine kadrove ćemo da fotografišemo. Nabavi mi fotografa, najbolje bi bilo Leonarda K. Velsa! Neka ti Ester kaže gde ćeš da ga nađeš. A ako on ne bude mogao, Donalda Saksona. A onda ćemo da snimamo te fotografije. Bez eksperimenata, samo Roland i ja, nikakav drugi kamerman! A onda ću da montiram film sa nepokretnim slikama u njemu. Tako ćemo da uradimo. A kompletnu muziku ću ja da komponujem. Biće veličanstven, nešto još neviđeno. To nije ni film pantomime ni tonski film, a nije ni lirika. Biće to nešto novo. Tek što je izmišljen tonski film, a već će biti prevaziđen. To je umetnost koja će nositi moje ime. Publika će pronaći ime za to. Ovo je rođenje nečeg novog, Side! Je l' osećaš? Ti si prvi svedok. To je kao... kada je Homer stvorio svoj ep."

„I koliko će film na kraju biti dug, Čarli?"

„Šezdeset do sedamdeset minuta. Kao što je i bio. Normalan večernji film."

„Dakle duplo duži nego sada."

„Otprilike... da."

„Dakle, gledaoci će jedno trideset minuta da gledaju fotografije?“

Tu je Čaplin pobesneo. Sidni je zatvorio vrata montaže, okrenuo ključ u bravi, uhvatio svog brata podruku i na svoje grudi primio sav bes.

13.

Sidni ga je podsetio da svet ništa ne može braći Čaplin; jer uvek je do sada bilo da su drugi profitirali od njih, a ne oni od drugih. Porodica je na prvom mestu, a tek posle nje umetnost, a njihova posebna umetnost u stvari je zabava, koja je začeta u samoj porodici da bi se izbegli glad i hladnoća, to ne sme da zaboravi. Sve što nije glad, drhtanje od hladnoće, što nije krevet, jeste luksuz – super stvar, ali ne i neophodna. Izračunao je, rekao je, da se njih dvojica nisu više smejali u luksuzu nego u bedi.

„Kako to može da se izračuna?“, pitao je Čarli začuđeno.

„Unutrašnja statistika“, objasnio je Sid – dubokim glasom, ukočenih očiju, spuštene brade i zatvorenih usta: imitirao je Bastera Kitona, što je predstavljalo stalnu šalu između njega i njegovog brata.

Čarli je rekao ono što je uvek govorio u takvim situacijama: Sid je postao bolji glumac i da mu je žao što mu je oduzeo karijeru glumca. Sid je odgovorio ono što je uvek u takvim situacijama odgovarao: i da je tako, nije važno, važno je da je karijera glumca ostala u porodici.

„Čarli, svet nas ne interesuje previše", šaputao je svom mlađem bratu na uvo, „nema mnogo toga što nas se tiče, Karleto! Shvatimo ga i ne brinimo se više o njemu! Taj svet nas je pustio da gladujemo i drhtimo od zime. On je ubio našeg tatu i dozvolio da se mama pati. Sad nek plati. A i ako ništa ne bude hteo da nam da – bene. Šutnućemo ga u stražnjicu! Ljudi misle da je zabavno nekoga šutnuti u zadnjicu. Nije, to dobro znamo ja i ti! Mi sebi možemo da dozvolimo da budemo različiti od ostatka sveta. Misliš da bih oklevao da postanem lopov? Ako to zbog nas bude potrebno, krašću, to znaš. I ti to činiš. Ti to radiš za mene i ja ću za tebe. Ništa mi nismo dužni svetu."

I tako dalje... – Pomoglo je.

Pomoglo je do Božića.

Praznike je Čarli proveo sa Sidnijem i njegovom ženom Mini na planinama San Gabrijel. Sid je to savetovao, da se ode bez svite, tamo mu ne trebaju sekretar, batler, šofer, kuvar, jer i van Konoa Toraičija i Franka Kave postoji život. Sidni je iznajmio automobil i vozača, s njim se dogovorio i kada da ponovo dođe po njih.

Zakupili su tri sobe u jednom pansionu. Jednostavno, prijatno, toplo, svetlo. Mirisi: kuhinja, pečenje, sveće, podna politura. Osim njih u pansionu je bio još samo jedan stariji bračni par. Oboje su bili sedi i smeškali se kad god bi nekome okrenuli svoje lice, i bili diskretni. Niko nije bio znatiželjan. Sid se telefonom dogovorio sa vlasnicom da će znatiželja biti kraj njihovog boravka kod nje.

Na Badnje veče je kićena jelka u trpezariji. Čarli je prozborio prve reči sa gospođom Tejlor, vlasnicom pansiona:

da nije potrebno da se oko njega posebno trudi. Na šta je ona spustila pogled i šapatom rekla da će joj biti zadovoljstvo ako joj bude dozvoljeno da se za njega posebno potrudi. Sidni je podigao obrve i ona je ućutala. Posle ovog slučaja – malog, šareno slatkog – Čarli je svirao na dečjem čembalu. Za večeru je posluženo nemačko pečenje, sa nemačkim prilozima, bogato kalorijama i ukusno, kao dezert karamel krem.

Na Božić su posetili planinsku opservatoriju Vilson – što je pokazalo Sidove organizatorske sposobnosti, jer je stanica bila zvanično zatvorena za praznike. Neki mladi naučnik (zbog privilegije da se rukuje sa Čarlijem Čaplinom on je propustio da slavi sa svojom ženom i decom) održao je predavanje, pokazao im i objasnio funkcionisanje teleskopa, najvećeg na svetu, i bio ponosan što se ovde nalazi svetski centar za proučavanje galaksije. Vreme je bilo odgovarajuće, oblaci kao da se nebo zbog bolova nadulo. Ledeni vetar je duvao iz kosmosa.

Čarli je bio vrlo uzbuđen te večeri. U jednom trenutku, tokom večere, ispričao je Mini i Sidu, starijem bračnom paru, i gospođi Tejlor da u jednom jedinom trenu pred sobom vidi gotov film: Skitnica na Mesecu, pustinja pod crnim nebom, čovek korača po Mesecu, figure iz bajki i legendi mu se pridružuju, pojavljuje se čak i Bog otac, ili još bolje, Mesec je letnjikovac Boga na moru univerzuma… Sidni je zamolio Mini da svaku reč njegovog brata zapiše.

Bilo je prijatno veče. Čarli je malom društvu, u zavejanom pansionu, odigrao kakve avanture očekuju Skitnicu u kosmosu, a gospođa Tejlor je rekla da se u svom životu nije tako ismejala, da više ne oseća ni svoj išijas.

Sidni je bio veoma opušten. Iskrice u očima njegovog brata smirivale su ga. Nije bilo sumnje, Čarli je prebrodio krizu.

Drugog dana praznika vratili su se na Beverli Hils. Pevajući. Prvo u tri glasa, a kada su izašli iz serpentina, u četiri. Šofer je, tako se ispostavilo, bio više nego dobar tenor. Neka se javi sledećih dana u studio, rekao je Čarli kada su stigli do Samit drajva; samo dobar pevač ume da peva i nemo. Sid mu je pomogao da iznese kofere. Da li će moći da izdrži sam u kući, pitao ga je, da li je siguran, sasvim siguran. Ali da, smejao se Čarli.

Ali se tokom noći opet javio crni pas. Nije podsmešljivo i pakosno lajao. Uopšte nije lajao. Samo je stajao pred njim i piljio u njega sa visine.

14.

Kuća se nalazila ispod vile Daglasa Ferbenksa i Meri Pikford. Njih dvoje su svoj dom zvali „Pikfer“. – „Vi niste pozvani u goste kod Daga i Meri već na Pikfer“, cvrkutali su svojim gostima. Sa svojih četrdeset soba, to zdanje je bilo najveće na brežuljcima. Park je imao 60.000 kvadratnih metara, neki delovi, kako je Dag umeo da se našali, nisu još otkriveni za civilizaciju. Naspram tog imanja, Čarlijev posed je bio skroman. Njegova kuća je imala četrnaest spavaćih soba, tri terase i više balkona; iz salona se stupalo na mramorne ploče, koje su okruživale bazen; jedan senovit puteljak kroz borovu šumu vodio je do teniskog terena. Kuća nije bila najveća, ali je zato bila najlepša na Beverli Hilsu – to je svako govorio. Njemu je bila prevelika. Njemu je već bila prevelika i kada se sa Litom i dečacima i Konom Taraičijem i Frankom Kavom i svim tim personalom ovde uselio. Kuća je uvek bila puna ljudi, puki dolasci i odlasci, smeh, diskusije, takmičenja u ispijanju vina, igranje karata – a i pored svega prazna, pogrešno: iznutra prazna, bila je izjedena. Ništa nije moglo da je ispuni. Sam je napravio plan za kuću – tačno za trećinu manji, sa isto toliko soba, ali sa manjim sobama. Bilo je to početkom dvadesetih godina. Posle toga se u njegov život ubacila Pola Negri. „Šarli, želiš li da naši prijatelji pričaju kako je Čaplinov dom ulaz u Pikfer? Ne želim to. Ja ne želim!"

Najmanja prostorija je bila kuhinja. Bila je funkcionalna, skoro da na njoj nije bilo pečata arhitekte. Tu je donekle bilo podnošljivo.

Ležao je budan, osećao kako mu srce kuca, okrenuo se na desnu stranu jer se setio reči nekog propovednika koji je tvrdio da ljudi koji ne spavaju na strani na kojoj je srce duže žive. Čuo je svoje disanje, hteo da broji izdisaje, čega se plašio da ne bi iščačkao ono neprijatno. Nije našao ništa. Plašio se a nije bio uplašen. Samo jedno zastrašivanje padalo mu je na pamet. Šala sa Polom. Kada bi odlazili u krevet, ugasili svetlo, pokrili se i smestili, on bi, iskoristivši šuškanje u tami, brzo prešao na ivicu kreveta i tu seo. Pola bi prešla na njegovu polovinu kreveta i ne bi ga našla. „Šarli?", šaputala je. Ćutao je. Polako je opipavala obrise tela koje je sedelo na ivici kreveta. „Šarli, znam da se šališ." Nije se pomerao. „Molim te, Šarli, plašim se." Nije se pomerao. „Šarli, počeću da vrištim, plašim se." Najčešće se više plašio samog sebe nego što su se drugi plašili njega. Vrištali bi zajedno, upalili svetlo i zagrlili se i smejali se od srca i zavitlavali. Misli da je sa Polom bio najsrećniji. Nije je voleo. I samo s naporom je mogao da prizove njen lik. I pored toga što je njeno lice hiljadu puta proučavao za montažerskim stolom.

Ustao je pažljivo u mraku, došao do stepeništa i stepenicama se spustio u mali salon. Nije se usuđivao da upali svetlo. Razmišljanje mu se gadilo. Seo je u zelenu somotsku fotelju pored kamina i zadremao. Probudio se od zime. Osećao je besmisao koji je izlazio iz fotelje kao neka izmaglica, kao da je izdaleka dospela u kuću.

Spavao je u majušnim porcijama. Tako je bilo i sledećih noći. Selio se iz jedne u drugu sobu. Na kraju je, umotan u ćebad i sa jastukom, ležao u kuhinji pored šporeta. Ostavio je da gori svetlo. U ispoliranom čeliku poklopca rerne ogledalo se njegovo lice. Donji deo je pokazivao znake starenja. Bio je takav: mladalački star. Ovo lice nije imalo karakterne crte, već majmunski izraz. Ludačko lice onoga koji se hrani ovacijama. Osedeo je. Posle dugih pauza koje je imao prilikom snimanja, morao je da ofarba kosu da bi mogao da nastavi snimanje tamo gde je stao. Gledao se u ogledalo i nije mogao da prepozna Skitnicu.

Kasnije je pokušavao da objasni reporteru nekih francuskih novina da je oduvek naslućivao da sve što on čini ima dublje značenje, ali da mu nije jasno u čemu se sastoji taj značaj. Reporter se smeškao i klimao glavom, ali ništa nije razumeo; nije razumeo da Čaplin nije govorio o sebi, već o Skitnici. Isti taj reporter će ga upitati da li bledo lice Skitnice podseća na mrtvačku glavu. Na to bi Čarli odgovorio, i to opet kao da ne govori o sebi, već o nekom drugom: „Uvek mi je bilo jasno da se Skitnica igra sa smrću. On se igra s njom, ismejava je, vuče je za nos, ali u svakom trenutku života svestan je smrti i upravo zato je toliko uplašen što je živ."

Izvadio je iz svog sekretera ostatak ogromne rolne papira koju mu je poslao Baster Kiton pre godinu dana; nije ga preostalo onoliko koliko je pomislio, ali ipak dovoljno da na njega legne. Ipak je odustao od toga.

Istom reporteru je rekao: „Klovn je toliko blizu smrti da ga samo oštrica noža deli od nje i ponekad čak i pređe tu granicu, ali se uvek vrati. Zbog toga on nikada nije stvaran, on je u izvesnom smislu samo duh." – Taj izvesni smisao, tako će se kasnije sećati, izokrenut je tokom te noći u besmisao.

Trećeg dana otkako je bio sam u velikoj kući na Beverli Hilsu, Samit drajv broj 1085, pozvao je doktora Van Rimsdejka. Zamolio ga je da svrati i da mu donese „izvesni analgetik". Žalio se na bolove u krstima i u nozi.

„Jaki bolovi?"

Da, jaki.

„U krstima i u nozi, kažete?"

Da, tu.

„U kojoj nozi?"

Na to nije odgovorio.

Posle duže pauze doktor Van Rimsdejk: „Gospodine Čapline, ja ne mogu da vam dam morfijum. Čujete li? Jeste li me čuli? To tražite. To ja ne smem. To je samo prolazna napetost, verujte mi. Poslaću vam flašicu proverenog sredstva od valerijane i pasiflore."

Spustio je slušalicu. Bez pozdrava.

Sat kasnije je ipak pozvao Rafaela Bruksa – „utešitelja“, kako ga je zvala Meri Pikford.

Već sat kasnije čovek je stajao na kapiji i mahao, uglađen gospodin u tamnom odelu, i mantilu preko njega. On je doneo sve. Savetuje trodnevnu terapiju, za dvadeset do četrdeset sati kriza će biti prevaziđena. Važno je da se probije đavolji krug od besanice i besmisla. To je sve. Od toga ne treba praviti veliku stvar. Što se pre počne sa terapijom utoliko će i kriza brže biti *passé*. Ne poznaje nikoga ko je zbog trodnevne terapije postao zavistan. (Neki su – to naravno nije rekao, ali to i nije bilo neophodno – tri dana rastegli na tri godine, a Barbara La Mar se više nikada nije ni vratila sa terapije.)

Uteha se sastojala od osam ampula heroina i injekcije. Daglas je na ovaj način prebrodio više kriza. I Meri je s ovim imala dobra iskustva. Oboje su o Rafaelu Bruksu govorili s poštovanjem. U rokovnicima svih njihovih prijatelja upisano je njegovo ime. Nije sentimentalan, ne morališe, precizno informiše i o medicini ima više pojma od desetine lekara. Da je samo pristala da je on leči, Barbara bi još bila u životu. Te godine je heroin u Holivudu bio najveća moda, na svakom partiju je postojala odvojena prostorija u kojoj je na ogledalu ležao u tankim linijama. Gost bi namignuvši pitao domaćicu: mogu li da dobijem ključ od sobe za osvežavanje? Ili: kuda se ovde ide u raj? Prah je urolanim dolarskim banknotama ušmrkavan u nos. Rafael Bruks je osuđivao tu metodu. Kao prvo, na svim tim partijima se, po pravilu, radilo o veoma razređenom prahu, a kao drugo, nosna sluznica je patila od takvog načina konzumiranja. Osim toga, samo malobrojni su znali šta je prava doza. On, naprotiv, garantuje da je materijal čist, kao i čiste injekcije i dodatne informacije. Doza koju on preporučuje jeste, priznaje, veoma velika, ali je zato delotvorna. Manje heroina, ali zato češće unošenje, mnogostruko je opasnije jer se organizam na to navikne. To dovodi do dva loša rezultata: depresija ne nestaje, već se pojačava, a pacijent postaje zavistan. Jedna kratkotrajna terapija sa relativno velikom dozom razbuca depresiju i telu ne pruža priliku da razvije zavisnost. Bruks je depresiju poredio sa zapaljenom bušotinom nafte, a heroin sa nitroglicerinom.

Gospodin Bruks je bio odgovoran čovek. Kod nekoga kao što je gospodin Čaplin, koji prvi put prima ovu vrstu terapije, on insistira na manjoj dozi, kao nekoj vrsti probe, čije dejstvo nije dugo. Svako reaguje drugačije. Postoje osobe, manji broj njih, koje nikako ne podnose heroin. Njima mora da se pomogne na drugi način. Istina je da je dečja igra ubrizgati heroin sam sebi, ali on ipak smatra da je njegova obaveza da isprati pacijenta prilikom prvog puta, dva sata će ostati s njim, oni su uračunati u njegov servis.

Čaplin je zavrnuo rukav košulje, dopustio da mu nadlakticu stegne gumenim crevom, stegao šaku u pesnicu ne popuštajući sve dok se vene nisu ocrtale. Gospodin Bruks je mesto uboda protrljao vatom natopljenom u alkohol.

„Sada ćete odmah da ga osetite", rekao je i opustio gumeno crevo.

U jednom dahu je heroin dospeo u Čaplinov mozak. Činilo mu se kao da mu oči ulaze u mozak, toplota se širila njegovim leđima. Sedeo je na tvrdoj kuhinjskoj stolici, stopala su samo velikim prstima dodirivala pod, a i pored toga mu se činilo da hoda po tlu mekom kao rastopljeni vosak. Uskoro njegove misli nisu više bile dovoljne da shvati o čemu se radi. Bilo mu je svejedno.

Dejstvo je trajalo skoro pola sata, zatim je bilo pliće, posle još jednog sata se povratio.

„Sada bi bilo dobro da spavate", rekao je Rafael Bruks. „Duboko ćete zaspati. I kada se probudite, biće vam mnogo bolje. Što ne znači da treba da prekinete terapiju. Naprotiv. Kada se dobro osećate, ne znači da je terapija uspela. Tek nakon tri dana kriza je prebrođena."

Klimnuo je glavom. Nije želeo da govori. Mogao je da govori, ali nije hteo.

Bruks mu je dao ukrašenu drvenu kutiju, presvučenu somotom, u kojoj su se nalazili nov špric i sedam ampula i naplatio. Kutiju može da zadrži, uračunata je u cenu, kod budućih kriza će samo da je dopuni. Pre nego što ode na spavanje neka sebi da još jednu injekciju, a onda jednu ujutru i još jednu uveče. Ako bude imao problema oko pronalaženja vene, biće dovoljan samo jedan telefonski poziv. Svaku sledeću kućnu posetu moraće da plati.

Legao je pored kuhinjskog šporeta, spavao do duboko u noć i probudio se sa osećajem potpunog luzera. Iz prljavštine Londona u prljavštinu Holivuda – tako bi glasio njegov naslov. Sam sebi je bio obično i užasno biće, istovremeno. Nije više verovao ni u kakvu pomoć, niti da se radi o krizi. Sedeo je i tupo gledao u prazno. Onda je sadržaj svih sedam ampula uvukao u injekciju, stakleni cilindar je bio pun. Sedeo je na stolici, u kuhinji, zavrnutog rukava, s gumenim crevom obmotanim oko nadlaktice. Zategao ga je, ponovo popustio, ponovo zategao, ponovo popustio.

Vrh igle je dodirnuo zelenkastu venu. Onako kako mu je Bruks pokazao.

Zaspao je i posle toga opet pokušao. Opet je spavao i ponovo probao.

Na Novu godinu je poslao telegram: „Čarliju potreban Vinston."

Brz odgovor: „Vinston dolazi."

15.

Dva dana pre premijere, koja je, po Čaplinovoj želji, održana u Njujorku, film *The Circus* je prikazan odabranoj publici; bilo je tridesetak zainteresovanih – prijatelji, kritičari, umetnici iz drugih oblasti (među njima i pisci Šervud Anderson i Doroti Parker i slikar Vilijam Glakens), naučnici (na primer kasniji dobitnik Nobelove nagrade Artur Holi Kompton), biznismeni (ne V. R. Herst!), političari (Džozef P. Tamalti, nekadašnji lični sekretar predsednika Vudroa Vilsona, i Al Smit, guverner države Njujork i predsednički kandidat Demokratske stranke) i naravno Daglas Ferbenks i Meri Pikford, kao i Marion Dejvis. Matine je bio više nego uspešan. Izuzetan događaj: Marti Hobson, feljtonista *Kosmopolitena* i deklarisani Čaplinov neprijatelj, prišao je autoru posle prikazivanja filma i rekao mu – ne puštajući njegovu pruženu ruku: „S radošću bih vaš film iskritikovao, gospodine Čapline, pa čak i da je samo dobar, ja bih to uradio, da, ja sam toliko nepravedan. Nažalost, on je veoma dobar i više od toga i zato sam primoran da ga pohvalim. To vam nikada neću oprostiti." Ono što je bilo najlepše, prisećao se Čaplin kasnije, bila je činjenica da Hobsonova ljutnja nije bila odglumljena. Taj *homme de lettres* je prijem napustio crven u licu od besa, da bi napisao jednu od himni kakvu nikada više neće napisati. „Taj sitni popišanko" – Sidnijeve reči.

Time je crni pas bio oteran, ili se sam povukao – a s njim i detaljno sećanje na njega. Da, da, rekao je Čaplin u jednom intervjuu, priznaje da je poslednjih nedelja bio „malo rasejan".

Sidni je već radio na organizaciji za snimanje filma *City Lights*. Nije želeo da njegov brat ijednog trena bude besposlen.

Petog januara, dan pre zvanične premijere u teatru *Strand*, Čerčil je stigao u Njujork. Odmah se odvezao do Čaplinovog hotela. Šoferu je rekao da ga čeka ispred hotela. Bilo je kasno popodne, dovoljno vremena, biće dovoljno vremena i za zajedničku šetnju kroz Centralni park, jedan pored drugog, kao pre godinu dana na plaži Santa Monike, da se opet bore protiv crnog psa. – Čerčil je sreo „zdravog gospodina Čaplina, lepog izgleda i očigledno dobro raspoloženog".

Čerčil je sledeću scenu opisao u pismu Brendonu Brakenu; činio je to na za njega tipičan detaljan način, koji je Šarl de Gol jednom oduševljeno, i istovremeno osuđujući, poredio sa metodom studiranja insekata Žan-Anrija Fabra.

On je, pisao je, „kao civil" (tako je koristio pojam „inkognito" za svoju ličnost) ušao u foaje hotela *Valdorf astorija* i u sredini, okruženog fotografima, znatiželjnicima, važnima i onima koji bi to rado da budu, ugledao Čaplina. Bio je u smokingu, kosa mu je od njihovog poslednjeg viđenja posedela na zulufima, čak se i preko razdeljka provlačila pokoja seda vlas. U ruci je držao činiju, kakve su, pune slatkiša, obično bile raspoređene po stolovima u foajeu. Činiju je balansirao na kažiprstu, kao neki cirkuzant, i za to je dobio aplauz. Sada je činiju desnom rukom podigao iznad glave, širim delom okrenutu nadole, srednji prst i kažiprst leve ruke položio je ispod nosa i time, bez sumnje, a za svakog prepoznatljivo, želeo da odglumi Skitnicu – šešir i brkovi. I upravo kada je hteo da pomeri kukove u položaj karakterističan za Skitnicu, želeći da nadomesti nedostatak Skitničinog štapa, njegov pogled se probio kroz prored između obožavatelja i novinara do njega, Čerčila. Za trenutak je zastao, a onda je činiju i brkove – da, i brkove – predao nekoj dami, probio se kroz gužvu i osmehnuo mu se. Tek što je napravio nekoliko koraka, delovalo je da mu je postalo jasno *zašto* je on, Čerčil, prešao Atlantik, verovatno je precrtao važne termine iz svog kalendara i uneo zabunu među sekretare i ministre, sve zbog velike brige za njega, tako da veselost i šaljivost uopšte nisu bile adekvatne jer su upravo ukazivale da razlog za brigu više ne postoji. Dakle, podigao je ruke uvis i radost pretvorio u tugu, što je bilo preterano i neverodostojno, zbog čega je ruke odmah spustio, što je trebalo da pokaže da ga je ponelo opšte raspoloženje: manično-depresivno ludilo. Odglumljeno ili ne? Video je na licu svog prijatelja koliko mu je bilo neprijatno, koliko je bio užasnut što mu je dobro. Zaboravio je da stornira svoj krik! On, Čerčil, žrtvovao je mnogo toga da bi pomogao svom prijatelju u nevolji, a on, prijatelj, nije se ni potrudio da mu javi kako mu više nije potrebna njegova pomoć. Čerčil se stideo, stideo zbog zloupotrebe njegove zakletve i zbog njegove neuspele pantomime.

„Znam", pisao je Čerčil, „na njegovom licu se retko oslikavala istina. Ali šta to znači? I: koja istina? *Istina klovna.* Ona je saopštavala kako je onome koga je imitirao. Kako je, na primer, meni dok me imitira. Nije govorila ništa o tome kako je njemu. Tu istinu je umeo da sakrije. Onaj kome je pošlo za rukom da od njega otrgne tu istinu, nije učinio ništa dobro."

Pismo Brandonu Brakenu završavalo se sa: „Strašno mi je žao što sam dozvolio da ovaj moj izuzetan prijatelj pomisli kako me je razočarao. Pri čemu je samo jedan mali trzaj njegovih obrva činio moju dušu zdravijom od šake pune tableta."

Virdžinija Kauls, koja je imala više prilika i mogućnosti za uvid u Čerčilovo srce od Šarla de Gola, pisala je u jednoj svojoj refleksiji kako je tokom godina sve više kod Čerčila primećivala posebnu sklonost za mikroskopska posmatranja i detaljne opise, koje je smatrala pokazateljima nadolazeće depresije; kao da je sakupljao te svoje sposobnosti za poslednji pogled na svet, koji će uskoro za dug, taman, težak period biti udaljen od njega. – To zapažanje mi je zapalo za oko kada sam čitao Čerčilovo pismo upućeno Brandonu Brakenu. (Jedan prepis tog pisma se nalazio u ostavštini koju je Vilijam Not poslao mom ocu. Gde je tu autograf, ne znam. Interesovalo bi me da uporedim Čerčilov rukopis iz tog doba sa rukopisom iz drugog perioda; da li se potez crnog psa prepoznaje u tom rukopisu.)

* * *

Čaplin je u vreme premijere filma *The Circus* stvarno imao malo vremena za Čerčila; himnična recenzija Martija Hobsona u *Kosmopolitenu* unela je promenu u javno mišljenje. Aleksander Vulkot, glavni urednik *Njujork tajmsa*, pisao je u svom uvodniku: „Zahvaljujući nerazumnom nedostatku takta našeg civilizacijskog nagona neko je sebi mogao da dozvoli da proganja Čaplina kao da je on bilo ko, a ne najizuzetniji glasnik lekovitog smeha koga je svet ikada upoznao." Manfred van der Lan, glavni urednik *Čikago tribunala*, ukazivao je na dvostruki moral, koji je, kako je on pisao, „skoro ućutkao jednog od najvećih američkih umetnika." Sidni je ukazao Čarliju na kako imperijalističke, tako i nesvesno komične formulacije – imitirajući dvorskog duha, ismejavao je tupo: „Jadna je ta Amerika ako britanska zvezda nemog filma ućuti!" Smejali su se od srca, baš kao nekada.

Čaplin, koga je štampa godinu i po dana provlačila kroz blato, da bi ga zatim ignorisala, sada je iz intervjua u intervju bivao sve zanimljiviji. Stvarno je imao malo vremena. Ali je Čerčil smatrao da ga izbegava.

Trebalo je da prođe tri godine da bi se ponovo sreli.

16.

U februaru 1931. godine – tri godine posle filma *The Circus* – u Londonu u *Dominion* teatru prikazan je film *City Lights*. U gradu je zavladala prava Čaplin-histerija, koja je sve iznenadila, policiju, osoblje hotela, Čarlijevu pratnju i, pre svega, njega samog. Nosili su ga na rukama – i to bukvalno: kada se limuzina zbog mase sveta, koja se tiskala ispred hotela, zaustavila dva ćoška pre ulaza u hotel, a Čaplin, koji nije ni sanjao da je gužva stvorena zbog njega, izašao iz automobila da bi video o čemu se radi, podigla su ga dvojica bodigardova i bukvalno odnela do hotela kroz masu koja je vrištala. Stotine ruku se ustremilo na njega, ljudi su se međusobno tukli ne bi li mu prišli i dodirnuli ga, kao da se radilo o nekom čudotvorcu. To oduševljenje mu je bilo čudno; ali je i uživao u gužvi stvorenoj oko njega, posebno ovde, u Londonu, koji je nekada, kao siromašno dete iz bednog staništa, napustio u jadnom brodu *Kernrona* – svako dete je u međuvremenu znalo za njegovu priču. I tada se okupila gomila sveta;

trinaestogodišnja princeza Marija Viktorija, ljubimica Imperije, upravo se vratila iz Australije. Ali tada je bilo manje sveta nego sada, ispred hotela *Karlton*.

Film *City Lights* je britanska štampa – ne drugačije od štampe u Americi – slavila kao *majstorsko* delo filmske umetnosti, tragikomediju, kao da se – Timoti Bedford u *Mančesterskom gardijanu* – „duh Ahila i Aristofana stopio u jedno". Da li je računao sa ovakvim oduševljenjem, pitao ga je Karlajl Robinson, čovek zadužen za štampu u *Junajted artistsu*. „Da", odgovorio je Čaplin jasno i prkosno i suprotno istini.

Nedelju dana je Skitnica vladao naslovnim stranama novina, njegovo nasmejano lice proteralo je deprimirajuće vesti o svetskoj ekonomskoj krizi.

Ledi Astor ga je pozvala u Klivlend, vladarsko stanište britanske kraljevske familije. Poziv je bio legendaran; u štampi je o tome izveštavano kao da se radilo o državničkoj poseti. Ona je bila predstavnik torijevaca u Donjem domu, ali je zastupala liberalne stavove i vodila ekscentričan život, što je rado pokazivala i izborom gostiju koje je pozivala. Bila je tada prijateljica ekonomiste Džona Majnarda Kejnsa, koji je u to doba smatran za revolucionara, kao i radikalnog dramaturga Džordža Bernarda Šoa i ne manje radikalnog H. Dž. Velsa, koji je simpatisao sovjetsku Rusiju i koji se zalagao za ukidanje monarhije. Prisutni su bili i Dejvid Lojd Džordž, Remzi Makdonald i Stenli Boldvin – ovaj prvi: jedini, i do danas jedini liberalni premijer, ovaj drugi: član Laburističke partije i aktuelni premijer, a treći: nekadašnji konzervativni premijer. Čak je bio pozvan i kasniji britanski fašistički vođa Osvald Mozli. I: Vinston Čerčil.

Ledi nije znala da su Čerčil i Čaplin prijatelji. Ona je, pre svega, želela da se pohvali Čaplinom, a da pred Čaplinom ostavi utisak na Čerčila. Sva tri premijera, čak ni oba pisca, ni ekonomista, nisu bila ravna Čaplinu, tako su kasnije izjavili, osim sjaja Vinstona Čerčila.

Čerčil nije blistao. Držao se po strani, malo govorio, nije pio (što su svi primetili). Delovalo je kao da je bolestan, podnaduven, ljubičast. Čaplin je pokušavao da mu priđe, rukovali su se, razmenili nekoliko reči, ali ne o njihovom poslednjem susretu u Njujorku. Čerčil je pokazao da je „fasciniran" filmom *City Lights*, formulacija o kojoj je Čaplin više godina razmišljao. Scena sa užetom na čijem je jednom kraju kamen, a na drugom vrat, rekao je, nju su, koliko se seća, zajedno smislili u divljini visova Malibua. „Ne, ne", mrmljao je Čerčil, „Čaplin ju je smislio, ja sam samo imao čast da prisustvujem tom činu."

Ledi Astor je zamolila Čerčila da održi zdravicu. Poslušao je, govorio tihim glasom, opipavajući svaku reč, poguren, kao da se bori s bolovima: „Dragi lordovi, dame i džentlmeni", otpočeo je, bio je jednom jedan mali momak, koji je živeo na drugoj obali Temze i otišao je u svet i osvojio ga. Pokazao je na Čaplina, koji je sedeo preko puta njega, hteo da izgovori njegovo ime, ali mu je glas otkazao poslušnost, a gosti su čitali s njegovih usana. To nije bila namera. Ali je tako shvaćeno – nije bilo neophodno da se izgovori na koga misli.

Čaplin je bio veoma uznemiren, zato je i načinio gaf. Ustao je i takođe počeo sa „Dragi lordovi, dame i džentlmeni", uputio nekoliko reči svima i nekoliko

Čerčilu, nazvavši ga „my friend, the late Chancellor of the Exchequer“* – što je značilo „pokojni“ umesto „bivši“. I da bi popravio situaciju, zbog nelagode se ispravio: „Izvinite, ali veoma ružno zvuči kad se kaže: 'Ex-Chancellor of the Exchequer'**.“

Lojd Džordž, Boldvin i Makdonald izvesno su se radovali Čaplinovim nespretnim rečima – Čerčil je prešao u liberalnu partiju prvopomenutog da bi se osvetio konzervativcima, tamo pripadao levoj frakciji i partiji naneo više štete nego koristi kao ministar unutrašnjih poslova; pod drugopomenutim je, pošto je više puta promenio stranu, bio ministar finansija, ali je, posle izbora koje su konzervativci izgubili, izašao iz vlade u senci, što je partija pozdravila s velikim olakšanjem; u očima trećepomenutog, trenutnog premijera iz redova Laburističke stranke, Čerčil je važio za prožderača socijalista, izrabljivača radnika i za neprijatelja broj jedan njegove partije.

Čerčil je pozvao Čaplina u goste, na Čartvel – demonstrativno samo njega! Pokazao mu je bazen, koji je sam iskopao i ozidao, i jezerce sa patkama, kao i kuću za goste koja je još bila u izgradnji, ali sve vreme nije bio svoj, prema njemu se odnosio kao prema nekom neznancu, ubrzo se izvinio i prepustio svojoj ženi Klementini da se brine o gostu.

* Engl.: Moj prijatelj, pokojni kancelar blagajne. (Prim. prev.)
** Engl.: Bivši kancelar blagajne. (Prim. prev.)

17.

Čaplin je u Londonu ostao dve nedelje, bio pozivan na prijeme, naizmenično glumio plejboja i Tila Ojlenšpigela, flertovao, dao nebrojene intervjue, uživao u tome da izjavu koju je dao *Opserveru*, samo nekoliko sati kasnije opovrgne u tvrdnjama koje je saopštio *Ivning postu*. Proširio se trač da ga je Remzi Makdonald predložio za viteza i da je kraljica Meri uložila svoj veto. Jednom je Čaplin rekao da bi mu bila velika čast kada bi ga kraljica primila, kasnije je širio vesele anegdote kako mu je skoro ponuđena uloga viteza, ali da mu se scenario nije dopao. Deo štampe se zabavljao, drugi je bio zgrožen; jasno je koje poruke on šalje, pisalo je, takve šale su čista uvreda za monarhiju. Izvinio se i sledećeg dana pravio šale na svoj račun što se izvinio. Dopadalo mu se da se glupira.

A onda mu se odjednom više nije dopadalo. U svakom slučaju, ne više u Londonu.

Bez najave je otputovao, pola svoje pratnje je ostavio u Londonu. Prešao je kanal i vozom, u privatnom vagonu, koji su mu Astorovi stavili na raspolaganje, krenuo za Berlin. Tamo je u hotelu *Adlton* ručao sa Marlenom Ditrih, princ Hajnrih od Pruske mu je pokazao najlepše građevine Potsdama, posetio je Alberta Ajnštajna i bio fasciniran njegovom skromnošću, bio svedok nacističkog marša kroz grad i slušao govor izvesnog dr Gebelsa. Nije mogao da veruje da se radi o političaru a ne o njegovom kolegi, niko ne može da sluša tog čoveka a da ne pukne od smeha, rekao je. Da li govori engleski, taj klovn? S takvim likom bi bilo lako započeti karijeru u tonskom filmu i zaraditi mnogo novca. Šteta što Sidni nije tu, on bi sklopio dobar posao. Piter Lori i Silija Lovski, koji su bili u Čaplinovoj pratnji, odvukli su ga dalje, plašili su se da bi neko mogao da ga prepozna, iako on, u međuvremenu prosed, nije više podsećao na Skitnicu iz svojih filmova. Da on, Čaplin, zna nemački, rekli su, posle samo nekoliko reči bi shvatio da je taj čovek sve drugo samo ne smešan, a sigurno ne klovn. U *Jurišniku*, propagandnom listu nacista, osvanuo je članak o „duhovno nezasitom američkom pajacu-Jevrejinu".

Put je dalje vodio za Beč, i tamo su ga sačekale hiljade ljudi. Samo uz pomoć policije, koja je načinila kordon oko njega, uspeo je da se domogne hotela *Imperijal.* Želeo je da poseti Sigmunda Frojda, ali to nije bilo moguće.

Sledeći cilj je bila Venecija – vožnja gondolom, Duždeva palata, most Rijalto, ručak sa piscem Masimom Bontempelijem, koji mu je održao govor o Musoliniju i pobedonosnoj budućnosti fašizma. – Napokon Pariz! U hotelu su ga sačekala Sidnijeva pisma. Njegov brat nije insistirao na okončanju puta, on je samo naveo sve ideje koje je Čarli tokom poslednjih godina notirao i diktirao u vezi sa novim filmom, filmom koji je trebalo da bude socijalna kritika društva i u duhu klasne borbe. Sidni je znao da njegov brat ne može da odoli samo *jednoj* stvari, poslu.

Čarli je još mogao da odoli. Sredinom aprila, na rođendan svog brata, sreo se sa Sidnijem u Nici i nagovorio ga da na neko vreme zaboravi na svoje obaveze. Zajedno su otputovali u severnu Afriku, doživeli vesele i uzbudljive trenutke i vratili se preko Španije nazad u Francusku, pošto su dobili vest o smrtnom slučaju: Ralf Barton se ubio u Njujorku.

Ralf Barton je bio poznati karikaturista i do pre godinu dana traženi ilustrator. Uvek je smatran za teškog čoveka, ali je na kraju postao pretežak i za svoje poslodavce, tako da su digli ruke od njega. Činilo se da on generalno nije mogao da se složi s bilo čim. To je otežavalo svaki posao. Ali Čarli je bio fasciniran njime; nije poznavao nijednog umetnika kojeg je bilo moguće posmatrati dok stvara, osim Ralfa. „Daj mu bilo šta u ruke, pisaljku ili kamen, ili parče krede, ili uglja, i reci: lav! Ili: T. S. Eliot! Ili: anđeo Gabrijel!, i nacrtao bi ti ono što tražiš na papiru, ili asfaltu, ili na tabli, ili salveti. Počne, okleva nekoliko sekundi i nastavi liniju bez prekidanja do samog kraja. Neka natprirodna sila vodi njegovu ruku." Ova izjava je bila odštampana na poleđini knjige sa izabranim crtežima Ralfa Bartona. Od tada su bili prijatelji. Kada je jednom Čarliju saopšteno da je Ralf pokušao samoubistvo jer ga je napustila žena, spontano ga je pozvao da mu pravi društvo na putu u Englesku i kroz Evropu. Ludo su se zabavljali u Londonu, manje u Berlinu, nimalo u Beču.

Barton je stvarno bio težak lik. Njegovo raspoloženje je bilo tiransko, paranoja je nešto što opterećuje. Kada je konačno u Veneciji napustio malu družinu, svi su bili srećni. Čak i Čaplin. Svi su smatrali da njegove neprestane pretnje kako će se ubiti ne treba uzimati za ozbiljno, radi se o čistoj uceni, ničem drugom. A onda je stvarno sam sebi oduzeo život.

Čaplin je od francuskog flimadžije Ejbela Ganca čuo da se Čerčil nalazi u Bijaricu; veliki čovek, trenutno nezaposlen, konačno je otišao na odmor, za šta, kao što je svima bilo poznato, tokom poslednjih dvadeset godina nije imao priliku.

„To je on rekao?“

„Kažu da je on to rekao, da.“

„Jeste li razgovarali s njim?“

Ne, Ganc nije s njim razgovarao. Tu informaciju je dobio od pesnika i glumca Antonina Artoa, koji je Čerčila intervjuisao za jedan nadrealistički časopis i koji je bio oduševljen njime, njegovim humorom i njegovom borbenošću, svi njegovi odgovori su bile jednosložne reči.

„A kako je inače delovao? Ozbiljno? Veselo? Odsutno? Ljutito? Tužno?“

To Ganc nije znao.

Čaplin je hteo da poseti prijatelja u Bijaricu, sâm. Još ga je proganjala savest zbog njegovog gafa za vreme ručka kod ledi Astor (obavešten je da je izraz „The late Chancellor of the Exchequer“ u Parlamentu postao Čerčilov nadimak), a još ga je i grizla savest što mu nije poklonio dovoljno pažnje prilikom njihovog susreta u Njujorku, za vreme premijere filma *The Circus*, pre tri godine; smatrao je sebe krivim što je odnos između njih dvojice zahladneo. Samoubistvo Ralfa Bartona duboko ga je potreslo, ceo jedan dan nije želeo nikoga da vidi. Ali njegove misli nisu bile posvećene Ralfu, to je shvatio, takođe uz grižu savesti, priznao je sebi, već usamljenom prijatelju na obali Atlantika. O Ralfu – nažalost – nikada nije previše brinuo, o Vinstonu jeste. Sa Ralfom nije sklopio nikakav pakt, sa Vinstonom jeste.

Zatekao je „čoveka bez raspoloženja“.

18.

U hotelu *Palas* rekli su da je Čerčil na plaži. Slika.

Tako ga je Čaplin i zatekao: u flekavom mantilu, sa slamnatim šeširom na glavi, koji je bio vezan kožnom trakom ispod brade, u grubim cipelama, u vunenim rukavicama sa odsečenim vrhovima prstiju. Sedeo je u rasklopljivoj stolici, štafelaj zaboden u pesak, u desnoj ruci paleta, u levoj četkica, među zubima tompus. Slikao je beli svetionik na rtu Hejnsart i stene ispred njega, kao i obalu i more sa penastim krunama. Bez ptica. Bez ljudi.

Bio je početak septembra, vetar je sa Atlantika nanosio slankast vazduh i rasterivao grudve oblaka pod suncem, tako da se svetlost menjala: od nepodnošljivo jarke do mutne i tmurne. Na slici koja je stajala na štafelaju širilo se letnje plavo nebo nad tlom i morem, prisećao se Čaplin. Slika je – to je bio njegov prvi utisak – prikazivala nešto sasvim drugo od raspoloženja njegovog prijatelja. Lice mu je bilo dopola prekriveno maramom, koju je nosio ispod šešira, jedan fragment lica je govorio o tuzi i besu, više o besu nego o tuzi. Da je kamera prvo prikazala to lice, publika bi, dole u sali, ispred bioskopskog platna, pomislila da slikar radi na nekom pamfletu, nekoj karikaturi, povlači četkicom poteze kojima želi da se sveti, želi da povredi. Nasuprot tome, slika prikazuje mir, koji u stvarnosti nije postojao i mogao se prihvatiti samo kao simbolični odraz neke unutarnje sreće. Ali koliko je ovo tumačenje bilo pogrešno! I koliko je bilo pogrešno tumačenje izraza lica umetnika!

On je, pričao je Čarli, položio ruku na rame svog prijatelja, nežno, da ga ne uplaši, a onda je tiho, ali jasno artikulisanim glasom – što do sada nije čuo u tonskim filmovima koje je gledao – rekao:

„Ja sam, Čarli."

To je uradio da bi odmah postigao prisnost koja je nekada postojala između njih – onu koja mu je nedostajala u Njujorku ili kod ledi Astor.

„Ja sam, Čarli", ponovio je – samo malo teatralnije, što je, s jedne strane, ako zanemari patos, značilo: došao sam da ti pomognem; a s druge strane, ako bi bilo shvaćeno ironično, moglo je da se protumači kao: Don Kihot, ti, i ja, Sančo Pansa, možemo da pobedimo vetrenjače – ili slično.

Čerčil je povukao još dva, tri, četiri poteza četkicom i onda se okrenuo k njemu.

„Oh!", rekao je i nastavio da slika.

Citiram iz knjige Jozefa Melcera, gde on na tri strane citira Čaplina:

„Ne znam" – Melcer napominje da je Čaplin svoja sećanja i misli više puta prekidao i dugo ćutao, a njemu odmahivao rukom svaki put kada je u tim pauzama hteo da postavi dodatno pitanje – „ne znam, najvećem broju ljudi na svetu zazvučaće nepristojno, čak podlo: iskoristiti patnju prijatelja za sopstvene umetničke ambicije, proučavati pažljivo njegovu patnju da bi je kasnije što bolje reprodukovao. Posmatrano iz nekog zajedničkog ugla, umetnici jesu podli i pokvareni. Crni pas je posetio mog prijatelja. I zgrabio ga za vrat. Oduzeo mu moć govora. Taj francuski pisac i glumac, koji ga je intervjuisao za svoj časopis, mora da je bio slep ako je mislio da je Vinston vickast i veseo, ili je samo video ono što je želeo da vidi. Tačno je da je izgovarao samo jednosložne reči. Drugi slog, i treći i četvrti, njih mu je pojeo pas. Pristigao sam u pravom trenutku. Kasnije mi je pričao da je to bila najgora depresija njegovog života, i najduža, a kroz dane je uspevao da se spase samo zbog činjenice što je znao da se u njegovom koferu, ispod košulja, nalazi njegov brauning. Pitao sam ga zašto me nije pozvao, kako smo dogovorili. Rekao je da nije imao snage za to. Mislim da mi više nije verovao. I imao je sve pravo da mi više ne veruje. Izdao sam ga u Njujorku i kod ledi Astor. I ovog puta sam ga izdao. Došao sam iako me nije pozvao. To je moja zasluga. Sada sam bio tu. Bio sam sa njim. Ali nisam bio bolji od onog glumca i pisca sa njegovim intervjuom. Nisam bio slep, ali sam i ja video samo ono što sam želeo da vidim. Tu neverovatnu sliku! Jedan star čovek, stariji nego što je stvarno bio, mnogo stariji, sedi na obali, skvrčen, naizmenično pridržava štafelaj i šešir da mu ih vetar ne oduva, bori se protiv psa, za svoj vrat i svoju dušu, tako što slika idilu na platnu. Čovek bez raspoloženja, do neizdržljivosti pun ničega, život kao muka. Tokom sata koji smo zajedno proveli na obali morao sam da pomislim kako je to scena iz nekog filma. I prvi put u svom životu pomislio sam da to može da bude scena iz tonskog filma. Ne samo jedna scena, to je mogao da bude ceo film! Nikakva produkcija iz studija! Snimao bih ovde, u Bijaricu, tačno na tom mestu, ni metar udesno, ni metar ulevo. Vinston je fiksirao jedini mogući položaj. Dva čoveka se susreću na obali i sve što se vidi drugačije je od onoga što jeste. Nikada tako nešto nije prikazano u nekom umetničkom delu. U svakom slučaju ne u toj snazi, kako sam je ja video. Tako nešto može samo film. Ne, pomislio sam – i čudio se sam sebi – mislio sam: *tako nešto može samo tonski film*! Poželeo sam da zaigram, tu na obali. U tom trenutku sam spoznao šta je tonski film! Šta su tonski filmovi koji su već bili u bioskopima – *The Jazz Singer* ili film *Lights of New York**, koji mi se više dopao – oni nisu bili ništa drugo do pozorište na filmskoj traci! Dokumentarni filmovi. Oni su dokumentovali pozorišnu predstavu. Ali ono što sam ovde pred sobom video kao gotovo umetničko delo, to je bio pravi tonski film, tonski. *Prvi film u kome glumci govore!* Ono što je ovde izgovoreno nije moglo da se predstavi pantomimom. Filozofi kažu: ko govori, greši. Ovu sentencu sam tetovirao s unutrašnje strane svoje lobanje. Ali greške čovek može da ispravi samo ako nastavi da govori. Ko jednom progovori, mora da nastavi da govori. Čaplinov prvi tonski film! I svakako da su samo glumci naše klase u stanju da igraju u pravom tonskom filmu. Komad za dve osobe. Naslov: *Dva gospodina na obali*. Podela: *Baster Kiton i Čarli Čaplin*. Ko još? Molim vas,

---

* *Svetla Njujorka*. (Prim. prev.)

ko još! S time niko ne bi računao. Čaplin kao anti-Čaplin. Život, onakav kakav jeste! On se ne sastoji od tri scene ili pet scena, ne radi se o drami. Život je sled scena koje se nadovezuju jedna na drugu, bez reda. Govor kao pesma. Večno ponavljanje istog. Svaka reč prepoznatljiva melodija. Svetlo je dan. Tama je noć. Nikakve metafore! Film se uvek interesovao za ono drugačije. Dobar film pretvara to drugačije u misteriju. Čini to tako što prikazuje kako jeste. Šta se dešava sa prekomernom originalnošću? Logično bi bilo: film u boji. Adam je kod Miltona imao smeđe lokne, Odisej kod Homera... – Seo sam pored Vinstona na pesak i, umesto da se s njim borim protiv crnog psa, što bi bila moja prijateljska obaveza, sedeo sam u svom privatnom bioskopu, čije platno je bilo toliko veliko koliko i unutrašnja strana mog čela, i gledao sam, čudio se, slušao i ćutao. Vinston me je razumeo. Kasnije sam mu pričao o tome i on me je razumeo. Rekao sam mu: 'Od kada mi ljudi umemo da govorimo, sve što vidimo je drugačije od onoga što jeste.' Tu činjenicu, rekao sam mu, spoznao sam tog popodneva na obali Bijarica. I to jeste istina. Zato sam želeo da se što tačnije sećam te scene. I zato sam te noći u hotelskoj sobi napravio zabeleške. I zato sam bio veoma pažljiv. Zato sam bio nepažljiv..."

Sledećeg jutra Čaplin je otputovao – s gorčinom u grudima, zato što je opet izdao svog prijatelja. Brzo je sebi obezbedio još jednu zlu naslovnu stranicu u *Dejli heraldu*, jer je u sali za doručak savio jednu viljušku u oblik pištolja i njome pretio novinaru koji je od njega hteo da sazna kada će svet videti film o mafiji, koji je Čaplin tih dana neobavezno najavio.

Otišao je u Englesku, činio ovo i ono, i ništa. U novembru je iz Dovera poslao telegram Čerčilu:

Apples, peaches, pears and plums
*Tell me when your birthday comes.**

Činio ovo i ono, i ništa.

Nameravao je – kao što je pomenuto – da ostane u Londonu tokom Božića i da ga slavi u školi Hanvel; ali je, čim je saznao za Čerčilovu saobraćajnu nezgodu na Menhetnu, krenuo za Njujork – ovog puta je želeo da sve bude kako treba – probio se pored batlera i bolničarke, koji mu nisu verovali da je on Čarli Čaplin, i pronašao Čerčila – u „dosta dobrom raspoloženju", kako sedi u krevetu, okružen knjigama i spisima.

„A štafelaj? Farbe? Četkice?", pitao je zadihan.

„Nisu moji", odgovorio je Čerčil, koji je znao šta njegov prijatelj time misli. „Ne treba da se brinete, Čarli. Ja sam ovde samo gost kod moje rođake. Ona slika. Dozvoljeno mi je da se u njenom ateljeu odmorim od svog dvoboja sa Krajzlerom de Sorom."

Čaplin je svog prijatelja posećivao svakog dana, cele nedelje, i svaki put bi ostao po nekoliko sati. Čerčil je nacrtao jedan njegov portret. Levoruki Čerčil crtao je desnom rukom jer mu je leva ruka bila povređena. Čaplin je rekao da na taj način nastaje prava umetnost, naime iz nužde, i dodao da je rezultat „užasno lep". Čerčil je pisao

* Engl.: Jabuke, breskve, kruške i šljive, reci mi kad ti je rođendan. (Prim. prev.)

svojoj ženi da se nikada u svom životu nije tako slatko nasmejao. Ukoliko bi se gospodin Čaplin našao u nevolji, „ja ću, ako bude potrebno uz pomoć puča, stati na čelo Kraljevske mornarice i izbaviti ga". Jer radost je sirovina koja je Imperiji potrebnija od uglja, gume i čaja.

19.

Čaplinova vrlina. Taj naslov je Čaplin izričito zahtevao, piše Jozef Melcer. Koliko god da zvuči naivno, on je želeo da, posle smrti, sakupi „argumente za milost božju“.

U jednom trenutku tokom intervjua, sasvim izvan teme o kojoj su govorili, upitao je: „Mislite li, mesje Melcere… ali morate da mi kažete istinu… verujete li da je Bog na nebu video neki od mojih filmova?“

Ovo je Melcer napisao u pogovoru za drugo izdanje svoje knjige. Ne treba zaboraviti, opravdava Melcer kašnjenje, da je prvo izdanje izašlo tek godinu dana posle Čaplinove smrti i da je Čaplinov umetnički ugled bio poljuljan zbog njegovih poslednjih filmova. Mnogi kritičari su nemom filmu u potpunosti osporavali umetnički kvalitet, smatrali ga za puku predistoriju, poput neke vrste komedije del arte, neku vrstu predistorije Šekspirovim dramama. Neki su čak smatrali da jedan Baster Kiton, jedan V. K. Filds, jedan Harold Lojd ili kasnije braća Marks, ali i Stanli Laurel i Oliver Hardi, mogu da se stave u istu ravan sa precenjenim Čaplinom, čak da su ga i nadvisili, te da su, uz sve poštovanje njihovog žanra – i bez neprijatnosti poput filma *A Contess from Hong Kong** – uspeli da se domognu sigurnih voda tonskog filma ili da u njega suvereno pređu.

Njemu, Melceru, još je bila u sećanju recenzija Bilija Vajldera Čaplinove autobiografije, a dobro se sećao i kako je Čaplin na nju reagovao, kada su o tome razgovarali, očigledno da je Čaplin bio na neki način bio povređen, što on nije mogao da shvati jer se to odigralo četrnaest godina pre toga. To i nije bila kritika, već blaćenje, i to ne blaćenje knjige već ličnosti Čarlija Čaplina; iz te kritike su izbijali prezir i mržnja, protiv čega ni popularnost dela ni arogancija nisu bili nikakva zaštita. Najviše ga je, Čaplina, bolelo što je Vajlder instinktom inkvizitora iščačkao njegove strahove; kao da je ušao u njegove noćne more i vrelom iglom mu tetovirao lajanje crnog psa na čelo:

„Čaplin je bio gigant sve dok je igrao svog malog, nemog Skitnicu. Ali samo što je otvorio usta, iz njih je pokuljala banalnost... Bilo je to kao da je osnovac napisao tekst o Bramsovoj *Četvrtoj simfoniji*... Snabdeven znanjem pretplatnika na časopis *Riders dajdžest*, oko sebe se razbacuje krupnim rečima: socijalizam, svetski čovek, bratstvo svih ljudi... Tragično je: pravi genije napušta svoj teren i od sebe pravi budalu – isto kao kada bi Mikelanđelo sišao sa skele Sikstinske kapele da bi na noge navukao sličuge i klizao se sa Sonjom Heni."

„Tada nije bilo doba", piše Melcer, „u kojem bi se cenila naivnost nekog umetnika." Nije želeo da kompromituje

* *Grofica iz Hongkonga*. (Prim. prev.)

Čaplina, zato je pomenuti deo izostavio iz prvog izdanja knjige – iako se baš u njemu nalazi opravdanje za naslov *Čaplinova vrlina*. Plašio se da bi razmišljanja njegovog protagoniste mogla da deluju smešno ili da budu ismejana, ako budu predstavljena samo kao reči – a da mu se pritom ne gleda u oči, da se ne prate njegove gestikulacije, ta pokretljivost tela koja je čak i u poodmaklim godinama fascinirala.

Danas (deset godina kasnije) niko više ne pokušava da umanji Čaplinovu genijalnost, a naivnosti se smeju samo malobrojni cinici.

•

Kada je Čaplin govorio o svojim osećanjima, koja su njime vladala tokom rada, žarkost njegovih reči nije se razlikovala od reči mistika ubeđenih da ih vodi božje priviđenje.

Jednom je rekao: „Pikaso nije verovao u to, ali je bio siguran da na Nebu visi bar jedno od njegovih dela... Sigurno da On nije gledao sve moje filmove, to ne mogu da zahtevam... Bilo bi mi drago ako je pogledao film *The Kid*... ili, još bolje, film *The Gold Rush*, šta mislite? Šta biste mu vi preporučili, mesje Melcer? Ajnštajn mu preporučuje film *City Lights*, to znam. Kod filma *Limelight* bih pre toga nekoliko scena drugačije izmontirao, neke izbacio, kada bi to bilo moguće..."

Ceo intervju se razvukao na pet dugih radnih dana, piše Melcer; ali Čaplin nijednom nije bio tako ozbiljan kao tokom tih pola sata. Kao da je to bilo ono poslednje što je želeo da saopšti svetu – napola govoreći s ovog, napola s onog sveta.

Još jednom su došli do epizode iz februara 1927. godine u hotelu *Baltimor*, u Los Anđelesu, kada su Čerčil i on sklopili pakt protiv crnog psa i kada im se pridružila trinaestogodišnja Sara, jer nije mogla da spava. Čerčil je hteo da ga pohvali pred svojom ćerkom tako što je rekao da on može da imitira svakog čoveka na svetu. Po Sarinoj želji, imitirao je njenog oca i tako ga je dobro imitirao da ona nije mogla da se odluči između oduševljenja i užasnutosti, prvo se glasno smejala, a kasnije postajala sve tiša i tiša, „Još! Još!“, vikala je, sve dok na kraju nije stavila šake na oči i počela da vrti glavom.

„Hoćemo li da zamolimo gospodina Čaplina da nam imitira još nekog?“, pitao je Čerčil svoju ćerku.

„Koga?“, pitala je

„Izaberi nekoga! Bilo koga koga ti i mister Čaplin znate.“

„Ne znam nikoga, tata.“

„Da imitira američkog predsednika?“

„Njega ne znam.“

„Kralja?“

On je nije previše zanimao.

„Baju Patka?“

On ne postoji, on je izmišljen.

„Da imitira Skitnicu?“

„Ali on je Skitnica, tata.“

„Ne, Sara, on je mister Čarli Čaplin.“

„Ne znam, stvarno, koga.“

„Ali ja znam koga“, uzviknu Čerčil. „Da ga pitamo da li bi mogao da imitira tebe, Saro?“

Tu su se svi nasmejali, Sara, njen otac, Čaplin, a Sara je rekla: „Ali to ne ide, tata, za to je on isuviše star.“

„Može da te imitira onako kako ćeš da izgledaš za dvadeset pet godina“, rekao je njen otac.

To nije htela.

A onda je Sara, sećao se Čaplin pedeset godina kasnije, dala neobičan predlog.

Neka imitira sam sebe, rekla je.

Tu mu je na pamet pala Eva Lester, i njena teorija da umetnik svojom umetnošću vara Boga. Pomislio je: ja sam ja, onakav kakvog me je Bog stvorio, ja sam i Skitnica, on je bolji i u tome se sastoji moja prevara. Litini advokati možda preteruju, ali u suštini su u pravu. Ja sam sve što o meni govore: sujetan, egocentričan, pohlepan, želim da vladam drugima, brutalan sam, bezobziran, zao. Ali sam stvorio nekoga ko je bolji od mene. U tome je moja vrlina.

„To ne mogu", rekao je. „Ne mogu da imitiram sam sebe. Osim toga, dovoljno je da sam ono što jesam. Što manje ljudi to gleda, utoliko bolje."

Čerčil je uživao. Ali ga je Sara opet pogledala, kao da je sa njegovog lica mogla da pročita njegove misli, koje on nije artikulisao u reči; kao da je mogla da ga vidi kakav je stvarno bio, a da ne imitira sebe, i kao da je i ona imala slične misli kao što su bile njegove.

Jozefu Melceru je rekao: „Život pun briga i samo jedna jedina vrlina." Zato želi da Melcer svojoj knjizi da naslov *Čaplinova vrlina*.

„Nisam idiot, kao što to mister Vajlder misli, a nisam ni naivan, nisam čak ni srećan. Samo jedan srećan idiot može da bude naivan celog svog života. Svi drugi naivnost kad-tad odbace ili je izgube. Najveći broj njih se tada iznenadi ili naljuti. Najbolje je da čovek nikad nije naivan.

Moj brat Sid i ja nismo ni imali priliku za to. Na sreću. Ili na našu nesreću..“

Tim rečima se završava Melcerov pogovor za drugo izdanje njegove knjige.

Treći deo

20.

Najveća briga Klementine Čerčil bio je njen muž; bila je to „briga koju je donela sudbina“, kako sam mogao da pročitam u dnevnicima koji su dostupni, briga koja zahteva „detektivsku pažnju“, ali bez „loše savesti“. Njoj je oduvek bilo jasno da Vinston mora da bude „vođen“, da nikakvi pokušaji nadzora nisu doneli ništa, osim što su bili naporni. Njen zadatak se sastojao u tome „da čisti put“, da postavlja znakove upozorenja, da otupljuje „oštre ivice“ i pre svega da „sebe i porodicu pripremi na katastrofu“. I pored divljenja prema njemu, imala je uvid u srce svog muža i tamo je videla, kao što stoji u jednom novinskom portretu o njemu: „renesansnu“ volju za životom i znala je da to nije jače od sasvim suprotne slike o njemu. A i osim toga: ko je mogao da obeća da „vođenje“ može da bude jače od njegovih destruktivnih sila? „On se ne plaši smrti“, pisala je. „Ponekad je čak priželjkuje. Popiće je kao neku tabletu.“ Pomisao da bi mogao sebi da oduzme život kod nje je bila prisutna od trenutka njihovog venčanja. Bila je u svakom trenutku spremna da primi tu vest.

* * *

Briga za njenog sina u njoj je podsticala lošu savest. Pio je ubedljivo previše. Već sa petnaest godina je pio. Njegovi roditelji mu nisu bili nikakav uzor. Pošto ga je Sten Karik, Vinstonov šofer, jedne noći sto metara od njihovog londonskog stana pokupio sa ulice, odveo kući i za to dobio batine, Klementina je u Randolfovom prisustvu izbegavala da pije alkohol. Ućutala bi kada bi se on pojavio; skretala bi pogled nadole ili nagore i pobrinula se da nikad ne bude sama s njim u nekoj prostoriji. Vinston nije video ništa loše u „preterivanju svog sina", nikakav maler; naprotiv, za zajedničku pijanku bio je spreman da otkaže druge obaveze – šampanjac, brendi, viski, duvan.

Otac je, upozoravao je jedan prijatelj, razmazio Randolfa od malih nogu, sada će žnjeti oluju. Vinston nije delio to mišljenje. „Mladi", običavao je da kaže, „rade ono što žele. Jedino doba kada roditelji imaju svoju decu pod kontrolom jeste period pre njihovog rođenja. Posle toga se njihova priroda korak po korak razvija bez skrupula." On je – kako je isti prijatelj rekao – naterao Randolfa da bude njegov prijatelj, ortak; vodio ga je sa sobom i kada se sastajao sa velikanima. I *nije* od njega zahtevao da drži jezik za zubima. Mogao je da se javi za reč kad god je mislio da ima nešto da kaže. Sin je to i činio jakim, jasnim glasom – koji je u nekom uhu zvučao ponešto tiranski.

Dajana, dve godine starija od svog brata, bila je dete koje je „moralo da se prilagođava". Kada sam pročitao ovaj izraz i shvatio šta znači, spopala me je jeza i odmah prelazim na kraj njene priče: 'Puppy Kitten'* kako su je zvali u njenom detinjstvu, izvršila je samoubistvo u svojoj pedeset četvrtoj godini, pošto je u *Samarićanima* duže vreme brinula o suicidno ugroženim osobama. Onda su se opet javili bolovi u leđima i jedne noći su postali nepodnošljivi. Ono što je njihov otac nazivao 'crnim psom' oni su nazivali 'njeni bolovi u leđima'. „Puppy Kitten boli ovde i boli tamo i gore i svuda!“, vikali su kao deca, a kada je bila tužna, otac bi rekao: „Je l' Puppy Kitten ima bolove u leđima?“ Kada je napustila ovaj svet, on je pred sobom imao još dva obilaska Zemlje oko Sunca. Od tog dana više je obraćao pažnju na Zemlju i uvek je za sebe mrmljao: „Sad više ne. Ne više.“ Na pitanje na šta misli, odgovorio je: „Sad sam suviše star da bih to uradio. Sada je prekasno. Sad je i za to kasno. Čovek ne treba suviše da okleva.“

Detetu koje je moralo da se prilagođava nije posvećivana prevelika pažnja. Dajana nije bila teška kao Randolf, nije imala umetničke ambicije kao Sara, očeva ljubimica, a ni izdaleka nije bila lepa kao ona, čiji su ticijanski crveni čuperci bili tema u svakom društvu; i nije bila pametna kao Meri, najmlađe dete, niti je imala njen simpatičan duh. Pila je. Ali za razliku od Sare i Randolfa, stidela se zbog toga i patila. Bila je prva koja je u porodici u vezi s alkoholom upotrebila reč zavisnost. Nije se s tim šalila, za razliku od svog oca – „Ja nisam alkoholičar, ne postoji alkoholičar koji može da popije toliko.“ Nije javno nastupala, odbijala je intervjue bez obzira na temu. Činilo se da nije imala mnogo prijatelja. Rado je bila sama. A u isto vreme se užasavala samoće. Kada je bila sama, pila je.

* Engl. Mače. (Prim. prev.)

Govorilo se o „nervnoj krizi". To su bili iznenadni kolapsi, nenagovešteni i bez prepoznatljivih simptoma neke bolesti. U biografijama njenog oca Dajana je samo retko pominjana, u Čerčilovoj autobiografiji o istoriji Drugog svetskog rata ona se ne pominje, jedina od njegove dece.

Vilijam Not, nasuprot tome, često piše o njoj u pismima mom ocu. Njih dvoje se nisu sreli – tokom rata Dajana je bila u *Women's Royal Naval Service*, Kraljevskoj ratnoj službi za žene, a Not je bio svuda gde i njen otac – ali i nekoliko susreta je ipak bilo dovoljno da se razviju simpatije. Slično kao sa Meri, Not je tek kasnije mogao bliže da je upozna, Dajana je bila neposrednija, drugačija od svoje sestre i previše brižna, ali ne i zatvorena, bar prema njemu, Notu, nije tako delovala, naprotiv, rado je s njim razgovarala o svojim roditeljima i sestrama i bratu. Dajana je bila i jedina od Čerčilovih koja je ostala s njim u kontaktu i posle prestanka njegove službe. Meri je tek deset godina od smrti svog oca stupila u kontakt s njim.

O svojoj ćerki Dajani Klementina nije mnogo brinula. U sasvim drugom kontekstu – Čerčilova biografkinja Virdžinija Kauls priseća se citata – jednom je rekla: „Roditelj ne brine o onima koje najviše voli, već o onima od kojih preti najveća opasnost za sopstvenu egzistenciju." Briga nije ništa drugo do „uvijeni egoizam". Dajana, očigledno, nije predstavljala takvu vrstu opasnosti.

21.

U to doba, u kojem se desio slučaj, a čije prepričavanje ja ovde pripremam i koji u mojoj priči predstavlja vrhunac – Minhen, april 1932. godine – Dajana je bila verena sa Džonom Milnerom Bejlijem, sinom ser Ejba Bejlija, bogatog Južnoafrikanca i prijatelja njenog oca. U decembru je trebalo da se obavi venčanje. Dajana je imala dvadeset tri godine. Ne može se reći da su ih nasilno povezali – nije bilo nikakvih dogovora iza njihovih leđa, otvoreno se s njima razgovaralo, kako pojedinačno, tako i kad su bili zajedno – porodice su im samo „predočile" njihovu bliskost. Dajana i Džon skoro da se nisu ni poznavali, on nju nije oduševio, ona njega nije oduševila. To su oboje izjavili i prilikom prvog susreta u prisustvu svojih roditelja, pošto su na njihovo insistiranje prošetali parkom u Čartvelu. Atmosferu koja je vladala između njih kasnije su jednoglasno opisali kao neutralnu. Vinston je argumentovao kako je to upravo idealna osnova za obećavajući brak; kada muškarac i žena prethodno jedno drugo intenzivno upoznaju, dakle kada vreme strasne zaljubljenosti leži van braka, venčanjem počinje doba hlađenja; brak celog života sa sobom nosi nešto već viđeno i uvek taj period pre njega budi sećanja i izaziva nezadovoljstvo. U ovoj verziji zaljubljenost i ljubav će klijati na istom polju i u isto vreme.

Kao što je Vinston i predskazao, oboje su – nezavisno jedno od drugog – saopštili da u međuvremenu ne smatraju za nerealno da se u dolazećim mesecima zaljube jedno u drugo.

Da bi pojačali ta osećanja, Vinston je predložio da se poslednji put organizuje zajednički porodični izlet – neformalno zajedničko druženje, da se proputuje Holandijom, delom kroz Francusku i pre svega kroz Nemačku – Rajnska oblast, Hesen, Bavarska; nije obavezno da svi sve vreme putuju zajedno – nekoliko dana svi zajedno, onda će se podeliti, pridružiće im se i neki prijatelji – svako prema svojim afinitetima – a on i Klementina će neko vreme provesti sami sa malom Meri, da bi se kasnije svi okupili oko istog stola: da se slavi. Da se slavi, kao da nemaju ništa pametnije da rade.

Vinston u to vreme stvarno nije imao šta drugo da radi – ako se izuzme njegovo delovanje kao poslanika u Donjem domu Parlamenta, gde je važio za jednog od najvatrenijih govornika; i ako se zanemari da je redovno pisao kolumne: za *Strand magazin, Sandej piktorijal, Dejli mejl, Tajms, Satrdej rivju, Enser, Sandej telegraf, Sandej kronikl, Sandej dispeč, Sandej tajms, Ivning standard, Njuz ov d vorld,*

Džuiš kronikl, Dejli telegraf i još nekoliko engleskih i američkih dnevnika i nedeljnika, ponekad dva, nekad tri, a ponekad i četiri članka nedeljno (plata običnog poslanika se u to vreme, i ne samo zbog Čerčilovog životnog stila, mogla smatrati skromnom, a pošto je Vinston tokom kraha berze izgubio veći deo svog imetka, a nije bio spreman da se odrekne, ni najmanje, svojih navika i navika svoje porodice, bio je upućen na prihode od svojih kolumni – pisac „za pare“ dakle, kako je sam sebe ironično i u isto vreme ponosno nazivao, iako je bio svestan da svojim pisanjem zarađuje i duplo više od premijera); i ako se zanemari da je izučio i zidarski zanat i u Čartvelu zajedno sa majstorom Harijem Vitbredom sazidao dvadeset metara dug zid, bazen u dvorištu svog letnjikovca i jezero sa zlatnim ribicama, po kojem su plivali i crni labudovi koje je on odgajio, a oko njega posadio ružičnjak koji je po svojoj ekskluzivnosti mogao da se meri sa kraljičinim ružičnjakom; i ako se zanemari da je za svoju najmlađu ćerku Meri, bez ičije pomoći, od cigli sazidao kućicu za igranje, sve sa kaminom i malim šporetom, koju su zvali Merina koliba. – Ako sve to zanemarimo, stvarno nije imao ništa što je morao da radi. Bio je van. Unutra je bila moć.

Od nje se oprostio.

Jednog jutra – „u najboljem raspoloženju, uživajući u suncu, zapalio je jedan tompus *Romeo i Julija*, šibicu ugasio stiskom kažiprsta i palca, polizao kažiprst i palac posle toga i sa slamnatim šeširom na glavi, zavrnutih nogavica“ – „odmarširao je“ (malo nakrivo i šepajući, što je bila posledica saobraćajne nezgode u Njujorku) preko sveže, martovske trave ka razgranatom brestu, postavio štafelaj i stočić sa bojama i slikao do mraka. Dejvid Inčez, batler – „my man“* – morao je da mu donese hranu i nekoliko puta da doda led u kiblu za šampanjac. Čerčil je slikao pejzaž koji se na zapadu završavao blagim bregom i iz njegovog ugla postojao samo kao livada, nebo i jedna njiva uljane repice. Koristio je tanje četkice nego obično; želeo je da slika što duže. Tog dana se osećao, sećao se toga i posle trideset godina, kao neki mlad slikar koji se prvi put osmelio da slika uljem na platnu. Sve drugo je zaboravio. Zaboravio je i sebe. I pejzaž je zaboravio. Pejzaž mu se prikazao u svom iskonskom biću, a ono nije bilo skriveno u svom pojavnom obliku, već u njegovom srcu; u srcu, to je shvatio tada, leži i Platonovo carstvo ideja. Konačno se desilo ono što mu je predvideo jedan prijatelj: kad-tad će shvatiti da je u duši slikar i tada će sesti pred štafelaj da slika, samo da slika, a ne da bi se zamajao.

Slika koju je Čerčil tog martovskog dana naslikao stvarno se razlikovala od svih drugih njegovih slika; na prvi pogled deluje da se radi o apstraktnom delu. Neobično je za sliku pejzaža što je platno postavljeno uspravno, sa tri horizontalna elementa, pri čemu je srednji bio jači od donjeg i gornjeg. Ništa u boji nije podsećalo na prirodnost pejzaža. Voker Pfanholc, ekspert kod *Sodebija* i kurator prve retrospektive (tek 1987. godine!), tu sliku je u svom predgovoru u katalogu proglasio za najbolju, bolju nego što je umetnik mogao i da zamisli; podseća na slikarstvo Marka Rotka, koje se razvilo tek dvadesetak godina kasnije.

Više puta tokom dana Klementina se prošetala da bi videla šta se dešava, jer je brinula svoju brigu. Dok bi slikao, nije

---

* Engl.: *Moj čovek.* (Prim. prev.)

razgovarao; drugi su mogli da *posmatraju*, ako su hteli; ali *razgovor* nije bio moguć. Posmatrala je njegovo lice. Svečeri, pošto je obedovao, grdio je vlast u Londonu, brukaju se pred celim svetom, govorio je, kada bi se on pitao, znao bi šta treba uraditi s Gandijem. Tu je moglo svašta da se čuje. Iako se u poslednje vreme držao po strani i nije želeo da kašiku zaroni dublje u istoriju i da navodi primere, kao primer o poznatom sultanu Tipu, vladaru južne Indije, koji je tokom osamnaestog veka običavao da svoje kućne tigrove hrani britanskim državljanima. O tome je mogao da govori satima, opisujući najneverovatnije užase, da bi zatim tiho govorio kako je taj užasni orijentalni despot u ličnom kontaktu bio puka anđeoska dobrota: upravo kao mister Gandi.

Meri je u biografiji svoje majke (Meri Ejems, *Klementina Čerčil*, London 1979. godine), napisala da je za Klementinu natprirodna aktivnost njenog muža predstavljala „teško breme“. Slušati njegove, bez sumnje zavidne monologe, u koje je unosio duh vremena, gradeći na taj način tečne argumente, trpeti njegova raspoloženja u kojima je bez sumnje bilo nečeg genijalnog, parirati ili izbeći njegovu depresivnu ćutnju, istrpeti njegove napade besa slične oluji, ukratko: posmatrati taj bez sumnje veliki život nije bilo manje naporno od vođenja takvog života, jer drugi, naime njen, sopstveni život, nije bilo moguće voditi pored njega. Klementina je bila navikla da prepoznaje kaprice svog muža, čak i kad su bili skriveni. A bila su joj poznata i njegova mirna očajanja. Boja lica je otkrivala mnogo toga. Osobe koje su po prirodi blede raspolažu mnogo širom paletom od onih jače pigmentiranih. Vinstonova koža je bila poput providne folije, koja je svako uzbuđenje kroz tok krvi neposredno iskazivala. Ako bi pocrveneo, onda ne bi skroz, već u flekama. To nije izgledalo lepo ali je kazivalo mnogo toga onome ko je umeo da čita s tog lica. Crvenilo vrata, koje se postupno penjalo na gore, pogađajući obraze, a koje nije pogađalo nos i deo oko usta, ukazivalo je na ljutnju. Kada bi se uši zacrvenele, a lice ostalo isto, to je bio odraz nestrpljenja; najčešće bi tada usledila neka uvredljiva opaska koja bi krivca ućutkala na nekoliko sati. Kada bi koža oko očiju postala siva, interpretatorka je znala da je njen muž povređen. Vlažno, plavkastobledo čelo ukazivalo je na iscrpljenost, koja pak nije zaustavljala njegovu priču, ali ju je ometala i govornik bi se sve više zapetljavao u konsekutivne rečenice i kondicional, tako da se sve više udaljavao od glavne rečenice. Upadljivo crvene usne su nagoveštavale da se njegovo raspoloženje popravlja i da predstoji zabavno veče sa vicevima i kreveljenjem i više alkohola nego obično. Pazila je na ritam i sintaksičku mustru njegovog govora, obraćala pažnju na neobičan ton i samouzbuđenje, u kojima se krio pouzdan znak da li je njenom mužu prijatno u svojoj koži ili ne. I gestikulacija, kao i mimika mnogo toga su govorile. Ugao pogrbljenosti. Da li je dovoljno podizao svoja stopala, da ili ih je vukao po tlu. Da li su nokti bili mat ili sjajni. Da li je kaiš kućne haljine bio vezan u čvor, samo obmotan ili pušten da landara. – Klementina je bila navikla da u svakom trenutku dana ili noći proverava u kom se stanju nalazi njen muž i, ako je potrebno, da preduzme neophodne mere.

22.

Nasuprot tome, ako bi izostali fleke i crvenilo bilo kojeg dela lica, i ako bi ono duže ostalo bledo, to je moglo da znači da je pas opet izašao iz kaveza.

Klementina se sakrila iza razgranatog bresta i posmatrala svog muža. I prvi put nije umela da protumači znakove. Jednolični potezi, bez određenog ritma, takođe su ukazivali na depresivno raspoloženje, to je znala iz iskustva. Vinston je slikao, lagano zviždukao – kontradiktornost, ništa nije prezirao više od zviždanja ustima. Bio je dobre volje, nije bilo sumnje. Pitala je Dejvida Inčeza za mišljenje. Batler, koji je posle nje bio najpouzdaniji čitač naznaka, složio se s njom: „Nikada ga nisam video u boljem raspoloženju“, rekao je i dodao: „Ali možda nije tačno reći da je njegovo raspoloženje dobro, miledi. Uravnoteženo, mislim da je to pravi izraz.“

Ali Vinstonovo lice je bilo belo, a njegovi pokreti bili su jednolični. A njegov smešak je bio skroz-odsutno-smeškanje.

Pretražila je kuću, proverila da li se oružje nalazi na svom mestu. Konstatovala je da je manliher napunjen. To nije moralo ništa da znači. Izvadila je metke i sakrila ih. Vebli skot 32 i kolt 45 bili su u svojim kutijama, ništa nije ukazivalo na to da ih je neko dirao od poslednje njene inspekcije. Namestila je svoj budilnik na četiri sata, to je bilo doba kada je Vinston odlazio na spavanje. Ušla je u njegovu spavaću sobu, legla pored njega, pomazila ga po njegovom glatkom stomaku, koji je u snu bio još veći, zadigla masku za oči da bi videla da li već spava. Ćutao je, kažiprstom zaronio u njenu kosu. Stavila je svoje uvo na njegove grudi. Oslušnula. Čitala je kako samo srce depresivnih ili komatoznih osoba kuca egzaktno kao metronom. Vinstonovo srce je kucalo ravnomerno, mirno i ponekad neravnomerno. Sledećeg dana je pregledala kutiju sa lekovima. Nije primetila ništa neobično. Kao što je i očekivala. Kada su bili mlađi, često su razgovarali o suicidu, uvek ozbiljnim tonom, kao da je samoubistvo etnološki fenomen, koji je primećen samo kod jedne određene rase kojoj oni ne pripadaju. Razmatrali su, pod pretpostavkom da su pripadnici te rase, kako bi ga oni izveli. Klementina je preferirala krvavije varijante, Vinston otrov. U smrti, rekla mu je, nije joj stalo do estetike i diskrecije. „Meni je važno“, odgovorio je. Nije mu verovala. Smatrala je da ne govori istinu, to ju je alarmiralo. Vinston će se ubiti pištoljem. Nešto drugo za njega nije dolazilo u obzir. Sebi je rekla da bi trebalo da je plaše takve misli. Nisu je uplašile.

Svečeri su u posetu došli Robert Dž. Budbi i Brendan Braken. Oni su bili stalna publika. Vinston ih je nazivao prijateljima. Klementina ih je zvala stalnom publikom – da bi umanjila njihovu zastrašujuću individualnost – Braken je imao frizuru koja je bila uočljiva i sa Meseca. Oni su pripadali uskom krugu koji se nije udaljio od bivšeg ministra finansija njenog veličanstva kada ga je Stenli Boldvin saterao u ćošak. Za Budbija i Brakena, Vinston je i dalje bio vođa Konzervativne partije, bez obzira da li je on to stvarno bio ili ne.

Ostali su duboko iza ponoći, jeli majonez od kraba, koji je ser Ejb Bejli doneo iz Južne Afrike, i guščju paštetu, koju je iz Francuske donela Klementinina rođaka, pili šampanjac i skoč i slušali šta Vinston misli o fotografiji – govorio je iznenađujuće mirnim glasom, ostavljajući prostor za pitanja, ostavljajući mesta za razmišljanje: zbog toga što fotografija uvek do nas dolazi u formi prošlosti, ona je najtužnija od svih umetnosti jer govori o jednom trenutku koji se više nikada neće ponoviti; „slikarstvo kaže: to je to, fotografija: tako je bilo“; to što fotografija tera slikarstvo u krizu, slično kao što film radi s pozorištem, ili tonski film s nemim; to što književnost nije obuhvaćena tom krizom ne kazuje ništa, jer ko može da garantuje da čovečanstvo jednog dana neće okrenuti leđa pisanoj reči i ponovo preći na usmeno obraćanje, šta je nekoliko hiljada godina pismenosti naspram stotina hiljada godina u kojima su ljudi sedeli u grupama i slušali jednog čoveka kada je govorio. Sve je podložno promenama, svaka umetnost, svaki položaj, politika, svaki život, emocije, strast. Nijedan trenutak se nikada više neće ponoviti.

„Znam, ovakav stav je banalan. Ali misliti o tome je sasvim nešto drugo od shvatati o čemu se radi. Meni je to postalo jasno dok sam slikajući razmišljao o fotografiji.“

Sve to je veoma, veoma tužno. A s druge strane i nije. Ponavljanje istog bi bilo pravo ludilo.

Kada je Klementina otpratila goste do kola, u kojima je šofer zaspao, Budbi je rekao: „Srećan je. Jesam li u pravu?"

Klementina je klimnula glavom.

„Tako izgleda kada je srećan. Čovek mora da se navikne na takvo stanje. Srećan ili zadovoljan?"

U čemu se sastoji razlika, želela je Klementina da sazna.

„Nikada ga nisam video bolje raspoloženog", čudio se Budbi. „Možda to nije odgovarajući izraz? I to može valjda da se kaže? Može li se?"

„Inčez smatra da je uravnotežen. Mislim da je u pravu. To je bolja reč od 'dobro raspoložen'. To traje duže."

„A ja sam mislio da politika izaziva zavisnost, kao opijum."

„To važi samo za one koji svoj život vežu za politiku", podučio ga je Braken i upitao Klementinu: „Šta on radi?"

„Slika."

„Mislio sam da je to opasno."

„Slika drugačije slike. I zviždući pri tome."

„On zvižđi? O bože! I šta zvižđi?"

„*Tiptoe through the Tulips.* To mrmlja i zviždući. Jednom mrmlja, a drugi put zviždući."

„Otkud on zna tu pesmu?"

„Sara mu je peva."

Velika briga je pritiskala Klementinu.

23.

Iz tih dana je i prvo od dva Čerčilova pisma Čaplinu. U njemu Čerčil nagoveštava koja ga *briga pritiska*, i čitalac ima utisak da se radi o velikoj zabrinutosti – ne radi se o bankama, kako se navodi u biografijama, ni o brizi da će Konzervativna partija izgubiti vlast u Donjem domu ili o strahu da je došao do kraja svoje političke karijere, ni o onome što Klementina u jednom pismu svojoj snaji Gvendolini navodi kao „*našu* (moj kurziv) *prvu brigu*", naime, brizi za sina Randolfa, ni o Dajani i njenom skorom zajedničkom životu sa čovekom koga ne voli, koga čak i ne poznaje, već: o brizi oko njegove ćerke Sare. Drugi izvori potvrđuju ovaj utisak. Brendanu Brakenu je više puta rekao da u „Sarinim venama teče krv moje majke". Braken je znao šta je Vinston time mislio. On je u jednom pismu to prepričao svom prijatelju i jasno je da je i on znao o čemu se radi. „Jadna Sara", odgovorio je prijatelj, „jadan Vinston, jadna Klementina!"

Sara je u međuvremenu imala osamnaest godina i po proceni njenog oca bila je previše zainteresovana za muškarce; Braken ju je u svom, za njega tipičnom stilu, označio kao „zaluđena muškarcima". Nije bila lepa u klasičnom smislu, imala je usko lice, preterano jarku boju kose, nešto predugačke, previše bele zube, ali je već kao mlada žena isijavala seksualnu želju i seksualnu snagu, tako da su se u svakom društvu oko nje okupljali muškarci, a ona se nije stidela da im pokaže svoje želje. U tome je bila slična svojoj babi Dženi.

Vinstonova majka Žanet „Dženi" Čerčil, rođena Džermon, bila je ćerka jednog američkog biznismena i berzanskog špekulanta i jedna od najlepših žena tog doba. Nije mu odgovarala, pričalo se posle njegove rane smrti, srčana strast je srela isuviše proračunatu osobu. Slično je i Artur Balfor (premijer od 1902. do 1905. godine) okarakterisao njih dvoje: „Lord Randolf je bio fanatik, Dženi, romantik. Imala je bezbrojne afere, između ostalog i sa kraljem Edvardom VII, kraljem Milanom iz Srbije, mađarskim diplomatom Karlom grofom Kinskim. Kancelar Oto fon Bizmark, najverniji od svih vernih muževa, sa njom se upoznao u banji Kisingenu, i tako se žestoko zaljubio u četrdeset godina mlađu ženu da se na brzinu spakovao i otputovao, pre nego što je, kako je poverio svom biografu Lotaru Buheru, „počinio nešto zbog čega bi se kajao". Pisac i političar D'Abernon, jedan od najuticajnijih evropskih državnika između dva svetska rata, maštao je o njoj: „Njen pogled je više pogled jednog pantera nego žene, ali pun kulturne inteligencije koji ne pripada džungli." Nisu samo istaknute ličnosti bile predmet njenog osvajanja, u svojoj seksualnoj gladi nije bila probirljiva. Po nekim procenama imala je preko dve stotine ljubavnika. Posle smrti Vinstonovog oca udavala se još dva puta, poslednji muž je bio dvadeset pet godina mlađi od nje, pet godina mlađi od Vinstona, ona je tada imala šezdeset šest godina.

Vinston je bio sve samo ne sramežljiv; u plemićkim krugovima je bilo uobičajeno da seksualnost i moral nisu uvek u vezi. Divio se svojoj majci, pisao joj kao četrnaestogodišnjak: „Nema sumnje da smo nas dvoje, ti i ja, na isti način neopterećeni – široke ruke i ekstravagantni.“ Vrlo rado bi bio kao njegov otac, a rado i kao njegova majka. Da bi bio kao otac, ovo je njegova tužna, sopstvena procena, nedostaje mu sve; da bi bio kao majka, nedostaje mu „strana glad za životom“, tako je to formulisao u jednoj od svojih kolumni (koju, kao i više desetina sličnih, nikada nije objavio). Njegova istina je glasila: gadi se seksualnosti – ne na građansko-moralistički način. Nema čak ništa protiv tolerantnosti, ali on lično živi skoro kao kaluđer. Svoje majke se seća kao osobe koja je bila opterećena „žestokom potrebom za zadovoljstvom“, pri čemu je zadovoljstvo ovde bilo eufemizam. Znao je da je bila nesrećna, patila je zbog svoje potrebe kao što pati svaki zavisnik. Takođe je znao da ni ona nije ređe nego on pomišljala da sebi oduzme život.

Svom najpoverljivijem ličnom sekretaru Vilijamu Notu, na dan kada mu je dao posao svog ličnog sekretara, rekao je: „Ja užasno mnogo plačem. Moraćete da se naviknete na to.“ Često su mu tekle suze kada je mislio na svog oca, takođe i kada je mislio na majku.

Plašio se da bi Sara, njegova ljubimica, mogla da podlegne istoj zavisnosti kao njegova majka. To što je, isto kao i njen brat, iako još nije navršila ni dvadeset godina, mnogo pila, nije ga brinulo; to što nije mogla da pogleda nijednog muškarca, a da se na njoj odmah ne vidi šta se u njenim mislima odvija, to ga je već brinulo.

Utoliko je i čudnije to pismo Čaplinu. Naravno da je Vinston znao kakav glas u Holivudu, i ne samo u Holivudu, prati njegovog prijatelja. Konačno, i upoznali su se u trenutku kada je Čaplin optuživan za mnogo šta i dok su se širile najneverovatnije glasine o njemu u štampi.

U Čaplinovoj ostavštini nema traga o Čerčilovom pismu, u Čerčilovoj ostavštini nema nijednog Čaplinovog. Ipak, kod Čerčila su pronađena dva „koncepta". Pojam stavljam pod navodnike jer nije moguće utvrditi da li se stvarno radi o konceptima ili o pismima koja samo nikada nisu poslata – ili ipak jesu, ali u nekoj drugoj verziji, pri čemu ih je primalac uništio. Pismo o kojem je ovde reč napisano je na pisaćoj mašini; što čudi, jer je Čerčil, ako je uopšte pisao, a nije diktirao, uvek pisao rukom. Da je ovaj tekst diktirao nekoj sekretarici i onda ga ona iz stenografskih beleški prekucala, vrlo je neverovatno zbog samog sadržaja pisma. Vilijam Not smatra da je Čerčil – ko zna iz kog razloga – sam otkucao pismo na mašini; kao dokaz za to on pominje veliki broj grešaka u kucanju – koje sam ja ovde ispravio.

(Pismo sam pronašao u papirima mog oca, radi se o kopiji kopije kopije, bledoj i na nekoliko mesta i teško čitljivoj. Vilijam Not je mom ocu te listove poslao na njegovu izričitu molbu, i to tek kada je dobio obećanje od mog oca da ni jednu jedinu rečenicu iz tih papira nikada i nigde neće objaviti ili citirati. To nije bilo potrebno jer je moj otac bio vrlo diskretan čovek. Njegovo interesovanje za pisca tog pisma razlikovalo se od mog – iako bismo mogli da damo isti naslov našim interesovanjima: spas sveta.

Mene pre svega interesuje odgovor na pitanje kako su spasioci, pre nego što su spasli svet, spasli sebe i od čega. Pri tome je teško ostati diskretan. Ne, ja ću sve izneti na svetlost dana. Obično bi, pošto bih posle mojih nastupa kasno došao kući, moja žena rekla: „Sve si ih razbio, je l' da?" A ja bih obično odgovarao: „Da. Da. Da.")

Dragi Čarli!

Upravo je moja ćerka Sara bila kod mene. Posećuje me u mojoj radnoj sobi. Često ne može da spava. Ima veliku brigu. Želi da bude glumica. Priča mi da je razgovarala s mnogim pozorištima. Nisam ni znao za to. Već sa šesnaest godina igrala je u nekom komadu. Ni to nisam znao. Bila je to mala uloga u nekom nevažnom komadu, u nekom malom pozorištu. Predstavila se i dopala im se. Predstavila se pod drugim imenom i navela lažnu godinu rođenja. Ali se stvar pročula. Impresario je hteo da štampa nove plakate sa njenim pravim imenom i sa mojim imenom, mojim duplo većim od njenog. Mislio je da će time napuniti salu i da će komad dugo biti na repertoaru. Sara nije pristala. Dakle, otpustili su je.

Kaže da je gluma njen život. Kaže da mrzi prezime Čerčil jer ono razara njen život. Kaže da u Engleskoj ćerka Vinstona Čerčila nikada neće biti ocenjivana po onome što jeste i što ume. Plakala je. Amerikanci, rekao sam, oni nemaju nikakve predrasude, ni aristokratske, ni plebejske, oni su pragmatičari. Pričao sam joj o Vama, Čarli. Pogledaj Čarlija Čaplina, rekao sam, on je bio najsiromašniji od siromašnih, iz najnižih slojeva društva, on u Engleskoj nije imao nikakvu šansu, kao što ni ti nemaš nikakvu šansu jer spadaš u visoke slojeve. Toliko me je dirnula njena bol! Vi to sigurno možete da razumete. Rekao sam, pokušaj u Americi. Mislim da sam je utešio. Puna je planova. Možda je predodređeno da Čerčili, posle velikog generala i državnika Marlboroa, svetu podare jednu veliku glumicu, kao što je svim Čaplinima pre Vas bilo predodređeno da svetu podare Čarlija, Skitnicu. Rekao sam joj: ljudi neće govoriti to je ćerka Vinstona Čerčila, već to je otac Sare Čerčil. Prvo će to govoriti u Americi, pa po celom svet i na kraju i u Engleskoj.

U prošlim vremenima roditelji su birali žene svojim sinovima i muževe svojim ćerkama. I to je bilo dobro. Ranije su međuklasne rampe bile nepremostive, i to je bilo dobro. Danas se računaju vrednoća i uspeh, i to je bolje. Sećate li se naše večere utroje u Baltimoru*? Sara je toliko bila oduševljena Vama. Vi ćete, Čarli, uvek ostati mladi jer ste kao dete bili stariji od druge dece. Vama je potrebna strasna mlada žena, koja zna šta joj je zadatak. Sara poseduje sve što bi garantovalo srećnu vezu. Pustite da Vaše srce odluči, ali saslušajte pre toga argumente njegovog sekretara, razuma.*

Sara će doputovati u Ameriku, u zemlju porekla njene babe. Brinem se za nju. Obratite pažnju na nju, Čarli! Ne očekujem da Vam do svog kraja budem dužan, ali želim da kažem da mi ništa ne bi bilo draže do da budem Vaš dužnik.

Vaš Vinston.

24.

A uz to je bio i pisac.

Rad na biografiji Džona Čerčila, prvog vojvode od Marlboroa, stao je na prvoj trećini, sa izdavačem je bilo dogovoreno dve stotine hiljada reči, ali će biti mnogo više, to je već sada moglo da se kaže (na kraju je bilo pet puta toliko). Predujam je bio najveći koji je u engleskoj istoriji izdavaštva isplaćen jednoj osobi, ali on nije pokrivao ni troškove. Tri sekretarice su sve vreme bile na raspolaganju, smenjivale jedna drugu pri diktatu. Jedan doktorant sa Oksforda je dirigovao nekolicini studenata koji su proveravali i istraživali izvore; Čerčil nije želeo da koristi nijedan dokument pre nego što bi ga lično proverio po pitanju verodostojnosti izvora i tačnosti. „Njegovo istorijsko znanje bilo je neiscrpno“, procenio je Martin Bilbert, jedan od vodećih istoričara Engleske.

Kako objasniti da su razumni savremenici, koji su *dobro* poznavali Čerčila – ne kao Hitler, koji ga *nije* poznavao

– njemu pripisivali lenjost? – Hitler ga je vređao iz Berlina, nazivajući ga „pijancem i lenštinom prvog reda“. Kako objasniti da nikada nije uspeo da se reši glasina da je lenj, šarlatan, nepouzdan, hohštapler, neko-ko-bi-rado? Kako objasniti da je i u doba kada je dobijao najviša priznanja nedostajalo topline? To pitanje se mom ocu toliko dopalo da je o tome napisao esej. To je samo jedan od mnogih tekstova o Vinstonu Čerčilu, najveći broj njih nikad nije objavljen, poneki da, a ovaj kao jedini u međunarodnom časopisu, u *Ingliš historikal rivjuu.* Nesumnjivo je da je uživao protekciju kod Vilijama Nota; u stogodišnjoj istoriji ovog časopisa samo tri puta se dogodilo da je objavljen tekst nekog nemačkog autora. Naslov je glasio: *Good-For-Nothing or Saviour. Work and Mission in the Life of Churchill and Hitler.* Esej je veoma hvaljen i o njemu se diskutovalo u još nekoliko brojeva posle objavljivanja, a u feljtonu *Tajmsa* je bogato citiran. Ponovni prevod na nemački – *Danguba ili spasilac. Delo i misija u životu Čerčila i Hitlera* – objavio je časopis *Tromesečnik za savremenu istoriju*; predgovor je napisao nemačko-američki istoričar Hans Rotfels. Moj otac je pisao da je Čerčilova harizma bila pod snažnim uticajem njegovog ubeđenja da je on pravi vođa, i da je to ubeđenje isijavalo kao aura, takvu vrstu očekivanja ni neko božje biće nije moglo da ispuni – što je neumitno vodilo u razočaranje. Obrnuto od licitiranih očekivanja koja su se uspinjala do nadzemaljskog, razočaranja su tog čoveka povukla u banalno. Kod Hitlera je bilo obrnuto. Ceo svet je znao da je on neobrazovan, da je kao umetnik razočarao, da ga je akademija u Beču odbila, da je dugo pre nego što je postao obožavani vođa živeo u samačkom domu za siromašne. Očekivanja su bila mala, iznenađenje utoliko veće. Za ocenjivanje njih dvojice osnovno je bilo očekivanje izlečenja, koje je prizivano i podsticano deprimirajućom privrednom i političkom situacijom, ali čije korene treba tražiti u svem tom šokantno doživljenom nedostatku davanja transcedentalnog smisla modernom svetu. Obojica su ta očekivanja izlečenja iskazivala kroz svoje ličnosti. Kod Čerčila rečenica: *Među nama je spasitelj*; u Hitlerovom slučaju: *Poslat nam je spasitelj*. Prva rečenica osnažava veru u sopstvene snage, u sopstveni narod, sopstvenu naciju; druga rečenica ono što je sam Hitler nazivao „proviđenje". Spasilac koji se ne razlikuje mnogo od nas samih uživa samo privremeno poverenje; spasilac iz carstva metafizike apsolutno. Čerčilova karijera spasioca završena je 1945. godine na demokratskim izborima; Hitler je svoju završio samoubistvom.

Proleće 1932. godine – porodica Čerčil je bila na odmoru i prokrstarili su Holandijom i spustili se Rajnom na jug i dalje do Hesena i Bavarske. Za malu Meri Nemačka je bila zastrašujuća bajka u kojoj vukovi proždiru bake. Za Klementinu, Saru, Dajanu i Dajaninog verenika to je bila *terra incognita*; više su znali o Australiji, Njufaundlendu, Foklandskim ostrvima ili Sudanu. Predstave koje su povezivali sa ovom državom bile su loše, obojene ratom i glupim monarhom koji je nažalost bio u rođačkim vezama sa engleskom krunom. Sara, koja se uvek smeškala kada bi se njen pogled susreo sa očevim, a što je njega činilo neizmerno srećnim (i zabrinutim), pre puta je vršljala po biblioteci i pronašla u nekoj knjizi sliku Vilhelma II.

Tako je zamišljala Nemačku, rekla je: glupu i ružnu i nadmenu. Ali je upravo Sara bila ta koja se oduševila dok su brodom plovili Rajnom na jug, između vinograda na brdovitoj obali i stena Lorelaja. Nikada nije videla tako sladak predeo, rekla je. Zamolila je da joj nabave jednu knjigu sa nemačkim pesmama, želi da nekoliko njih nauči napamet, iako ni reč nemačkog ne razume. Onako kako je donela zaključke o Nemačkoj, gledajući sliku nekadašnjeg nemačkog cara, tako je gledajući nemačku prirodu donela zaključak o nemačkoj književnosti i nemačkoj poeziji. Njena majka joj je rekla da je isuviše stara za takvo glupiranje, osim toga, nemački jezik je pun konsonanata, kao što je teren bojišta na Somi unakažen. Ali Sara je želela, a Vinston je bio na njenoj strani.

Kod Koblenca su napustili brod i nastavili put u posebnom vagonu, koji je bio prikopčan na državnu kompoziciju. U švapskom Blindhajmu su ostali nekoliko dana. Tu je u avgustu 1704. godine vođena poznata, druga Bitka kod Blenhajma, *The Battle of Blenheim*, odlučujući sudar vojske Džona Čerčila i princa Eugena Savojskog, s jedne strane, i francuskih trupa kralja Luja XIV i bavarskih trupa, pod vođstvom kneza Maksimilijana II Emanuela, s druge. Zašto ne iskoristiti priliku i posetiti nekadašnje bojište? Vinston je kod kuće proučio tok bitke i zapamtio svaku pojedinost, te je sada na licu mesta referisao. Nagovorio je Frederika Lindemana – zvanog „The Prof" – starog porodičnog prijatelja, da bar deo njihovog odmora bude njihov gost. Lindeman je bio profesor eksperimentalne fizike na Univerzitetu Oksford i ikona sveznanja. Savetovao je Čerčila po vojnim pitanjima, osim toga, govorio je nemački jezik i rado im služio kao prevodilac. Nije propustio da u jednoj knjižari, u Štutgartu, kupi knjižicu s nemačkim baladama i da je pokloni Sari. On, koji je uvek bio mrzovoljan, uvek mirisao na amber, ostatak njegove boemije, u svakom slučaju neko ko je zanemarivao okolinu, sa upornošću magarca – nemačka reč za to je „Eselsgeduld“ – objašnjavao joj je šta pojedine reči znače i kako se izgovaraju. Sara je napamet naučila *Lorelaj* Hajnriha Hajnea, Geteovog *Bauka*, Šilerov *Zavet* i *Dobar drug* Ludviga Ulanda. Posle ručka u hotelu za nju je bilo rezervisano pola sata. To su bile najlepše večeri puta, hvališe se njen otac nekoliko godina kasnije svom najpoverljivijem ličnom sekretaru. Druga strofa pesme *Dobar drug* svaki put mu je terala suze u oči. I premijer njenog visočanstva bi svaki put zatvorio oči i drhtao – na nemačkom:

Eine Kugel kam geflogen,
Gilt's mir oder gilt es dir?
Ihn hat es weggerissen,
Er liegt mir vor den Füssen,
*Als wärßs en Stück von mir.**

* Doletelo je vrelo zrno, / Namenjeno meni ili tebi? / Njega je raznelo, / Leži pod mojim nogama, / Kao da je deo mene. (Prim. prev.)

25.

Jedan drugi ratnik: Džon Čerčil, predak – koji nije bio na dobrom glasu, i to iako je spasao Evropu od tiranina obuzetog vlašću.

U narodu je erl od Marlboroa zapamćen kao neko na koga se čovek ne može osloniti, kao neko ko bi mogao da bude i na protivničkoj strani, na zloj strani, i neko ko je, po sećanju istoričara, bar neko vreme, širio intrige. – Još od doba njegovog detinjstva Vinstona je ova figura istovremeno privlačila i odbijala.

Sa petnaest godina Džon Pejdž je bio na dvoru. Kralju se dopadao, podržavao ga je, voleo da ovaj bude u njegovoj blizini, na kraju mu je ponudio prijateljstvo. Džejms II je želeo da se Engleska vrati katoličanstvu, a sebe je želeo da proglasi za apsolutnog monarha po francuskim uzorima. Moćni krugovi oko njegove ćerke Meri i njenog muža Vilijama III Oranskog organizovali su pobunu, srušili ga s prestola i oterali u egzil u Francusku. Džon Čerčil nije stao na stranu svog kralja, već u red pobunjenika.

Izdajnike niko ne voli, čak ni izdajnika koji posluži za dobru stvar. Ali će mu možda oprostiti ako se među istoričarima nađe spretan branilac, koji će iza izdaje prepoznati tragičnu borbu između prijateljskih osećanja i patriotskih obaveza. Ako i po drugi put izda, neće mu se pružiti prilika da se opravda svojim motivima. Tu mu neće pomoći nikakva veština opravdavanja, ni njegova ni bilo kakvog njegovog advokata. A Džon Čerčil je još jednom izdao, ovog puta Vilijama Oranskog. Navodno je napisao jedno pismo svom nekadašnjem gospodaru u francuskom egzilu i upozorio ga na napad na francusku flotu kod Bresta.

Vinston je sada pronašao da to sumnjivo pismo nije ni postojalo; jedina kopija, koja je postojala, bila je falsifikat, to je on mogao da dokaže. Čak i njegovi protivnici iz redova istoričara (trpali su ga u grupu sa očajnim diletantima, poredili sa Šlimanom, samo što on nije otkrio nikakvu Troju) morali su da priznaju da je u pravu. Konačno je bio u prilici da svom silom reči veliča svog heroja, što je još od detinjstva bila njegova želja. Džon Čerčil, rođak, nije bio oportunista ni pohlepan lupež. Bio je mudar, pragmatičan političar. I bio je na pravoj strani. Vodio je englesku vojsku protiv Luja XIV. Bio je spasilac Evrope koju je ugrožavao užasan tiranin, kakvog čovek ne može ni da zamisli.

Dok je obilazio teren na kome se odigrala Bitka kod Blenhajma, Vinston je diktirao svojim sekretaricama, pod aprilskim suncem, uvod u prvi tom Marlboroove biografije:

Evropa je izvukla svoj mač, spremna za borbu koja... će trajati četvrt veka. Od borbe između Rimske imperije i Kartagine svet nije video veće suparništvo. Sve civilizovane nacije su bile njome obuhvaćene, svi delovi tadašnjeg sveta. Ovaj konflikt je odlučivao... na duže vreme o relativnoj moći, relativnom bogatstvu i o granicama svih značajnih evropskih država.

Prvi tom knjige *Marlboro. Njegov život i doba* pojavio se u prodaji 1933. godine – iste godine kada je Adolf Hitler postao nemački kancelar.

Čerčil je diktirao najmanje dva sata dnevno, najradije pod vedrim nebom. Pošto su stenografkinje bile zauzete pisanjem, a pošto mu je dok je govorio bila neophodna publika, pa makar to bila samo dva uha i dva oka, članovi porodice i prijatelji su se smenjivali i slušali ga. Već posle nekoliko dana neki od njih su počeli da izbegavaju ulogu slušaoca. Na kraju je preostala samo desetogodišnja Meri. Njoj ništa nije bilo draže do da sluša svog oca. A ni njemu nije bilo ništa draže do da joj priča o njenom pra-pradedi. Gledao je kako Meri doživljava njegovu priču, kao da prelistava neku slikovnicu, te je i on počeo da svoje delo posmatra Merinim očima i nastavio da mirno diktira u olovku svoje sekretarice „gospođe P.“, uz širom otvorene oči svoje ćerke.

Mnogo godina kasnije pisao je o tom popodnevu u svojoj kolumni u *Tajmsu*: to dete ga je prvi put nateralo da se izražava jasno i da ono narativno naglasi, da se suzdržava od refleksija. Posle tog iskustva je preradio prethodna poglavlja; i kada danas kritika ističe – on se to pitao posle dobijanja Nobelove nagrade za književnost – kako se njegova biografija Marlboroa (za koju je dobio nagradu) čita kao napeti roman, onda za to treba najpre zahvaliti njegovoj ćerki Meri, koja je uvek postavljala prava pitanja i kojoj je *istorija* bila manje važna od *priče*. „Koliko god da svetska istorija deluje bombastično, ona je samo kulisa ispred koje živi jedan čovek, ili dva ili celo tuce ljudi. Moguće je ispričati samo priču pojedinca, istorija kao takva ne da se ispričati." Ovo je hteo – samocitat – da napiše kao moto svog sedmotomnog dela *Istorija Drugog svetskog rata* (objavljenog 1954. godine), ali je odustao jer ga je jedan prijatelj, upravo Frederik Lindeman, upozorio da bi zli jezici onda mogli da se smeju i da tvrde da bi knjiga trebalo da se zove: *Ja – ispred Drugog svetskog rata*.

„*Marlboro* je odličan", procenjivala je, ranih sedamdesetih godina prošlog veka, Rilana Džamši, feljtonistkinja izraelskog dnevnog lista *Haaretz*, pri tome ne misleći na književni kvalitet knjige. U liku Luja XIV prepoznaje se Hitler. A Kralj Sunce je bio samo uzor. U stvari, ova biografija nije istorijsko delo, već roman razotkrivanja. Kakva glupost, ako se uzme u obzir vreme u kojem je knjiga nastala, cela *pre* izbijanja rata, jedna trećina *pre* nego što je Hitler uopšte došao na vlast! Ali je ipak istina. Džon Čerčil je Vinston, Francuz je Austrijanac.

Gospođa Džamši nije bila prva koja je ovo primetila: to je primećeno i u knjizi *Borba pre borbe*. Danski psihoanalitičar Litiker Esklid Otensen već 1959. godine napisao je da se ovde radi o „najčudnijim anahronizmima moderne književnosti", anahronizam ne u uobičajenom smislu reči, kao izokrenutost vremena unazad, već ovog puta okrenut unapred. Čerčilova biografija Marlboroa podseća ga na pećinske crteže iz paleolita, gde su crtane životinje koje je tek trebalo uloviti. Otensen veruje da se kod državnika u celom njegovom delu – književnom i slikarskom – provlači uznemirujuća nit magijskog mišljenja. On konstatuje da Čerčil nije imao smisla za simboliku. Ispričao je anegdotu: kada je Vinston 1908. godine trebalo da bude predstavljen kralju Edvardu VII, sasvim ozbiljno je izjavio da nema nameru da se ponizi pred kraljem; jer se ovaj pojavio, kao što dolikuje, ne samo sa hermelinskim ogrtačem i krunom, već i sa skiptrom, i očigledno novi ministar u tom štapu nije prepoznao simbol, već je u njemu video buzdovan, odakle je najverovatnije i potekao taj kraljevski simbol moći. Otensen govori o defektu koji se ne može opisati pukim nedostatkom sposobnosti za apstraktno razmišljanje – u tom slučaju bi Čerčil bio glup, što on svakako nije bio. On je taj defekt nazvao „Čerčilov sindrom". Nije ga čudilo ni što je mladi Vinston bio loš učenik. U ranom periodu obrazovanja učenici pre svega uvežbavaju razmišljanje u simbolima, cifre, brojeve, slova. To što ga je vokativ primenjen na sto izbacio iz ravnoteže, njega nimalo ne čudi. U priči o prvom vojvodi od Marlboroa i njegovoj borbi protiv Luja XIV Čerčil je predskazao svoju sopstvenu borbu protiv Hitlera. Sâmo pisanje te knjige bilo je neka vrsta borbe, iako on racionalno nije mogao da sagleda da će do te borbe doći. – Toliko o tezi Esklida Otensena.

Moj otac je bio mišljenja da je veoma malo onih koji su spekulisali o Čerčilu pročitalo knjigu o *Marlborou.* I on smatra da je to delo roman, i to jedan od najvažnijih u tom veku, nešto kao *Rat i mir*, kao *Parmski kartuzijanski manastir*. Vilijam Not se slagao s njim: ser Vinston bi bio zadovoljan, piše on u jednom pismu, kada bi se njegova knjiga smatrala romanom – ali, dodao je, neko bi pre toga morao da mu objasni koliko je pojam romana u dvadesetom veku širok. Čerčilova ljubav za beletristiku bila je vrlo „skromna“, ograničavala se na romane o kapetanu Hornbloueru Sesila S. Forestera i *Mučeništvo čovekovo* Vinvuda Rida, i naravno Voltera Skota i Džejmsa Fenimora Kupera, kojeg je smatrao najznačajnijim američkim romansijerom. U isto vreme kritikovao je savremene romanopisce, kojima nedostaje inspiracija i zato još pišu kao Forester i Rid, Skot i Kuper. Kada bi mu Not skrenuo pažnju da te zamerke ne mogu da se odnose na modernu književnost i pomenuo imena kao što su Džejms Džojs, Marsel Prust ili Vilijam Fokner, onda bi njegov šef samo odmahnuo rukom – kakav je taj njihov svet kad on nije ni čuo za njih. Od svih dobitnika Nobelove nagrade, zaključuje Not, Čerčil je sasvim sigurno, što se književnosti tiče, bio najslabije obrazovan.

Svakako: treba verovati da se Vinston Čerčil u velikoj meri identifikovao sa junakom svog „romana“ Džonom Čerčilom; kao prvo, zato što se borio da opere njegov ugled i da se s njim zajedno bori protiv despota iz Francuske; i drugo, jer je tu borbu video kao *borbu pre borbe*, simbolično, protiv drugih protivnika koji su se u doba pisanja te knjige uzdizali iz gomile fanatičnih, krvavih ezoterika i jednostavno glupih desperadosa kroz partiju NSDAP, a koji će tvoriti jezgro trupe uz čiju će pomoć prvo Nemačku a posle ceo svet pokušati da strpaju u džak.

Kada je Čerčilu pre, u vreme i posle dodele Nobelove nagrade 1953. godine iznova i uvek iznova ukazivano da je *Marlboro* jedinstveno predskazanje istorije, nije se nikada otkrivao, nije želeo da umanji tu pohvalu – da, i on sam se čudi, govorio bi, i on to vidi tako: on je vojvoda, a vojvoda je on.

Moj otac je sakupljao sve što je imalo veze sa protagonistima njegovog proučavanja; tako je čitao razne biografije Luja XIV – proučavao sećanja vojvode od Sen-Simona i kardinala Reca, kao i pisma Lizelote od Harison-Saltera i, konačno, studirao knjigu *Kralj Sunce* Nensi Mitford, rođake Klementine Čerčil, gde je mnogo toga naslućivao „između redova" – i najzad stvorio sebi sliku o karakteru francuskog kralja koja ga je uzdrmala. Nije ga uzdrmao monarhov apsolutizam, već činjenica koja do tada nikome nije zapala za oko – čak ni samom Čerčilu.

Naravno: Čerčil je želeo da se identifikuje sa junakom svog romana, prvim vojvodom od Marlboroa. Želeo je da bude kao on.

Ali on nije bio isto što i vojvoda.

Džon Čerčil bio je sasvim drugačijeg karaktera. Može se slobodno reči da mu je autor bio sušta suprotnost. Pri tome nije ni bitno kakav je Džon Čerčil stvarno bio. Važno je kako ga je njegov rođak i biograf Vinston Čerčil predstavio. Nikakvu ulogu ne igra ni kakav je Luj XIV stvarno bio. Ali je zapanjujuće kako je romansijer Vinston Čerčil formirao lik tog despota, to je ono zapanjujuće.

Lik Luja XIV je možda bio daleka kopija Adolfa Hitlera, ali je pre svega autoportret njegovog autora Vinstona Čerčila!

To je moj otac uočio. O tome je napisao članak koji je objavljen u *Prilozima za istoriju i politiku*, 1979. godine, sveska br 2.

Da li je Čerčil spoznao da je opisao sebe samog u liku Kralja Sunca? Moj otac ne veruje. Kada je belgijsko-britanski istoričar i filozof Mark Landijer, u svojoj brilijantnoj studiji *U ogledalu. Čerčilov dvojnik*, postavio tezu da je Čerčil prvi, i mnogo pre ostalih, pročitao Hitlera upravo zato što mu je u mnogim stvarima bio sličan, moj otac je trijumfovao – na svoj „engleski" način: tako što je podigao jednu obrvu, taj pasus podvukao olovkom, skinuo naočare i polako mi preko kuhinjskog stola doturio časopis.

„Landijer je trebalo da te citira", rekao sam. „Ili bar da te pomene."

Moj otac je samo rastegao usne u blagi osmeh i odmahnuo glavom, skoro neprimetno.

26.

„Celo popodne ove srede proveo sam prateći Hitlera avionom, od jednog do drugog predizbornog mitinga. Počelo je sa ručkom na aerodromu, izvan Berlina. Hitler, apstinent, nepušač i vegetarijanac, jeo je ovom prilikom svoj omiljeni obrok, kajganu i salatu. Njegovi podoficiri i ja okrepili smo se jakom hranom." – To je čitalac londonskog *Sandej grafika* mogao da pročita 31. jula 1932. godine, na dan održavanja izbora u Nemačkoj. Reporter je bio Randolf Čerčil, koji je tek napunio dvadeset jednu godinu.

Randolf je spadao u grupu od nekoliko stranih novinara koja je pratila Hitlera u njegovoj predizbornoj kampanji. Da li je Hitler znao čiji je sin bio taj mladi čovek? Gebels je znao. Možda je to čak i prećutao Fireru. Sasvim je moguće da je propagandista akreditaciju mladunca držao za lukav trik, koji će se jednom isplatiti. Ali je takođe mislio da zna da Hitler ne voli takve igre i da ih se gadi; ali u isto vreme – za Gebelsa je bilo „skoro prirodno" i da čovek zdrave pameti možda ne može da se otme Firerovoj harizmi, dakle on je mogao da bude siguran da će Randolf napisati članak koji će biti koristan za pokret. Samo jedan pohvalan izveštaj u jednim engleskim novinama, koji je potpisao jedan Čerčil, svejedno koji, uvek će biti više nego deset oduševljenih koje su potpisali neki Mils, ili Džons, ili Braun.

Randolf je bio darovit, a uz to je imponovao svojom pojavom. „Izgleda kao grčki bog“, oduševljavala se Ana Marija fon Bizmark, žena nemačkog ambasadora, i dodala, što se retko citira, „a ponaša se kao satir.“ Bio je brilijantan, arogantan, ciničan i sveznalica, stvarno je najčešće znao bolje i umeo da zasmeje – imao je talenat da privuče publiku i da je učini svojim saveznikom kada bi želeo da nekog razotkrije. Bio je pobednik, dobro prolazio kod žena i radio na internacionalnoj karijeri pisca i novinara. Divio se svom ocu, ali je pušio cigarete umesto tompusa.

U suštini nije imao pojma o veličini svog oca. O depresijama nije znao ništa, o opštim stvarima koje su se ticale porodice takođe ništa. Da su ga uputili, izbrisao bi to iz sećanja: otac je jak, snažan, isuviše uticajan, suviše vešt da bi dozvolio da ga nešto tako vazdušasto kao što su duševne muke opterećuje. U jednom pismu svom sinu Čerčil iznenađuje: „Da si me pitao, što si sigurno želeo, ali si zaboravio da me pitaš kako je kod kuće, odgovorio bih ti: život srećno teče uzvodno.“

Randolfu je bilo stalo da njegov otac uskoro opet preuzme neku političku ulogu. Za razliku od svoje sestre Sare, ponosno je koristio Čerčilovo prezime. Imao je želju da bar podstakne očevo vanparlamentarno delovanje, koje bi imenu porodice opet dalo težinu, više od svih tih sitnih poslova u Donjem domu i nezavisnih odbora i pododbora zajedno. Osim toga, nije bio mišljenja da će se budućnost Evrope odlučivati u Parlamentima. Smatrao je da će o budućnosti sveta odlučiti nekoliko velikih ljudi. Jedan od tih ljudi bio je njegov otac. Drugi je bio Adolf Hitler.

U Minhenu se sprijateljio sa Ernstom Hanfštengelom, Hitlerovim spoljnopolitičkim savetnikom, koji ga je uveo u otmeno društvo i, kako se hvalio, podučio lepom ponašanju. Hanfštengel, ogroman čovek sa ravnim licem boksera – paradoksalno je da mu je nadimak bio Puci – odrastao je u Njujorku, gde je njegova porodica vodila umetničku galeriju, on je studirao na Harvardu, govorio nekoliko jezika, imao dobar glas za pevanje i umeo da svira klavir. Žena mu je bila Amerikanka, do srži ubeđena nacionalsocijalistkinja, koja je imala, kako se govorilo u Hanfštengelovom okruženju, „mističan" odnos sa Firerom. Randolf je bio imun na razne ideologije, nacionalsocijalističke ideje su ga ostavljale hladnim, ali ga je interesovao čovek koji je doskora u bečkom azilu za siromašne muškarce kusao hleb i čorbu od kupusa i oko koga se odlučivalo o nadi i budućnosti Nemačke. Preko Hanfštengela je došao u kontakt sa Gebelsom, a preko Gebelsa je stigao do Hitlera.

Hanfštengel je neko vreme živeo u Londonu, znao je sve o Čerčilu. Njegovo mišljenje: iako se čovek bliži šezdesetim, iako izgleda istrošeno i potrošeno, smatrao ga je za jedinog političara u Evropi koji ima dovoljno karaktera, ambicije i energije da zajedno sa Hitlerom nanovo prekroji Evropu: Evropu u kojoj Engleska i Nemačka ne bi bile neprijatelji, već sile koje se međusobno respektuju, Nemci Englesku kao vodeću pomorsku silu, Englezi Nemačku kao jedinu kontinentalnu silu, a zajedno da budu brana boljševizmu. Hitler se divi engleskoj imperiji, poštuje je i uvek je želeo da se sa Engleskom ujedini, to mu je on, Hanfštengel, uvek savetovao. Do sada od Čerčila nije moglo da se čuje ništa negativno o Fireru i nacionalsocijalizmu, čak je bilo i pozitivnih tonova, osim toga on je 1922. godine bio protiv Poenkarea i zalagao se za politiku razumevanja sa Nemačkom. Hanfštengel je bio oduševljen Randolfovim idejama. Međunarodna zajednica će sa olakšanjem primiti da se – ovo je Randolfova formulacija – „konačno pravi korifeji pobrinu za bitne stvari i zajedno otvoreno razgovaraju". Za pojam „otvoreno" u nemačkoj štampi je neophodno da se iznađe druga reč, na tome je insistirao Hanfštengel.

Pre početka „letnjeg odmora" porodice Čerčil u Holandiji i Nemačkoj, Randolf je telefonom razgovarao sa svojim ocem i ovaj se složio da se sretne sa Hitlerom za „večerom u privatnoj atmosferi". Hanfštengel je, sa svoje strane, razgovarao sa Hitlerom i dobio potvrdan odgovor. Kao mesto susreta ugovoren je Minhen. Tako da je Hanfštengel rezervisao prelepe, posebne sobe u hotelu *Kontinental* u Maks Jozef štrase i sastavio jelovnik za večeru.

27.

U osam sati, uz sat zakašnjenja, prispeli su Ernst i Helene Hanfštengel – bez Hitlera. Izvinili su se, čekali su Hitlera, u toku je predizborna kampanja, a Firer vodi kampanju kakvu do sada nijedan političar nije vodio, on leti od mesta do mesta, nekih dana nastupa i na tri mitinga, govori pred desetinama hiljada ljudi, popodne u Dortmundu, predveče u Kelnu, a po mraku u Berlinu, svaki put govori i po dva sata i nikada o istoj temi, ali uvek sa „nezamislivim" entuzijazmom.

Čekali su.

Kada se Hitler ni u devet nije pojavio, Klementina je predložila da otpočnu sa večerom.

Činilo se da je Helenu Hanfštengel zabavljala Firerova nepristojnost – kao što je slučaj sa nekim majkama koje su opčinjene jedinstvenošću svojih sinova i koje u njihovom lošem ponašanju prepoznaju dokaz njihove posebnosti. Pričala je kako su njene najbliže prijateljice Helena Behštajn i Elze Brukman, ova prva supruga fabrikanta klavira, a ova druga po rođenju princeza Kantakuzen, pokušale da tom čoveku približe forme finog ponašanja. „To vam je kao kad orkanu kažete da treba da duva nežno." Večera sa pravilnim korišćenjem escajga, poseta koncertu, proba kod šnajdera, obraćanje različitim nivoima plemstva, korektno korišćenje zapeta, značaj ćutanja u konverzaciji sa diplomatama, naučnicima, dirigentima, privrednim velikanima.

„Taj čovek je samo jedna ideja", rekla je i polako okrenula glavu s jedne strane na drugu, kao da je htela – tako se kasnije prisećala Sara – da naznači širinu te ideje, a pritom gledajući na sto opet rekla: „Taj čovek je ideja." I to je ponovila i treći put: „On je ideja."

U prostoriji se nalazio klavir – „naravno jedan behštajn" – Hanfštengel je svirao potpuri koji se dopada Hitleru – Johan Štraus, List, Brams – i stare škotske igre. Najavu za svaku muzičku numeru koristio je za mali skeč. Nastupao je kao Gebels, kao Gering, kao car Vilhelm II, nije nastupao kao Musolini jer njega je gospodin Hitler znao bolje, ali je zato ismejao prethodnog predsednika Amerike Vudroa Vilsona, tako što je, kako je on to nazvao, sve radnje pomerio za dva santimetra. Ubedljivo je najbolje umeo da imitira monstruma doktora Frankenštajna, uzviknuo je Randolf. Hanfštengela, gromadu od čoveka, očigledno je video kao zabavljača. Ali ismejani se smejao s njim, i gospodin Hitler uvek to isto kaže. A njegova žena se takođe smejala: monstrum je dobrica u tom romanu, zlica je doktor Frankenštajn, zato se i zove Frankenštajn. Na šta je profesor Lindeman upitao da li time želi da kaže da je Meri Šeli izabrala ime Frankenštajn za zlog naučnika jer veruje da je to jevrejsko ime.

Na šta je gospođa Hanfštengel, i ne pogledavši profesora, ne pogledavši nikoga, odgovorila da zna sva jevrejska prezimena, stvarno sva, dakle i ona koja zvuče izrazito nemački, i da jevrejsku kožu može da namiriše, čak i kroz parfimisani tvid.

„A ja osećam miris smrti“, upao joj je u reč Vinston, koji cele večeri nije progovorio ni reč. „Smrdi kao prevrelo, žuto govno“, i u istom trenutku bio je duboko uplašen i nije mogao da veruje da je tako nešto rekao i još uz to tako glasno, tako borbeno, i njegova žena i njegova deca su bili uplašeni.

Gospođa Hanfštengel je samo klimnula glavom, a njega, kome je lice postalo bledo, pogledala kao da je jedini u prostoriji.

„I ja se osećam isto, gospodine Čerčile“, rekla je nežno. „Namirišem ga i osećam ga“, a zatim je ispričala kako je 10. novembra 1923. godine, posle neuspelog minhenskog puča, sprečila Hitlera da izvrši samoubistvo, tako što mu je iz ruku jednim džiu-džicu zahvatom izbila oružje i sakrila ga u jednoj posudi sa brašnom.

Tu je zavladala tišina u prostoriji.

Da ta tišina ne bi predugo trajala, gospodin Hanfštengel je predložio da Sara izrecituje neku nemačku pesmu, jer ona mu je ispričala da je to njena nova strast, a on će uz to improvizovati na klaviru.

Sara je te večeri recitovala *Zavet* Fridriha Šilera, seća se Čerčil, upravo tu pesmu najnemačkiju od svih nemačkih pesama, a gromada od čoveka, sa konkavnim licem imbecila i odvratnim manirima, udarala je po dirkama, preglasno, bez osećaja za njen nežan glas.

Vilijam Not je kasnije, posle rata, posle smrti njenog oca, o tome razgovarao sa Sarom, želeo je tačno da zna. I ona se sećala, ali je tvrdila da nije bio *Zavet* već neka druga pesma, sasvim sigurno ne *Zavet*. Tipično za njenog oca i kako on naknadno dramatizuje stvarnost: spasilac sveta čeka na uništitelja sveta, monstrum svira klavir, nežna mlada žena recituje pesmu, sve se odvija u Nemačkoj, dakle, ta pesma je mogla da bude samo *Zavet*.

28.

Dve godine nakon Čerčilove smrti, piše Vilijam Not mom ocu, pozvala ga je u goste Meri, koja je u međuvremenu postala gospođa Soms, u Čartvel, kako bi bio od koristi istoričaru Martinu Gilbertu prilikom pregledanja korespondencije njenog oca. Porodici je u međuvremenu bilo poznato kakvu ulogu je on, Not, igrao tokom rata u Čerčilovom životu. Ledi Čerčil je njegove zasluge „duhovnog sekretara“, ako se to može smatrati zaslugama, umela veoma da ceni; čak je predložila da mu isplaćuje doživotnu penziju, što je on odbio. Njegov zadatak je bio, glasio je odgovor Vilijama Nota ledi Čerčil, da bude u službi čoveka, što je izvesno; ako se uzme u obzir u kojem dobu je ta služba obavljana i *kojem* čoveku je služio, onda je on služeći njemu služio celom čovečanstvu, a za to se ne može tražiti novac. U svakom slučaju – tako je Not pisao u istom pismu mom ocu – kada se radilo o sređivanju Čerčilove korespondencije, porodica je odlučila, ujedno mu time ukazujući čast, da od njega zatraži savet. Gospođa Soms mu je osim toga, ponudila da bude naveden kao suizdavač. I to je odbio; poštuje ukazanu čast i rado će pomoći, ali više ne želi da istupa u javnosti.

Tako se on zaputio u Čartvel, gde je proveo skoro tri meseca – postupali su s njim kao da je deo porodice, sprijateljio se s psima na imanju, sa patkama i labudovima, vadio povrće iz bašte i neretko kuvao za celo društvo; vodio je duge razgovore, pre svega sa gospođom Čerčil, koja mu je, time je mogao da se pohvali, poklonila veliko poverenje. Pio je viski iz čaša iz kojih je pio ser Vinston – ne sigl-malt jer to nije tačno, jednostavno: džoni voker red lejbel. Radio je i po deset sati na dan. Gospođa Soms, simpatični mladi Martin Gilbert i on podelili su zaostavštinu na tri dela, ukupno oko dvadeset kutija. Čerčil nije mnogo mario za arhivski red, svako od njih je pronalazio svežnjeve važnih i nevažnih, političkih i ličnih, kao i „tajnih" pisama. U jednoj od kutija koje je obrađivao, pisao je Not, pronašao je dva pisma od kojih mu je srce jače zakucalo. Oba adresirana na gospodina Čarlija Čaplina.

Prvo sam citirao u celosti.

Drugo pismo je „smešno i zabrinjavajuće" – i to u tolikoj meri da je Vilijam Not odlučio da o ovom dokumentu ništa ne govori porodici svog nekadašnjeg šefa. Mislim da je pre svega mislio na Randolfa; plašio se da bi se taj dendi, koji ga nikada nije podnosio, koji je koristio svaku priliku da pokuša da ga ponizi, koji je u međuvremenu postao „opasan, nepredvidiv kućni vilenjak", sa tim dokumentom samo glupirao, šta god to značilo.

Prenosim opis predmeta, onako kako ga je Vilijam Not opisao: radilo se o velikom parčetu papira, dugom metar i osamdeset i isto toliko širokom, lepkom sastavljenom od dva dela, jakom, belom papiru. Nalazio se urolan u kartonskom cilindru u kakvima se čuvaju tehnički crteži, koji je na obe strane bio otvoren, i bio je ispisan tamnosmeđim mastilom. Rukopis se spiralno prostirao po papiru, od ivice ka sredini. Možemo da zamislimo da je Čerčil ležao na stomaku na tom papiru i da se vrteo dok je pisao. Rukopis je drhtav i razmazan, zbog neudobnog položaja pisca, a položaj je postajao sve neudobniji što se rukopis više od ivice približavao centru. U centru se nalazila okrugla fleka, nekih trideset santimetara u prečniku. Vilijam Not smatra da se radi o fleki koja je nastala od znoja. Čerčil se mnogo znojio. Vilijam Not veruje da je on bio go dok je pisao. Očigledno se Čerčil setio Čaplinove metode za proterivanje crnog psa – *metode klovna.*

Pre nego što je Čerčilov rukopis skrenuo u spiralu, napisao je u levom uglu papira neku vrstu preambule:

Dragi prijatelju!

Čarli,

Držim se svog uverenja iz detinjstva: ne postoji ništa što ne može biti napadnuto, a ono što ne može biti napadnuto, to ne postoji. Koža pisca može biti napadnuta, oseća se kako postaje hladnija.

U spirali Čerčil šturim rečnikom opisuje veče provedeno sa Hanfštengelom u hotelu *Kontinental.*

U jednom trenutku, piše Čerčil, napustio je separe da bi se umio i udahnuo svež vazduh. U toaletu je video nekog čoveka. Prvo ga je video s leđa. Čovek se spremao da se obrije, kragnu svog sakoa svukao je preko ramena, sve do nadlaktica, i nagnuo se nad lavabo. Obrazi, usta, brada i vrat bili su mu prekriveni debelim nanosom pene. On, Čerčil, pozdravio ga je pokretom glave preko jednog od ogledala i neznanac je uradio isto. Istog momenta se čovek posekao brijačem, nešto malo ispod slepoočnice, očigledno dosta duboko, pena na njegovom obrazu se za tren obojila u crveno. Šta se posle toga desilo, piše Čerčil, i danas mu nedostaje hrabrosti da to opiše. Čovek je počeo da psuje, psovao je na tom stranom „jeziku prepunom konsonanata", psovao je i pri tome mahao brijačem ispred svoje slike u ogledalu – a on, Čerčil, bio je ponesen, kao što je gospođica Everest uspevala da ga pokrene, te je i on počeo da psuje. I pošto nikoga osim njih dvojice nije bilo u prostoriji, i pošto nisu razumeli jezik na kojem je psovao onaj drugi, pa nisu ni mogli da budu uvređeni tim psovkama jer ih nisu razumeli, ubrzo su prestali s tim i ućutali, preko ogledala se na tren gledali u oči – dok im nije bilo dosta, da bi se zatim on, Čerčil, okrenuo i požurio nazad u restoran.

Time je Čerčil došao sa spiralom do svog stomaka; sve ostalo, piše Vilijam Not mom ocu, razmazano je i nečitljivo.

29.

Priča se ovde ne završava. Sa osamdeset godina Ernst Hanfštengel je napisao svoja sećanja (E. H., *Između bele i smeđe kuće. Memoari jednog političkog autsajdera*. Minhen 1970. godine). U knjizi se pominje i večera u hotelu *Kontinental*, aprila 1932. godine. On opisuje koliko je situacija bila neprijatna i da je nekoliko puta pokušao da dođe do Hitlera.

On piše:

> Otrčao sam do hotelske telefonske kabine i prvo pozvao Smeđu kuću, a zatim i Hitlerov privatni stan. Oba puta sam dobio isti odgovor: niko nije mogao da kaže gde je Hitler. Sledeće sekunde sam pomislio da sam žrtva halucinacije: na stepeništu ispred mene, u mantilu, stajao je još neobrijani Hitler. Skočio sam do njega i uzbuđeno rekao: „Za ime boga, gospodine Hitleru, šta tu radite? Čerčil i njegov sin mogu svakog trenutka da naiđu." Hitler je odgovorio da u ovom odelu i neobrijan ne može i ne želi...

On je, tako tvrdi Hanfštengel dalje, savetovao Hitleru da u hotelu pozajmi čistu košulju, da se obrije i da dođe u separe. Čerčilovi su simpatični i imaće razumevanja za njegovo zakašnjenje, još uvek veče može da bude prijatno. O važnosti ovog susreta valjda ne treba da troši reči. Ali Hitler nije hteo. A njemu, Hanfštengelu, nije preostalo ništa drugo do da to prenese dalje – naravno, ne pominjući kako je upravo sreo gospodina Hitlera.

Svakako da je Vilijam Not znao za Hanfštengelovu knjigu. I moj otac je znao za nju. Obojica su je smatrali odvratnom, hvalisavom, a u isto vreme i poniznom. I obojica su bila fascinirana idejom da je čovek u toaletu mogao da bude Hitler. Ako je to bio on, onda ga Čerčil nije prepoznao. Da ga je prepoznao onda bi u svom „klovnovskom pismu“ Čarliju to svakako pomenuo. U svojim memoarima *Drugi svetski rat* on samo opisuje – a njegova sećanja se poklapaju sa onim Hanfštengelovim – kako su on i njegova porodica uzaludno čekali i rezimira: „I tako se desilo da je Hitler propustio jedinu priliku da me upozna. Kada je kasnije postao svemoćan, dobio sam nekoliko njegovih poziva za susret. U međuvremenu se mnogo toga dogodilo i nisam prihvatio nijedan njegov poziv.“

Time priča još uvek nije završena.

Na drugom mestu sam pomenuo Eriku Sadern i njen *Intervju sa Skitnicom*. Znam da je ta knjiga nije omražena samo među čaplinistima; a za to ima stvarno dosta razloga. Ona umetnika prikazuje iz tračerskog i neozbiljnog ugla – što Čaplinu verovatno nije smetalo – ali tu su izjave koje su potresno glupe i uz to toliko primitivno formulisane da se dobronamerni čitalac pita kako je ovom čoveku pošlo za rukom da postane to što jeste. Uskoro se ispostavilo prvo: da je Erika Sadern pseudonim, iza njega se krila izvesna Lilijan Boshart; drugo: da je tri četvrtine navodnih Čaplinovih „odgovora" bilo izmišljeno. Boshartova je bila – a to bi se Čaplinu izvesno dopalo – kelnerica u *Grand hotelu na jezeru* u Veveu i povremeno bila zadužena za sto za kojim je sedeo veliki filmski majstor sa porodicom i gostima. Držala je uši otvorene i iz onoga što je čula sastavila svoj *Intervju*.

Ako sve to zanemarimo, iz knjige se ipak može saznati ponešto interesantno. Na jednom mestu je pomenut Vinston Čerčil. Čaplin govori kako mu je engleski državnik pričao da je početkom tridesetih godina sreo jednu Hitlerovu prijateljicu, koja je tvrdila kao joj je Firer poverio da je sa šest godina hteo sebi da oduzme život. Čaplin je na to rekao svom prijatelju – citiram: „Vinstone, mi nažalost ne možemo sami da biramo članove našeg kluba."

Kada sam to pročitao, ispala mi je olovka iz ruke. Istu tu rečenicu citira Vilijam Not u pismu mom ocu! Ali je ovde Čerčil taj koji izgovara istu rečenicu – *od reči do reči*! On je – tako mu je Čerčil rekao – kada se vratio iz toaleta i ponovo ušao u separe, tu zatekao samu gospođu Hanfštengel. Deca su, prenela mu je, htela u grad i njen muž se ponudio da Klementinu, Meri i profesora Lindemana odveze do hotela *Regina*, u kojem je porodica Čerčil odsela, ali će se vratiti. Gospođa Hanfštengel je bila poprilično pijana. Ponovila je priču kako je Hitleru spasla život tako što je „jednim džiu-džicu pokretom iz njegovih ruku izbila pištolj i sakrila ga u posudi sa brašnom". I nastavila da priča kako ga je jedne noći uplakanog zagrlila, mazila po glavi i, dok su žandarmi lupali na vratima, on joj je drhtavim glasom ispričao kako je sa šest godina hteo sebi da oduzme život jer ga je otac iz dana u dan užasno tukao i nikada nije propuštao da ga ismejava i ponižava pred drugima. – Čerčilov komentar Notu: „Ne možemo sami da biramo članove našeg kluba.“

Kako je ova rečenica došla do Čaplina, ne znam; ali da je dospela do njega potvrđuje *Poslednji intervju* Erike Sadern, alijas Lilijane Boshart. Možda je Čerčil svom prijatelju prilikom nekog njihovog susreta posle rata pokazao „klovnovsko pismo“. Van sumnje je da je postojao samo jedan adresant za ovu rečenicu: Čarli Čaplin. Samo on je mogao da zna o kakvom klubu je reč.

Posle toga sam još jednom pogledao film *The Great Dictator** i bar dve scene sam video u drugom svetlu – onu u kojoj jevrejski frizer u taktu Bramsovog *Mađarskog plesa broj 5* mušteriji nasapunjava lice i zatim ga brije; i susret dva diktatora Adenoida Hinkela (Adolf Hitler) i Benzina Napalonija (Benito Musolini), koji se završava deranjem obojice, pri čemu se prvo gledaju u oči, da bi se zatim odmakli i svako ukočenih očiju otišao svojim putem.

Osim toga: i ja bih, da sam bio na Čerčilovom mestu, insistirao da Sara te večeri recituje Šilerov *Zavet*. Poslednja dva stiha se sasvim lepo uklapaju:

Ja sam, udovoljite mi tu molbu,
U vašem društvu treći!

---

* *Veliki diktator*. (Prim. prev.)

30.

Metoda klovna. – Atributi kao „smešno, zabrinjavajuće, užasno“, koje je Vilijam Not koristio u vezi sa „klovnovskim pismom“, pogrešni su. Istine radi, spiralno ispisan papir je dokaz hladnog pragmatizma. Čerčil i Čaplin su bili pravi pragmatičari – preciznije: oni su bili pragmatičari sposobni da se oduševe. Da je ovaj izraz nešto kao drveni čelik, mišljenje je pragmatika koji su nesposobni da se oduševe. *Metoda klovna* nije ni smešna, ni zabrinjavajuća, kao što nije ni užasna – u svakom slučaju, nije sve to ako deluje; to znači, ako njenom primenom depresija može da se progna ili da se bar ublaži. Čerčil je čuo za tu metodu od Čaplina, Čaplin od Bastera Kitona; a on je za nju čuo od Harolda Lojda (informacija iz jedne sporedne rečenice Silvije Dejvis u njenom eseju *Laughter without laughter. What's funny to Buster Keaton?**, Los Anđeles 1976. godine, privatno izdanje povodom desetogodišnjice smrti Bastera Kitona; i u delu Marion Midl:

* Smeh bez smeha. Šta je smešno Basteru Kitonu? (Prim. prev.)

Buster Keaton: Cut to the Chase, a Biography,* Njujork 1995. godine, uz izričitu napomenu da se radi o „glasinama"). Navodno je Lojd jednom posmatrao nekog radnika koji je na velikoj visini trebalo da oslika crkveni sat i koji je pri tome zapao u poteškoće, tako da je četkom između kazaljki napisao „Help!"** jer njegove povike niko nije čuo. Dok je pisao, zakačio se za jednu od kazaljki, koja se iskrivila pod njegovom težinom, tako da su slova „Help!" ispisana u polukrug. Odozdo posmatrano, delovalo je kao da su njegove ruke i noge neka vrsta kazaljki. Harolda Lojda, koji je patio od teških napada panike, cela scena je uveselila. Odatle se razvila „metoda klovna" – pojam je njegov – i raširena među prijateljima koji su patili od depresije. Najpoznatija scena u njegovom filmu *Safety Last!****, u kojoj on visi na kazaljki sata na nekoj visokoj zgradi, inspirisana je ovim događajem. On je pričao svom prijatelju Basteru Kitonu da je ležeći na velikom listu papira, i pišući pismo sam sebi ukrug, uspeo da se izleči; stoga je ubeđen da je onaj radnik gore, na vrhu crkve, bio pravi anđeo. U to je uveren, odgovorio je ateista Kiton i zamolio da mu detaljno opiše „metodu".

Prvo pismeno pominjanje pojma nalazi se u eseju Teodora Adorna *Teorijski okviri komičnog* – iako se u njemu ne pominju ni Baster Kiton, ni Harold Lojd, čak ni Čarli, iako bi bilo pravedno, ali se zato pominje komičar V. K. Filds. Godine 1933. Adorno je hteo da izloži svoje ideje o toj

---

* Baster Kiton: Pređi na stvar, biografija. (Prim. prev.)
** Engl.: Upomoć! (Prim. prev.)
*** Engl.: Konačno na bezbednom! (Prim. prev.)

temi u Kelnu, pred socijaldemokratskim univerzitetskim udruženjem. Do toga nije došlo jer su nacisti zabranili tu organizaciju. Adorno je, ubrzo posle toga, emigrirao u Englesku i na Oksfordu razradio svoja razmišljanja o fenomenu komičnosti, takoreći sam i ne konsultujući nikoga. Svoje prve rezultate je ipak prezentirao pred publikom, naime na brodu koji je njega i njegovu ženu 1938. godine prebacio iz Londona u Njujork. U svom predavanju prvi put je koristio pojam *metoda klovna*. Time je definisao „moguć oblik odbrane od straha pred bestidnošću sveta". Odakle je uzeo taj pojam nije objasnio, tako da su prisutni – svi su bili nemački emigranti – mogli da pomisle da ga je on izmislio, tako je delovalo. Među slušaocima je bio i Rajnhard Mangold, Adornov „student", koji samo što je napunio devetnaest godina; on je zajedno sa svojim roditeljima pobegao iz Frankfurta i u Oksfordu je slušao Adornova „predavanja"; sada se i on nalazio na putu za Ameriku. (Navodnici su stavljeni zato što je Adorno na koledžu Meriot vođen kao *advanced student*; on jeste u Nemačkoj bio docent, ali na Oksfordu nije dobio zvanično odobrenje da drži nastavu.) Rajnhard Mangold će u Novom svetu uzeti drugo ime i postati jedan od najinventivnijih i najhrabrijih filmskih producenata Holivuda. Godine 1965. on će, ne znajući da je Adorno izgubio svoje beleške u vezi sa ovom temom, u jednom portretu koji je nemačka televizijska stanica snimila o njemu, pričati o svom susretu sa poznatim filozofom i njegovim mislima o kompleksu komičnog i kako su ga te misli veoma inspirisale, te kako je njihov izvor prepoznao u klasičnim slepstik-filmovima, pre svega u filmovima Čarlija Čaplina, i rado je izneo svoje zabeleške sa predavanja poznatog filozofa. Adorno je slučajno gledao taj dokumentarni prilog na televiziji i uz pomoć televizijske stanice stupio u kontakt sa svojim nekadašnjim studentom, koji mu je naknadno poslao svoje beleške sa predavanja. Filozof Adorno je iz njih rekonstruisao svoja stara razmišljanja, dopunio ih novim – neobično je da *nema* refleksija o umetnosti Čarlija Čaplina (o kojem je već napisao dva članka i objavio ih u zbirci *Bez uzora. Parva Aesthetica*) – i na tome izgradio svoj *Osnov teorije komičnog*, u kojem *metoda klovna* stoji u samom centru njegovog razmišljanja. Nije mu se dalo da taj esej završi, zbog čega ne možemo da znamo kako je taj pojam dospeo do Adorna – pod pretpostavkom da je uopšte i imao nameru da nas o tome obavesti. Ovde želim ukratko da ponovim šta je Adorno pisao o *metodi klovna*.

Komično je – zaključuje on – „prijateljski-neprijateljska ponuda zluradosti". A to je opet jedna vrsta potrebe za osvetom. Smejanje je ismejavanje i kao takvo je način na koji masa kažnjava pojedinca koji, nesvesno, krši njihove norme, smeju mu se jer žele da mu ukažu na njegovu grešku. Ovde Adorno sledi razmišljanja francuskog filozofa Anrija Bergsona, koji je napisao delo o smejanju *Le rire. Essai sur la signification du comique** – oko 1900. godine. Važno je, tako bi se mogla sažeti jedna od Bergsonovih teza, za preživljavanje i zajednički život da se pojedinac pridržava *običaja* okoline; teška prekoračenja završavaju pred sudom, lakša se sankcionišu na drugi način, na primer ismejavanjem. Ako se neka osoba – nenamerno – oklizne na koru od banane, kažnjavamo je našom

---

* *Smeh – Esej o značenju komičnog.* (Prim. prev.)

zluradošću jer može biti i opasno okliznuti se na koru od banane: on sledeći put treba bolje da pazi! To da je komično *svesna*, dakle *željena* zluradost, to je Adornov doprinos. Objašnjava ga na primeru dela V. C. Fildsa.

Fildsova komika proizlazi iz kršenja tabua. Ako on tvrdi – njegov poznati štos – kako neko ko mrzi male pse i decu ne mora da je sasvim loš, mi se smejemo jer nije uobičajeno da neko mrzi male pse i decu – sledeći teoriju katarze Aristotela – mi se tokom našeg smejanja pravimo kao da smo toliko zli; i smejemo se jer smo svesni da i V. C. Filds deli naše mišljenje i da on svojim vicem samo želi da potvrdi ispravnost našeg i svog mišljenja. Filds dakle ruši jedan tabu i time upravo ilustruje neophodnost tabua – naime da se mrze mali psi i deca. Ali komičnost V. C. Fildsa se ne sastoji u tome. On ne želi da pravi šale. On stvarno mrzi male pse i decu. I kada on kaže da je Feliks Hofman bolji mesija od Hrista, koji je samo pretvarao vodu u vino, dok je ovaj drugi uspeo da pretvori mak u heroin, i pošto heroin ljude čini srećnijima, onda to i nije šala. V. C. Filds ne pravi nikakve viceve. On sam sebe nikada nije nazivao komičarem, već žonglerom – što su svi smatrali dobrim vicem. On nas navodi da budemo zli kao što je on. I kada on to čini i mi se pravimo kao da to ne primećujemo, kao da je taj čovek loših manira i sa svojim problemima sa drogama i alkoholom – zapravo neko ko uopšte ne ruši tabue – „dobar" čovek koji ruši tabue, mi smo svesni, a i on je svestan: on nije smešan, on je zao. Zašto se mi i pored toga smejemo? Bergson, Adorno i mnogi drugi koji su razmišljali o komičnom jednoglasni su u mišljenju da komično meri dubinu pada. Kada papa pušta gasove to je smešnije nego kada komšija

Majer radi to isto. Kada Čaplin jede svoju cipelu, kao da se radi o delikatesu iz nekog finog pariskog restorana, onda moramo da se smejemo jer to jeste samo cipela i uz to još i prljava. I moramo da se smejemo kada V. K. Filds nas male, sićušne – smešne! – malograđane ubeđuje da je normalno da mrzimo male pse i decu – ili da osnivamo koncentracione logore. Ni mi sami ne bismo poverovali da smo sposobni za to! Adorno smatra da V. C. Fildsu to polazi za rukom jer uspevamo da ispoljimo, skrivenu duboko u nama, malograđansku mržnju za sve čisto i lepo, koja proističe iz osećanja manje vrednosti. Naše Ja delimo napola, sebe vidimo patuljastima i monstruoznima – i obe stvari smatramo smešnim. Mi se smejemo *sebi*. I odjednom, svet nam ne može ništa.

Metoda klovna se, dakle, ne sastoji ni od čega drugog do od sposobnosti da sami sebe učinimo smešnima – sa ciljem da otuđimo sami sebe. Kada je sâm, čovek ne može sam sebi da se smeje, jer smejanje uvek znači smejanje drugome. Čovek bi svoje Ja morao da podeli na Ja koje se smeje i jedno drugo Ja koje će biti ismejano. To i jeste cilj metode.

Iz Adornove biografije znamo da je i njega povremeno posećivao crni pas. Praktičnu primenu klovnovske metode – dakle, da se leži na stomaku i da se vrti u smeru kazaljke na satu dok se samom sebi piše pismo ukrug – on ne pominje u svom eseju. Stideo se. Jednom, kako se priča, njegova domaćica ga je zatekla kako primenjuje tu metodu.

Četvrti deo

31.

U maju 1939. godine Čaplin je primio poziv neke žene koja se predstavila kao „Hanelora“ i koja je govorila izrazito nemačkim akcentom (da li je bio baš nemački akcent ili ga je on smatrao takvim, Čaplin kasnije nije želeo da se izjasni). Želi da se sretne s njim; u njegovom je interesu, ne u njenom. Obično je Čaplin takve pokušaje zbližavanja odbijao. Obično se nije ni javljao na telefon; u studiju bi to prepuštao gospođici Nikolajsen, ili svom sekretaru gospodinu Prajoru, kod kuće bi prepuštao Konou Toraičiju da odluči da li neki poziv treba da se prosledi njemu ili ne. Često se dešavalo da neka žena – uvek su bile žene – dođe do njegovog broja telefona; već dva puta je morao da menja sve svoje telefonske brojeve, što je bilo povezano sa zamornim birokratskim problemima.

Bio je sam kod kuće. Polet se zajedno sa decom, Čarlijem juniorom i Sidnijem, odvezla u zoološki vrt Grifit, da tamo pogledaju sibirskog tigra koji je na godinu dana bio pozajmljen iz zoološkog vrta San Dijega. I sasvim slučajno je osoblje tog dana bilo slobodno ili je bilo u nabavci. Nije znao zašto su baš svi odjednom bili odsutni. Samo pre pola sata u kući je još vladala larma, kao kada deca – iako već nisu više bila deca – posećuju svog oca, smeh, igra, trčkaranje, stolnjaci prepuni omiljenih slatkiša, da se ne bi dalo povoda Liti da se žali kod socijalnog radnika. Odjednom je nastala tišina, svi su napustili kuću – slučajno ili ne – i on je bio sam. A onda je zazvonio telefon. Iako nije mogao sa sigurnošću da proceni, jer nije svikao na nemački jezik, bio je mišljenja da je nemački akcenat bio lažan.

Žena je pomenula bistro na Vestvudu, ona će tamo biti za sat vremena i čekati ga; tamo se govori samo francuski. Šta je time mislila, hteo je da pita, ali je ona već spustila slušalicu.

Nikome se nije javio. Mogao je da pozove nekog prijatelja ili brata. Mogao je da ostavi i poruku na stočiću u predvorju. Bilo bi to odgovorno. Pre pola godine, dok je sa Polet i nekoliko prijatelja bio u blizini Karmel, desila se neprijatnost. Pošli su na izlet u Point Lobos, tamo gde je divlja obala Kalifornije. Išli su sa tri automobila. Parkirali su ih blizu stena, osmatrali uzburkani Pacifik i pili šampanjac. Iznenada se iz žbunja pojavio neki čovek – ludak, kako je kasnije policija pokušavala da ih umiri – poklonio se pred Polet uz reči: „Molim vas, gospođo Godar, pomerite se korak u stranu“, pozdravio je klimanjem glave Dena Džejmsa i Tima Djuranta, koji su stajali pored Polet, iz unutrašnjeg džepa svog mantila naglo izvukao kratak nož i zakoračio, u ispruženoj ruci držeći oružje, ka Čaplinu, bled i tmuran u isto vreme, zastrašujući monstrum kao iz knjiga. Svi su se ukočili – osim Djuranta, on je čoveku zavrnuo ruku, bacio ga na tlo, stopalom stao na njegov vrat i pritisnuo mu lice u pesak. Čovek se nije opirao, dopustio je da ga prisutni muškarci vežu svojim i njegovim kaišem, pri tome čak bio od pomoći, smeškao se s bolom na licu i sa suzama na obrazima, klimao glavom Poleti, pre nego što su ga Djurant, Džejms i ostali muškarci – osim Čaplina – ugurali na zadnje sedište jednog od automobila. Debeli Dejvid Sadik je legao na njega, zavrnuo mu ruku i zavrtao je do bola. Jedan od Djurantovih prijatelja ga je odvezao do grada, drugi su vozili za njima. Predali su ga šerifu – smejući se. Čaplin je zamolio policajce da celu stvar obrade diskretno, da ništa ne dospe do štampe. Plašio se da bi neki drugi ludak, inspirisan ovim slučajem, mogao da dođe na sličnu ideju i takav napad izvede mnogo profesionalnije. Da će njegovi prijatelji biti diskretni, to je podrazumevao. Ali sledećeg dana je *Los Anđeles dejli* na naslovnoj strani objavio veliki naslov, gospodin Čarls Čaplin zamalo izbegao atentat. List je čak znao sve i o motivima atentatora (množina!). Postoje određeni krugovi, tako je pisalo, koji ne odobravaju Čaplinove planove za ponižavajući film o nemačkom kancelaru Adolfu Hitleru. Čaplin je telefonski došao u kontakt sa glavnim urednikom tih novina, izdrao se na njega; kako dolazi na takve apsurdne ideje. Gospodin Vinston je odgovorio da jednom ozbiljnom novinaru ne pada na pamet da oda svoje izvore, i spustio mu slušalicu. Istina je bila da je u to doba Čaplin započeo pripreme za film kojem će na kraju dati naslov *The Great Dictator*. Sa svakim učesnikom u projektu se pre početka snimanja lično rukovao, pogledao ga u oči i naredio da ni reč o projektu ne sme da progovori, bilo kome, ni mužu, ni ženi, ni ljubavnici, čak ni najboljem prijatelju. Neko od njih je, dakle, ipak progovorio. I od tada su reporteri opsedali studio, tako da je konačno Čaplin održao konferenciju za štampu na kojoj je saopštio da „se nosi mišlju da producira jedan film o trenutnoj političkoj situaciji u Evropi, pre svega u Nemačkoj“ – o Hitleru i nacistima. Da želi da iskaže svoje nezadovoljstvo spram varvarstva, to nije pominjao. U *Njujork tajmsu* je filmska kritičarka Luela Parsons bez znaka pitanja najavljivala: „Čaplinov sledeći film je parodija o Hitleru!“ Slični tekstovi su mogli da se pročitaju i u *Denver postu* i *Detroit tajmsu*. Nemački konzul dr Georg Gisling uputio je protestnu notu predsedniku Sjedinjenih Američkih Država, u kojoj je skrenuo pažnju da takva dela mogu bitno da poremete odnose Nemačke i SAD. Vilijam Dadli Peli, vođa organizacije *Silver Shirt Legion**, američkog pandana nemačkih SA jedinica**, sastavio je pamflet o Jevrejima u Holivudu i ponovio ono što je moglo da se pročita u listu *Jurišnik* i drugim nacističkim novinama, da je Čaplin Jevrejin i da je njegovo pravo ime Karl Tronštajn. Džesi Mo, jedan od portira Čaplinovih studija, jednog jutra je stajao van sebe pred kapijom studija: gomila stočnog izmeta bila je istovarena na ulaz u studio. U jednom pismu čitalaca u *Dejli mejlu* neki anonimus je pisao da ako Čaplin stvarno svoj prljavi jevrejski humor želi da ispoljava spram najviših predstavnika Nemačke, „to će označiti i propast njegove ličnosti“. Prijatelji su nagovarali Čaplina da tuži te novine jer su štampale takav pamflet, pisac se očigledno pozivao na Hitlerov govor u kojem on govori o „propasti jevrejske rase“, a time misli na uništenje iste. Čaplin je odbio. „U Americi smo“, rekao

* Fašistička organizacija *Srebrne košulje*. (Prim. prev.)
** Jurišni odredi. (Prim. prev.)

je. „Amerika je slobodna, demokratska država, ovde svako sme da kaže šta želi, a ostali mogu to da ignorišu." Policija Los Anđelesa je ipak dodelila Čaplinu pratnju. Dva agenta u civilu su ga pratila na svakom koraku; kada je bio u svojoj kući, oni su sedeli ispred nje, u fordu 35 na Samit drajvu, pazeći i posmatrajući ko ulazi u vilu i izlazi iz nje – i bili predmet posmatranja znatiželjnih turista. Tek kada je Čaplin zapretio da će sudski tražiti da ga ostave na miru, oni su se povukli.

Prijatelji su se čudili. „Zar se ne plašiš?", pitao je Den Džejms, koji je bio saradnik na scenariju.

„Ne", odgovorio je Čaplin, i sam se čudeći; čudeći se što ga je njegov posao u vezi sa temom koja je bila najbliža stvarnosti od tema svih njegovih dosadašnjih filmova toliko mogao da udalji od stvarnosti; osećao se kao da živi u nekoj bajci.

Naručio je taksi – ne kola od taksi službe *DY* kao obično, već od jedne firme koju još nikada nije angažovao; nije rekao svoje ime, pozvao ih je iz telefonske govornice, rekao, a da ga nisu pitali, da će stajati na ulici. Obukao je nešto svetlo, belo, navukao šešir, izašao na ulicu i čekao, nekoliko koraka od ulaza. Imao je „takav osećaj", osećaj za avanturu – ili se, kako je kasnije rekao, kada je razmislio, možda ipak radilo samo o znatiželji.

Nije bio zadovoljan svojim životom.

Što ne znači da je bio nezadovoljan samim sobom; nimalo, da je sumnjao u sebe ili da se plašio neuspeha i kapitulacije – ne: bio je nezadovoljan jer je bio ubeđen da nije samo komičar i neko ko producira samo komične filmove. Smatrao je da je obdaren za nešto više od toga. Ne, čak za najveće – kada bude završio sa ovim filmom, ljudi će videti da na tom polju nema većeg od njega. Želeo je da stvori delo koje će govoriti o nacionalnoj ekonomiji. Svesku punu ideja već je imao. Dugo se već bavio ekonomijom i pravdom. Njegov rad na filmu *Modern Times** nije bio podsticaj za to, već posledica; da će Skitnica na sebe navući mržnju kapitalista *i* komunista za njega je u prvom trenutku bila neprijatna činjenica; ali pošto su dve nepomirljive strane bile jednoglasne u svojoj osudi pukog prikaza najslabijih, najtiših, onih kojima je potrebno sažaljenje, shvatio je da bi *metoda klovna* mogla da bude lekovita i za dušu celog društva. Prikazao je svetu koliko je ludačka jedna privreda u kojoj ljudi postaju robovi mašina; Skitnica je svojim ludilom ukazao na drugo ludilo, ukazao je na stvarnost iz pomalo „pomerenog" ugla da bi stvarnost bila prikazana onakvom kakva jeste. Prilikom svoje posete Berlinu, sada već pre više od deset godina, razgovarao je sa Albertom Ajnštajnom o ekonomiji, o jednostavnom i genijalnom programu čoveka po imenu Silvio Gezel, koji se zalagao protiv poreza na zemlju i za ukidanje bankarskih kamata, jer oni neminovno teraju na raspodelu odozdo nagore, neprekidno time održavajući nepravdu na svetu i na taj način ga čineći sve ružnijim. (Nije pročitao ništa od Gezela, ali je veoma pažljivo slušao razgovore Herberta Ouklija i Bena Ajhengrina, jednog anarhiste, a drugog marksiste, dok su izlagali

* *Moderna vremena.* (Prim. prev.)

svoje stavove.) Ajnštajn mu je poklonio knjigu *Teorija privrednog razvoja* Jozefa Šumpetera, koju je i sam tek bio pročitao (nažalost, u nemačkom izdanju) i kao posvetu napisao: „Za Čarlija, nacionalnog ekonomistu." To ga je potaklo na razmišljanje. Napisao je kratku priču. Prvu u svom životu. Osećao se kao neki mlad pesnik, onako kako mora da se osećao Džon Kits ili Šeli, čija genijalnost je podsećala svet da ne ostaje još mnogo vremena. Kada je zatvorio penkalo, osetio je udarce pulsa u svojim prstima. Priča se zvala: *Ritam*. Tokom aprila iste godine prevedena je i objavljena u francuskom časopisu *Sinemond*. Radnja se događa u španskom građanskom ratu. Jedan čovek je osuđen na smrt streljanjem. Oficir koji komanduje streljačkim vodom osuđenikov je prijatelj; nada se do poslednjeg trenutka vesti o pomilovanju svog prijatelja. Konačno mu ne ostaje ništa drugo do da izvrši naređenje, koje se sastoji od četiri ritmička naređenja: „Pažnja! – Pripremi oružje! – Nišani! – Pali!" Neposredno pred poslednju komandu, on čuje korake, približava se kurir koji je spas njegovom prijatelju – Uzvikuje: „Stoj!" Prekasno. Navikli da slede ritam, vojnici pucaju. Jedan književni kritičar – kako je Čaplin kasnije čuo, jedan od najcenjenijih, njegovo ime nije uspeo da zapamti – proglasio je ovu priču za majstorsko delo, dostojno da bude stavljeno u red najpoznatijih dela. To ga je nateralo da razmisli. Genije će se, misli da je to pročitao kod E. A. Poa, iskazati u svakoj oblasti; genijalni pesnik, ako se okrene muzici, biće i genijalni muzičar, a genijalni muzičar genijalni slikar, genijalni slikar će biti genijalni državnik itd. I to ga je nateralo da razmisli. Da poseduje genijalnost, u to je bio siguran, što ga je dirnulo i ponizilo. Udarci u njegovim grudima nagoveštavali su nešto novo, veliko, drugačije, činili ga srećnim i znatiželjnim – i nezadovoljnim. Pisanje scenarija za film o diktatoru fiktivne države koštalo ga je više energije od svih dosadašnjih filmova. Znao je da će to postati najveći film, da će to biti najveće delo filmske umetnosti. Kada završi ovaj film, dugo neće raditi drugi, možda nikada više; započeće nov život sa nekom drugom umetnošću – nov život kao naučnik – ili političar, kao govornik, kao tribun, novi Demosten, Ciceron, Danton.

Nije bio zadovoljan – na neki čudan način iščekivanje, kao pred venčanje. Možda se radilo o nekoj vrsti odbijanja novog, velikog, drugačijeg – tako da bi kasnije mogao da kaže: sve je počelo jednim pozivom 1939. godine...

To je i bila istina.

32.

Bilo je skoro nemoguće da će ga neko prepoznati. Ništa na njegovoj glavi nije podsećalo na Skitnicu. Njegova kosa, bela kao sneg, obrazi bez šminke, pomalo opušteni. Crne naočare nisu značile da se njihov vlasnik krije, u majsko podne u Los Anđelesu bile su uobičajene. A šešire su nosili skoro svi muškarci. Osim toga, primetio je da se ljudi više sećaju pokreta tela nego lica. U njegovom hodu nije bilo ničeg od hoda Skitnice. Kada je zakoračio u bistro na Bulevaru Vilšir, malo je stisnuo usne, onako kako to Skitnica nikada nije činio, i imitirao hod Daglasa Ferbenksa, što mu je u poslednje vreme bilo zabavno, nesvesno i svesno – jer mu je nedostajao Dag od kako se razveo, nije ga video već pune tri godine, nije više stanovao na Pikferu i, kako je čuo, nije mu baš išlo dobro, navodno je samo pio, ni Meri više nije dolazila u posetu, sve se promenilo, uvek iznova je sebi obećavao da će Daga pozvati na neku popodnevnu partiju tenisa.

U lokalu je bilo mračno, ništa nije video. Skinuo je naočare. Bar u obliku slova L toliko je suzio prostor da se čovek jedva provlačio pored visokih stolica. Dva čoveka su stajala za barom i razgovarala sa barmenom. Kratko su pogledali u njegovom pravcu, nezainteresovano, i nastavili da razgovaraju. Seo je što dalje od njih, za šank. Barmen je polako prilazio, prevlačeći krpom po mesinganoj površini šanka, i upitao ga na kalifornijskom engleskom čime može da ga usluži – toliko o tome da se ovde govori isključivo francuski. Naručio je belo vino. Barmen je pred njega stavio uobičajenu čašu vode, mirisala je na hlor, nekima je taj miris smetao, njemu se dopadao, nikada nije video nikoga ko je pio tu vodu sa šanka. Da li da uz vino uzme i neki sendvič? Mogao bi. Sendvič sa švajcarskim sirom? I jedan sendvič sa švajcarskim sirom.

Čekao je. Jeo je sendvič i pio svoje vino. Udisao hlor. Jedan od gostiju se pozdravio i krenuo ka izlazu, klimnuo je i u njegovom pravcu. Ne zato što ga je prepoznao. Već zato što ima manire. Onaj drugi je preleteo preko sportske strane novina sa cigaretom u ustima, zatim se i on pozdravio i otišao. Barmen je tumačio; to što se ovaj gost povukao u donji deo bara, znači da ne želi da razgovara. Povremeno bi pogledao u njegovom pravcu, za slučaj da još nešto želi da naruči.

Čekao je. Čekao već tri četvrti sata.

Jedna žena i jedan muškarac ušli su u bar. Ona je bila visoka, brineta i veoma šlank, kosu je podigla u neku vrstu punđe, lice joj je bleštalo od beline, nosila je prljavoroze haljinu sa belim kaišem sa velikom šnalom. Oboje su ušli odjednom. Muškarac mu se prijateljski osmehnuo, pružio mu ruku – a da se nije predstavio – rekao je da Hanelora nažalost ima neodložan termin i da će morati da ih napusti. Njene usne i nokti su bili u istoj crvenoj boji. Izbegla je njegov pogled, okrenula se i napustila lokal, a da ništa nije izgovorila, ne pruživši mu ni ruku. Čovek je gledao za njom sve dok se nije izgubila u gužvi ulice. Ni on, nažalost, nema mnogo vremena, rekao je. Nosio je svetlo odelo sa jedva vidljivim primesama roze boje i stetson u istoj boji, traka na njemu bila je tamnoplave boje, tamnoplava kao i njegova mašna. Na njegovom domalom prstu sijao je zlatan prsten sa ovalnim oniksom u sredini. Naočare za sunce su bile dosta providne, dovoljno providne da se kroz njih vidi, ali i dovoljno tamne da sakriju karakter njegovih očiju.

Čovek je naručio apolinaris. Kada se barmen odmakao, rekao je: ako on, Čaplin, ne bude pazio na sebe, najkasnije za godinu dana neće više biti živ; moli da ga ne prekida, on, kako je već rekao, nema mnogo vremena, neka ga samo sasluša: on, Čaplin, će, ako ne pripazi na sebe, najkasnije za godinu dana sam sebi oduzeti život; verovaće da je to njegova odluka, ali istina će biti da će na to biti nateran, a da ni sam toga neće biti svestan. Mora da bude svestan da ima posla sa ljudima koji raspolažu rafiniranim metodama vođenja rata. Eliminisanje neke osobe je jedna vrsta vođenja rata. Više od toga nema šta da mu kaže. Namere su mu dobre. Moli ga da preuzme plaćanje njegove mineralne vode.

Nakon toga se čovek okrenuo i nestao. Možda je iza svojih leđa čuo pitanje: „A zašto?“ Verovatno ne. Bilo je postavljeno isuviše tiho.

Zamolio je barmena za list papira i olovku i zapisao šta mu je čovek rekao. Sećao se svake reči. Opisao je izgled žene, njeno lice, njenu odeću, njen način hoda; isto to o čoveku. Opisao je zvuk njegovog glasa – ni previše tih, ni previše prodoran, nije se mogao utvrditi ni neki poseban akcent; ono što mu je upalo u oči bila je nesrazmerna egzaktnost.

Zamolio je barmena za još jedan list papira. Opisao je miris žene, koji je verovatno dolazio od njenog parfema, ali je njega podsećao na miris kože; mirisala je na kožu, negde iza njenog parfema izbijao je oštar miris kože. Ništa nije rekla jer nije bila Nemica i nije umela da imitira nemački akcent, a i imala je drugačiju boju glasa. U Hanelorinom glasu, mislio je da može da se priseti – i to je zapisao – osećao se strah, koji nekoga spopadne kada uradi nešto loše, posle čega nema povratka osim sopstvenog uništenja. Nije bilo više od četiri ili pet rečenica koje je izgovorila preko telefona, i posle prve, posle druge ili treće rečenice u njenom glasu se osetio strah i obuhvatio je celu, potisnuo prvobitnu sigurnost, potisnuo čvrstinu i konačno njen glas pretvorio u dečju, molećivu preplašenost; poslednje reči su izgovorene drhtavim glasom, na kraju je bila blizu toga da zaplače. Pošto je osetio taj emotivni pad u samo nekoliko reči, zato, samo zato, ako je iskren prema sebi, samo zato je prihvatio da se sretnu u Bulevaru Višur. Da li je Hanelora bila podmetnuta, možda čak prisiljena da razgovara s njim telefonom? Da li se neko krije iza njenog glasa? Je l' to bio stvarno nemački akcent ili je samo imitiran? Je li to trebalo da bude znak s koje strane vetar duva? Možda je neko pomislio da će razgovor biti snimljen i naknadno analiziran? Jesu li s tim računali? Je li to čak bila namera? Znalo se da industrijalac Frensis V. Parki sve svoje telefonske razgovore snima, to je bila mašina kao iz nekog utopijskog filma, zauzimala je veliki sto u njegovoj kancelariji i automatski se pokretala čim bi telefon zazvonio. On je tu mašineriju nabavio kada je jedno od njegove dece bilo kidnapovano. Čaplin je za film *Modern Times* dao da se model takve mašine napravi od šperploča, da bi kasnije iz pijeteta odustao od toga da ga postavi u kancelariji vlasnika čeličane.

Sve je zapisao – svoja sećanja, svoja zapažanja, svoje misli, svoje asocijacije, svoje spekulacije. Pisao je i pisao i pisao. Pisao je ceo sat, naručio još jednu čašu vina i zatim treću. Iako nije to tražio, barmen mu je doneo još jedan list papira.

Pitao je barmena da li poznaje čoveka i ženu ili da li ih je bar nekad video. Nije. Pitao ga je kako ih je – nije prošao ni ceo sat – on zapamtio. Barmen je dao štur opis koji se poklapao s njegovim; uz dopunu da je čovek bio pomalo pogrbljen, lagana grba na leđima; to je primetio dok je ovaj napuštao bar. Zašto gost sve to želi da zna, barmen nije pitao. Holivud je bio isuviše blizu. Barmeni iz ovog kraja više se ničemu ne čude. Stoički umorni očni kapci upravo su to govorili i tačno je znao da ga drugi razume. I razumeo ga je – i to je Čaplin zapisao.

Dok je sedeo u taksiju koji ga je vozio kući, osećao je prijatno zadovoljstvo. Opomena da takav osećaj nije prikladan, jer mu je upravo nagoveštena smrt i to od sopstvene ruke, nije mogla da odagna zadovoljstvo.

33.

Prilikom njihovog prvog susreta u Los Anđelesu Čerčil i Čaplin su planirali da zajedno smisle priču za novi film – o Napoleonu. Prilikom silaska niz Karbon kanjon, kroz bodljikavo šipražje, pocepanih donjih delova pantalona, razvijali su scenu za scenom. Junak filma treba da bude carev dvojnik. On se pojavljuje u Parizu, dok pravi boravi na udaljenoj Svetoj Jeleni. Ljudi mu oduševljeno i začuđeno kliču i žele da ga vrate na presto. Pokušava da objasni da nije sposoban za to, što je istina. Niko ga ne sluša. Na kraju ni sam ne zna ko je. Ubija se. Proglašena je nacionalna žalost. U međuvremenu, pravom Napoleonu polazi za rukom da pobegne. Vraća se u Francusku. Ali ga ljudi ismejavaju, pokazuju prstom na njega, kao da se radi o majmunu, a ne o caru. Naređuje pogubljenje svih koji ga ismevaju. Pošto mu niko ne veruje, ostaje gubitnik. Završava kao klošar koji uz veliko veselje svojih prijatelja imitira Napoleona.

Od tog projekta nije bilo ništa. Ali se motivom dvojnika Čaplin i dalje bavio. Posebno je zamisao da u jednom filmu igra istovremeno dve uloge za njega bila hipnotički izazov. Podstrek za prve zamisli o filmu *The Great Dictator*, koji je na kraju i uradio, nije bila prvenstveno politička situacija, koliko estetski izazov da igra protiv samog sebe: sa starim njemu poznatim zanatom, pantomimom *i* sa prvim rečima koje će izgovoriti na platnu, „dopustiti da jedan drugog unište". Roland Totero, verni kamerman – od početka, u eri *Junajted artistsa*, on je radio svaki film – izvestio je da tokom snimanja nijednog trenutka nije razgovarano o politici. „Da je Čarli slično video Staljina", pokušao je da otrezni mnoge koji su u tom periodu Čaplina smatrali pre svega političkim umetnikom, „film bi bio obračun sa komunizmom. Da je papu video na sličan način, nastala bi parodija katolicizma. Ovako je bio sličan Hitleru."

Da li mu je bio sličan?

Na zajedničke brkove je uvek i svuda ukazivano, posebno, naravno, u karikaturama. A osim toga? Pogledamo li fotografije iz tog doba, bilo koje scene sa ulice, svejedno da li se radi o Nemačkoj, Australiji ili Americi, ono što upada u oči: muškarci nose šešire, veliki broj njih šešir sa malim obodom (kao Skitnica) i veliki broj njih brkove – često kockaste, baš kao Hitler, retko trapezaste kao Skitnica. I diskusija, koja je takođe žustro vođena, da li je Hitler svoje brkove uzeo od svog nekada omiljenog klovna ili ne, zvuči apsurdno – milioni drugih muškaraca bi mogli da budu optuženi za isto. Utoliko je više začuđujuće što je, mnogo pre nego što je i sâm Čaplin imao plan da igra nemačkog diktatora, javnost došla na takve ideje.

Želim da naglasim dve stvari.

O prvoj saznajemo od Čarlija Čaplina mlađeg. U svojim sećanjima na svog oca (ja posedujem samo nemačko izdanje: *Moj otac Čarli Čaplin*, izdavačka kuća Diana, Konstanc, 1961. godine) on piše da je otac sredinom tridesetih godina dobio u pismu jedan članak iz nekih francuskih novina, uz priložen prevod, i da je u njemu stajalo kako je Hitler zabranio Čaplinove filmove u Nemačkoj. I zašto? Zato što su vodeći nemački fiziognomičari u njemu prepoznali preteranu sličnost sa Firerom. (I stvarno – moja istraživanja – u *Šestom naređenju o sprovođenju zakona o filmu*, od trećeg jula 1935. godine, nalazi se i pasus o Čarliju Čaplinu, uz uobičajenu napomenu o njegovom jevrejskom poreklu, zaključak je da od sada neće biti dozvoljeno da se njegovi filmovi prikazuju u Nemačkoj.) Francuske novine, što sam uspeo da proverim, u kojima je bio objavljen članak, bile su *Paris midi*; u njima masnim slovima stoji: „Čaplin će u svom sledećem filmu nastupiti bez svojih legendarnih brkova kako ne bi bio zamenjen sa Hitlerom." A zatim sledi tekst, potpuno izmišljen, kao i sam naslov. Kako je autor tog teksta, izvesni Gaston Tijeri, došao na ideju da to napiše, niko ne zna. Čaplin je kasnije nekoliko puta pokušao da stupi s njim u kontakt – uzalud. Čarli Čaplin, piše Gaston Tijeri, trenutno radi – to je 1935. godina! – na jednom propagandnom filmu protiv Hitlera. U njemu je sledeća scena ključna: Skitnica, kao i uvek sa svojim brčićima, ulazi u frizerski salon. Posmatra fotografije poznatih osoba. „Ispred Hitlerove slike zastaje. Opipava svoje brkove, iznenada uzima brijač i jednim potezom brije svoje brkove… i onda odlazi." I Tijeri potvrđuje: „Čaplin ovu scenu igra tako ubedljivo da značenje ovog gesta ne ostavlja nikakve nedoumice." Uz to Tijeri tvrdi: „Iako je izvesno da će njegov film biti zabranjen u Nemačkoj, iako će on zbog toga pretrpeti značajnu materijalnu štetu, Čaplin ni po koju cenu ne želi da odustane od ove scene." – Ni jedna jedina reč nije tačna!

Sve to je začuđujuće. I Čaplin je bio začuđen. Godine 1935. on nijednog trena nije imao ideju da snimi takav film. Ali – priseća se njegov sin – od tada je „počeo da razmišlja i osmišljava". Čaplin je čak pokušao da sazna ko mu je poslao to pismo, sa sve engleskim prevodom – uzalud. I četrdeset godina kasnije, kada bi se toga setio, nije mu bilo svejedno. Jozefu Melceru je rekao, sećajući se toga, kako se osećao kao Magbet kome su veštice prorekle šta će biti s njim, posle čega je svu svoju snagu usmerio da od toga nešto napravi. On, Čaplin, svu svoju snagu je pokrenuo da bi laži Gastona Tijerija pretvorio u istinu.

Druga stvar se dogodila godinu dana ranije. Pomisao da igra Hitlera dugo ga je držala, „on se umnožavao u meni". Najveći deo svog vremena provodio je van Holivuda, izbegavao je uobičajeni krug prijatelja – „iste reči, iste misli". Nije želeo poznate reči i poznate misli. Njih je pronašao, kako sam kaže, u Karmelu na moru, južno od San Franciska. Jedan od njegovih novih prijatelja, kasnije se nije sećao ko je to bio, predložio mu je da Hitleru pripiše brata blizanca, dangubu, koga Firer, čim dođe na vlast, strpa u koncentracioni logor. A tog brata blizanca igra Skitnica, ko bi drugi – tako su skicirali zaveru – kasnije, prilikom bekstva grupe logoraša, i sam beži, sakrivaju se preko noći u vešernici, tamo otkrivaju SS-uniforme, preoblače se i marširaju kroz uspavani grad, Skitnicu smatraju za firera, narod mu kliče i odnosi ga na rukama u palatu kancelara. Kada se pravi Hitler vrati sa svog odmora, svi ga ismejavaju i na kraju ga zatvaraju u ludnicu. Ljudi smatraju da je ludački to što govori, iako on ništa nije promenio. – Celu jednu noć je improvizovao scene. Mnogi su se smejali. Usred noći se probudio i znao je: to nije to. Izjutra je odlučio da promeni prijatelje. Otišao je kod Bena i Etel Ajhengrin, oboje su bili žustri marksisti, Etel još uz to članica Komunističke partije.

Uz ovu priču bih morao da stavim veliki znak pitanja; ona dolazi samo iz jednog izvora, a on, kao što je pomenuto, kod najvećeg broja poštovalaca Čaplinovog dela i života važi za nepouzdanog: time mislim na *Intervju sa Skitnicom* Erike Sadern, alijas Lilijan Boshart.

Jedne večeri je Čaplin opet bio gost kod Bena i Etel Ajhengrin, u njihovoj kući prepunoj knjiga, između Karmela i Montereja. Dok su njih dvoje pripremali večeru, on je uz zalazak sunca sišao dole, do obale, gde se nalazilo nekoliko stabala sekvoja – „stražari na kraju sveta“, kako ih je Etel nazivala – i tu je ugledao osobu koja je šetala uz samu vodu, dosta udaljenu od njega, obučenu u crno, u dugačkom mantilu, sa šeširom. Bio je to muškarac, rabin, kao iz filma *Grad bez Jevreja*; pretrčao je preko stenovite obale do njega, raširio ruke i uzviknuo njegovo ime: „Gospodine Čapline, gospodine Čapline, kakva sreća da vas ovde sretnem! Priča se da vi svake večeri ovde dolazite da biste se oprostili od sunca. Čekao sam vas.“ Imao je crnu, dugu bradu, lokne na zulufima i naočare sa debelim staklima, oči iza njih su delovale nestvarno. Uhvatio ga je za ruke i počeo da ih ljubi govoreći: „Zahvaljujem vam, gospodine Čapline, u ime svih mojih prijatelja, što radite film protiv nečovečnosti i što ćete celom svetu pokazati šta je zlo." On, Čaplin, pitao je, odakle ovaj zna da on želi da snimi takav film. Svako to zna, odgovorio je muškarac, svaki pošten čovek na svetu. I još nešto je on znao: da će ovaj igrati predivnog Jevrejina koji pobeđuje velikog neprijatelja, zlog Amana. „Igraću Jevrejina? To mi nije poznato", odgovorio je. „Svakako da to znate, vi to znate!", uzviknuo je muškarac. „Kakvog ću Jevrejina igrati?" – „Malog čoveka, jednostavnog čoveka, slabog čoveka, najslabijeg od svih." – „I on će pobediti Nečoveka?" – „Zato što je on u svom srcu Golem." A zatim je muškarac krenuo nazad ka vodi. Čeka ga sestrić, doviknuo je, ne može duže da ga ostavi da ga čeka. Ali nigde nije bilo nikoga. Sunce je zašlo i Čaplin je stajao sam između ogromnog drveća. I čekao da se probudi. Ali nije sanjao. Vratio se slatkoj kući pokrivenoj trskom, kući Bena i Etel, gore uz put, brzo ga je prošla večernja hladnoća koja se širila od okeana. I opet je smatrao da mora da pokrene sve svoje moći kako bi proročanstvo pretvorio u stvarnost – proročanstvo jednog rabina sa obale Pacifika. Ispričao je svojim prijateljima o susretu i Ben je rekao da su to ideje upotrebljive za priču. „To sa Hitlerovim bratom blizancem oduvek je bilo glupo!" A Etel je svom mužu uzvratila: „Skitnica je Jevrejin, u to svako veruje. Igraj Hitlera i istovremeno igraj Jevrejina koji izgleda kao Hitler! To će biti smešno!"

Od tog trenutka je počeo da radi na priči kakva nam je poznata, prvo u naznakama, onda sam u svojim mislima, kasnije zajedno sa Denom Džejmsom na scenariju (rad na tome je posebno radovao mladog, veoma darovitog Džejmsa, probudio je u njemu želju za dijalogom, čak se činilo da je bio spreman da odbaci sve svoje teorije o nemom filmu) i konačno iza kamere i ispred kamere, zajedno sa svojim timom, kakav više nikada neće imati, preko dana za montažnim stolom sa Vilardom Nikom i noću sa kompozitorkom Meredit Vilson za čelom i klavirom. Bio je omađijan radom. Čarli Čaplin mlađi piše: ovaj film je njegovom ocu bio poklon milosti i u isto vreme veliki teret. Sve mu je bilo lako i u isto vreme teško. Iz dana u dan se ničemu nije radovao više do radu, ali i kraju koji se nazirao. „Biće onako kako mora da bude." To je govorio – svakog jutra i svake večeri. Kada ga je jednom sin pitao šta to treba da znači, odgovorio je, tada dvanaestogodišnjem derištu, da ni on sam ne zna; nešto u njegovoj glavi mu govori tu rečenicu, nekim danima i po sto puta, a nekim i po hiljadu puta.

Čarli je sebe duplirao, što je genijalna ideja filma – Čarli kao smešan diktator i istovremeno kao jevrejski frizer; to je bio udarac u lice nečovečnom. Samo jedan čovek je na sličan način oštro udario – Vinston Čerčil; on, svakako, ne oružjem klovna.

34.

A onda je Kono dao otkaz.

Jednog jutra je na tanjiru za doručkom zatekao kovertu. U njoj se nalazila kartica. Na njoj je rukom bilo ispisano:

Poštovani gospodine Čapline,

Molim vas da budem oslobođen dalje službe i prijateljstva.

Kono Taraiči

Bilo je pola pet. U to doba su uglavnom svi u kući spavali: Polet i njena sobarica, kuvar, batler, Frank Kava i Kono. Čaplin je doručkovao sam i beležio sebi na listu papira dnevne obaveze. Za mesec dana bi trebalo da počne snimanje. U šest sati bi ga Kava i Kono izveli iz kuhinje. Ovog puta se pojavio samo Kava.

Čaplin je, kaže njegov sin Čarli mlađi, pismo u prvom momentu shvatao kao šalu. Njegova prva pomisao je bila da se neko preko noći uvukao u kuću i to parče papira stavio na njegov tanjir. Druga pomisao je bila da je Kono naučio da pravi šale. I tek treća pomisao: istina je ono što je tu napisano. Kono nije imao smisla za humor. Njegove karakterne crte Čaplin je veoma cenio, posebno kao majordoma. Kono se nikada nije smejao. I kad se smejao, nije se smejao. Kada bi zajedno razmatrali neki geg, nisu se smejali. Ako bi geg bio dobar, Kono bi rekao: „Ljudi će se smejati." Više se nije moglo očekivati od Konoa ni od gega.

Kono je osamnaest godina bio u Čaplinovoj službi. On je bio deo njegovog života, baš kao i Sid. Prednost Konoa u odnosu na Sida bila je da je Čaplin često razmišljao o tome kako je ovaj drugi, dok nikada nije razmišljao o ovom prvom. O Konoovom privatnom životu, ako ga je bilo, on nije znao ništa. I nije mu bilo žao. Znao je – mislio je da zna – da ni Kono ne očekuje od njega da o tome razmišlja. Kono je bio oženjen. Kada, gde i na koji način je sklopljen taj brak, niko nije mogao ni da zamisli. Kono je uvek bio tu. Ponekad mu nije bio potreban i tada nije bio tu. U službu je stupio sa sedamnaest godina, kao šofer. Doseljenik iz Japana koji je u zadivljujuće kratkom vremenu prvo naučio da tečno, a zatim i gramatički ispravno govori engleski i, konačno – koji je kao retko ko vladao tim jezikom i za svaku životnu situaciju imao odgovarajući Šekspirov citat, napamet znao velike delove *Mobi Dika* i umeo da diktira pisma u Čaplinovom stilu. Napredovao je do ličnog sekretara, sam se proglasio za telohranitelja – u prilikama, o kojima njegov šef nije želeo da zna tačne informacije, nosio oružje i na pitanje da li bi ga stvarno i upotrebio, na svoj šturi način, samo klimnuo glavom.

Kada je to već bila daleka prošlost za njega, Čaplin je u jednom radio-intervjuu rekao: „On je za mene bio moj Petko." Zbog toga se postideo, pozvao radio-stanicu, molio da se taj deo izostavi, urednik je obećao, ali nije održao svoju reč. Kono je bio i Čaplinova muza – „jedina idealna muza", kako se ovaj prisećao. Slušao je, a da ne izgovori ni reč, na njegovom licu se nije moglo ništa pročitati. Bio je njegov najpoverljiviji lični sekretar. I njegov prijatelj. Tačnije: jedne noći je bio prijatelj – u maju 1931. godine, u Žuan-le-Penu, kada je gospodar negovao slugu, jer je ovaj zbog trovanja mesom ležao u krevetu. Gospodar je slugi stisnuo ruku i očne jabučice okrenuo ka nebu i molio glasno: „Dozvoli da moj prijatelj živi, molim te, molim te, daj da moj prijatelj ostane živ!" Kada se sluga probudio iz dubokog sna i prošao ono najgore, gospodar je još sedeo pored njegovog kreveta i sada je on držao gazdinu ruku i izgovorio reč – „prijatelj" – on je bio taj koji mu je dao snagu da preživi. Kasnije su od tih trenutaka izradili scenu za film. Za jedan zvučni film. Neke reči ne umanjuju stvaralaštvo. Tri strane dijaloga. Čekale su u sefu da jednom budu upotrebljene.

Polet je volela Konoa. Ali on nije voleo nju. On nije voleo ni Litu. Ali za to je postojao razlog. Lita je širila intrige o Konou. Ona ga je optuživala, tvrdila da je špijun japanske filmske industrije. Htela ja da zabrani Čaplinu da sa Konoom razmatra bilo kakve ideje. „Možda ću ja od toga imati novčanu štetu!" Polet je, nasuprot tome, svakom prilikom govorila koliko poštuje Konoa. Bila je iskrena. Nikada nije srela bolje organizovanu osobu. Samo: domaćinstvo je htela da vodi sama. Kono se retko aktivno brinuo o kući, kuhinji, bašti ili garaži; ali ako bi se postavilo pitanje da li hodnik treba okrečiti ili da li treba nabaviti nove, moderne čelične šerpe, da li treba promeniti firmu za pranje tepiha ili nabaviti novi automobil ili novu mrežu za teniski teren – tada je imao poslednju reč. Polet je radila šta je htela i nije nikoga pitala. I to je bio dovoljan razlog za Konoa da dâ otkaz.

Otkaz se završio isto onoliko brzo koliko se pre osamnaest godina završilo i njegovo angažovanje. Kono je došao i ostao. Kono je otišao i više se nikada nije pojavio.

Nedelju dana kasnije Čaplina je šok probudio iz sna.

Otišao je u kuhinju, seo na pod pored šporeta. Osećao je hladnoću na temenu. Palo mu je na pamet kako je Kono reagovao kada mu je ispričao o „Hanelorinom" pozivu. Njegovo lice nije pokazivalo nikakvu reakciju. Za sve vreme koje su proveli zajedno Čaplin nije uspevao ništa da pročita sa Konoovog lica. Umetnost čitanja sa lica drugih činila ga je nadmoćnim. Zar nikada nije svoje znanje primenio na Konou? Ili je ono zakazalo u njegovom slučaju? Nije bio siguran. Jer mu unutrašnji život tog čoveka nije značio ništa? Pogledao bi u Konoovo lice i trgla bi ga pomisao: on zna. Pomisao bi odmah zgasnula. A ako je bila istina? Otkaz je bio skandalozan. Polet je htela da razgovara sa Konoom, htela je da mu popusti u svemu. On je odbio. Bila je mišljenja da je njeno vođenje domaćinstva bilo samo izgovor. I Čaplin je mislio isto. Ali šta je bio razlog za otkaz?

Recimo da je Kono unapred znao da će „Hanelora" pozvati. Onda je verovatno znao i za čoveka i ženu iz bistroa. Možda je negde slučajno čuo ili mu je rečeno da je planirana neka glupa šala s Čaplinom – o motivima šale ne treba trošiti reči, budale mogu i vatru i vodu da spoje, budala je, kao što je poznato, mnogo u ovom delu sveta. Kono nije stvar shvatio ozbiljno i želeo je da ga poštedi, ali ga je posle proganjala savest? I dao je otkaz zbog savesti? Bez ikakvog objašnjenja? Posle osamnaest godina? Apsurdno! Ili se radilo o nečem što je više od šale? I Kono je za to znao, znao više. Znao ko je „Halenora". Možda je stvar bila stvarno ozbiljna. Čovek u bistrou mu je najavio, on, Čaplin, počiniće samoubistvo pre nego što prođe godinu dana. Delovalo je da se čovek uopšte ne šali.

U tanjir je sipao jaja, dodao nešto soli i malo mleka, u to položio dve kriške belog hleba. Dok je hleb upijao jaja i mleko u tiganju se topio puter. Obožavao je prženice. Na jednoj od polica je pronašao flašu sa sirupom od javora. Kada je pre sedam godina sa Sidnijem i Konoom bio u Japanu, desilo se nešto što tada nije dobro shvatio i o čemu je mnogo kasnije obavešten – obavešten od strane policije iz Los Anđelesa. Navodno je jedna desno orijentisana ekstremna japanska organizacija, koja se zvala *Društvo crnog zmaja*, planirala atentat na njega. Jedan poručnik armije Kvantonga bio je uhapšen. Na saslušanju je izjavio da su planirali da ubiju Čarlija Čaplina jer je poznata osoba i ljubimac kapitalističke klase; nadali su se da bi njegovo ubistvo moglo da izazove rat između Japana i Amerike. Činovnik iz policijskog departmana Los Anđelesa mrtvačkim glasom mu je na američkoj teritoriji to saopštio, iste večeri se celo njegovo društvo veselo smejalo tome. Padali su mu na pamet skečevi o tome, od kojih je mogao „do kraja svog života svake godine da snimi po jedan film" – reči producenta Jozefa Šenka. Gospođica

Prajor se ubila od pisanja: Skitnica u Japanu veselo tabana između prastarih hramova, flertuje s gejšama, dok oko njega eksplodiraju bombe, sevaju sablje, pucaju pištolji – bombe smatra za novogodišnje petarde, sablje za bleskove foto-aparata, pucnje iz pištolja za dosadne komarce.

To je bilo pre šest godina. Pre šest dana je Kono dao otkaz. Posle toliko godina u službi.

35.

Triput tokom noći zvonio je telefon u predsoblju. Polet ništa nije čula. Ali Polet ne bi čula ni da je Mesec pao u njihov bazen. Pila je pilule za spavanje i u uši stavljala vosak. Njena soba je bila bliža telefonu od njegove, a zvonjava je bila veoma bučna, da se čuje i kad se nalaze u bašti. Ili je on to samo uobrazio. Samo je sanjao da „Halenora" ponovo zove? Osoblje je bilo još dalje od telefona, nije imalo nikakvog smisla pitati sobaricu ili kuvara ili Franka Kavu. U studiju je zadužio gospođicu Nikolajsen da istraži ko je zvao ili ko je sve zvao. Iz skoro plačnog glasa, pri kraju razgovora, zaključio je da je „Hanelora" bila pod pritiskom; da je možda bila prisiljena da kaže to što je rekla. Sad je čak mislio da se seća kako je njen glas zvučao kao da čita. Neko joj je dao gotov tekst. Da li je moguće da je samo iskorišćena? I zašto baš ona? Zbog njenog nemačkog akcenta?

Popodne je gospođica Nikolajsen pokucala na vrata, gde je on sa Alfom Riverzom, Denom Džejmsom, agentom Tonijem G. Vilijamsom i gospodinom iz firme za obezbeđenje diskutovao o problemima vezanim za snimanje masovnih scena. I o troškovima. Sid je bio mišljenja da umesto masovki treba iz of-a koristiti odgovarajući tonski kolaž, što ima mnogo snažniji efekat. Time bi se i uštedelo. Gospođica Nikolajsen mu je mahnula da priđe. Šaputala je. Što inače nikada nije radila. Ko je pozivao tokom noći nije mogla da sazna. Ali da je neko zvao, to je mogla da potvrdi. Tri puta. Njena drugarica iz telefonske kompanije joj je to potvrdila.

Prekinuo je sastanak. Frank Kava ga je odvezao do sekvoja na Pacifiku. Nedostajao mu je Kono. Išao bi s njim obalom i kroz razgovor bi došli do toga šta bi ovaj, da je njegov šef, uradio sa nacističkom grupom koja je zadužena za njega. A ako bi oni Konoa pridobili za svoju stvar? On bi to pokušao da je na njihovom mestu. Oduvek je Konoa smatrao za najlojalnijeg od lojalnih. Ali svaki čovek se može uceniti. Kono je imao ženu. Naši najmiliji nas čine taocima u kandžama života. Japanski ekstremisti su simpatisali naciste. Ako su se stvarno namerili na njega, znali su sve o njemu. Znali da njegov najpoverljiviji lični sekretar zna sve o njemu.

Naredio je Kavi da sakuplja sve američke, engleske i nemačke časopise koji prikazuju Hitlera – kako razgovara sa decom, kako mazi bebe, posećuje pacijente po bolnicama, prisustvuje vojnim paradama, pozira među partijskim drugovima, kako drži govore u raznim prilikama, kako jede, čačka nos, podriguje; sve dostupne fotografije, sve dostupne tonske zapise; engleski prevod knjige *Majn kampf* – sve. Ali da ne donosi sve to u studio, već kući. Od kako je otišao Kono, njemu je poveravao zadatke koji u principu nisu bili njegov posao i koji nisu bili nadoknađeni kroz platu vozača. Ako Kava bude tražio veću platu, proslediće ga kod Sida. Njemu je bilo svejedno što ga smatraju cicijom.

Bio je to mudar potez, oduzeti mu Konoa. Sa sobom je donosio osećanje zadovoljstva, kao šećer i voda. Da je na njihovom mestu, služio bi se širenjem laži. Ne bi oklevao da bude brutalan i grub. Sebe bi prikazao kao grabljivog Jevrejina. Pedofila. Netalentovanog glumca koji se samo kreveljі. Čoveka koji krade, laže, koji jedva ume da čita i piše, koji drugima isisava mozak. Prvo bi se njegovi prijatelji solidarisali s njim. Ali ako bi ovi ostali uporni, nastavili da vređaju i prljaju ga, ponižavaju i ismejavaju, prijatelji bi zaćutali. Jer bi im bilo predočeno šta će im se desiti ako nastave da ga podržavaju. Taj tamo je nekada bio najpoznatiji, najomiljeniji. Ako *njemu* nije bilo pomoći, ko će vama da pomogne? Misliće prijatelji. I povukli bi se. I kad-tad će pomisliti: tako brutalno, tako drsko može da bude napadnut samo neko ko ima putera na glavi. Kono je već poverovao. Ko je sledeći? Oni su pametni. Pametne budale. Da li nameravaju da ga eliminišu bombom ili da ga izbodu nožem, kako su to planirali crni zmajevi, time bi stvorili novog junaka, nadmoćnog, nepobedivog. „Nacisti su ubili najomiljenijeg čoveka na svetu!", bili bi udarni naslovi u novinama širom sveta. Nijedan nacistički političar više ne bi smeo da se pojavi u javnosti čak ni u najudaljenijim mestima Patagonije, prstom bi pokazivali na njega: „Čaplinov ubica!" Setio se oduševljene mase koja ga je pozdravila u Berlinu. Uopšte nije bilo jasno koga Nemci više vole, Adolfa Hitlera ili Čarlija Čaplina. Sopstveni narod bi se podigao protiv ubica. Ali ako bi bilo javljeno da je Čarli Čaplin sam sebi oduzeo život dok je radio na propagandnom filmu protiv Nemačke i njenog firera, onda bi za nekog veštog propagandistu, kao što je gospodin Gebels, bilo lako da svom narodu i svetu objasni kako je „smešni Jevrejin" iz bogohulnog Holivuda, jedan „klovn iz geta", sam sebe, zbog stida i nečiste savesti, oterao preko Jordana.

Pre nego što su stigli do auto-puta koji vodi uz Pacifik, Čaplinu je palo na pamet da poseti Daglasa Ferbenksa u Santa Moniki. Prijatelji su pričali da Dag najveći deo svog vremena provodi na putu, pre svega u Evropi, u Parizu je kupio filmski studio. Ponovo se oženio. Da li će se Dag obradovati kada bude ponovo ugledao svog prijatelja? Ili je u međuvremenu postao samo „bivši" prijatelj? Sa Meri, koja je i dalje živela na stotinak koraka iznad njega, u Pikferu koji se sad zvao drugačije, nije razgovarao duže od dve godine. Jednom mu je mahnula dok je sa crevom u ruci zalivala ruže. Mučila ga je nečista savest i prema njemu i prema njoj. Jer nije želeo da upadne u situaciju u kojoj bi bio nateran da bude na njenoj ili njegovoj strani, zato je izbegavao oboje. Nikada nije bio u Dagovoj kući u Santa Moniki. Ignorisao je poziv za proslavu useljenja. Čak se nije ni zahvalio. Pozivnicu je kod kuće držao na svom radnom stolu, sve do datuma za kada je žurka bila predviđena, a onda ju je jednog dana pocepao i bacio u korpu za otpatke.

Bilo je nešto pre dva po podne. Zatekao je Daga polupijanog. Ali veselog. Srećnog što ga prijatelji posećuju.

„Šta znaš o mom novom projektu?"

Pitanje je obojicu zasmejalo.

„Verovatno ne više od prosečnog stanovnika Holivuda“, odgovorio je Dag ozbiljnim glasom.

„Verovatno možeš da zamisliš zašto te to pitam?“

„Mislim da da.“

„I zašto te pitam?“

„Ne bi trebalo da se služiš tim ispitivačkim tonom dok razgovaraš sa mnom“, rekao je Dag i stavio mu dlan na obraz. To je radio i ranije, a Čarliju se to uvek dopadalo. „Ja nisam kao oni. To bi trebalo da znaš.“

„Kao koji?“

„Molim te, Čarli, reci nešto što se ne završava znakom pitanja, koji je u stvari znak uzvika.“

„Žele da me unište, Dag. Izvini ako zvučim grubo.“

„Brane se na svoj način, Čarli. A njihov način nije nimalo lep. Hitler ne može da naredi Ruzveltu da tebi zabrani da snimaš film o njemu.“

„Misliš li da oni znaju da sam te posetio?“

„Molim?“

„Mislim da oni znaju za svaki moj korak.“

„Misliš ili znaš, Čarli?“

„U čemu je razlika? Od danas verujem u to. Osećam. To je kao i da znam.“

Ispričao je o Konou Toračiju. Činilo se da Dag nije iznenađen njegovim otkazom. Zašto nije? Uvek je sa Konoom bio u dobrim odnosima, kao i Meri, nije samo jednom, i ne iz štosa, pokušao da ga nagovori da pređe kod njega u službu. Njih dvoje bi mu i platili mnogo više. Kono nije čak ni odgovorio na ponudu. Viski koju mu je Dag sipao nije ni pipnuo. Probao je čokoladni keks.

Zašto se Dag nije čudio što je Kono otišao? „Zašto si sam u kući?", pitao je Čaplin.

„Šta ti pretpostavljaš?"

„Šta mi savetuješ, šta da radim, Dag?"

„Da si me pitao pre godinu dana, odgovorio bih ti: odustani! Izaberi neku drugu priču. Neku koja više ide uz Polet."

„A zašto to ne kažeš sada?"

„Jer si već uveliko počeo da radiš na tome. Već si previše novca uložio. Previše rada. Previše strasti. Više ne možeš da odustaneš, a to i ne želiš."

„Otkud znaš sve to?"

36.

Kava se pokazao veoma korisnim. Mada mu nije rečeno, on je nabavio kopiju dokumentarnog filma Leni Rifenštal o partijskom kongresu iz 1934. godine. Čaplin je već jednom gledao taj film. Neki filmski agent, nije mu se više sećao imena, jedan od onih odvratnih cinika koji su prodavali američke filmove po Nemačkoj, svojevremeno ga je pozvao na pretpremijerno prikazivanje tog filma. Došlo je desetak ličnosti iz branše, među njima Dejvid Selznik i izvanredni, nažalost već tada teško bolesni Irving Talberg. Agent je održao kratak govor pre filma i saopštio im da je gospođa Rifenštal oduševljena američkim filmadžijama i filmovima koje oni rade. U četiri oka je bio direktniji: gospođa Rifenštal želi da pre svega on, Čaplin, vidi njen film, radovala bi se ako bi joj se javio; i namignuvši: a još više bi se obradovala pozivu u Holivud. Njemu je film bio smešan. (Španski režiser Luis Bunjuel takođe je bio u publici; u svojim memoarima piše: „Čaplin… se smejao kao lud. Toliko se smejao da je pao sa stolice.") Još dok je išla odjava, izvukao se iz prostorije. Kada je taj film na Svetskoj izložbi u Parizu dobio zlatnu medalju, a zatim nagrade u Francuskoj, Švedskoj, pa čak i u SAD, raspravljao je sa prijateljima, koji su mu prebacivali da ne može da razdvoji politiku od umetnosti; *Trijumf volje* jeste propagandno delo za odvratnu ideologiju, ali je istovremeno jedan od vrhunaca kinematografske umetnosti, bolji politički film nije nikada snimljen, upravo to i jeste bit politike, da su jedni za, a drugi protiv, kao umetnik treba stajati iznad toga i primeniti samo estetske kriterijume. On je odgovorio pitanjem da li bi neko od njih s istim oduševljenjem jeo govna ako bi ona bila u obliku bifteka, pomfrita i brokolija, i naravno odgovarajuće obojena.

Sada je gledao isti film drugi put, zajedno sa Denom Džejmsom. I bio oduševljen. Gospođa Rifenštal je velika umetnica – i odlična, podla komičarka. Pružila mu je perfektan materijal za uvežbavanje. U dugim scenama je prikazan i Hitler. Gestikulacija i način govora diktatora do u detalj su zabeleženi na celuloidnoj traci. On otvara usta, laje najbanalnije besmislice u univerzum, a kamera je već tu i zabada se u tu rupu bez usana, duboko u grlo, ispituje nosne rupe, prikazuje svaku dlačicu.

„Da sam ja na Hitlerovom mestu", rekao je Denu Džejmsu, „ja bih gospođi Rifenštal uvrnuo šiju."

Den to nije smatrao smešnim.

„Zavrnuo šiju."

Ni to Den nije smatrao smešnim. Zašto?

„Dobro, što se mene tiče, tužio bih je", popravio se uz odglumljeno razočaranje.

Ali ni to Den nije smatrao smešnim.

Dobro, gospodin Džejms može da smatra smešnim ono što mu je smešno. Misli su slobodne. A scenario je bio gotov. Za detalje mu više nije bio potreban gospodin Džejms. Veliki govor na kraju filma – koji će on izgovarati! – koji će on da napiše, tek kada bude pala prva klapa. Još nije znao šta će izgovoriti. Za sada je postojala samo jedna beleška:

Čarli prilazi. Počinje polako – uplašen je do užasa. Ali njegove reči mu daju snagu. Dok govori, klovn se pretvara u proroka.

Njegova ideja je bila da se govor ubaci iz of-a. A na slici: vojnici koji iz marša prelaze u valcer, ili streljački vod koji spušta puške, ili trupe koje nastupaju i tokom govora počinju da igraju razne igre. Ili Polet – Hanino lice, Hanine oči, oblaci kroz koje se probijaju sunčevi zraci, polja zrelog žita itd. Muzika: možda nešto komponovano za tu priliku, a ako već nešto postojeće, onda Rihard Vagner, ako već, onda uvertira za *Loengrina*. Nije želeo da ga kamera prati dok govori; u svakom slučaju ne dok izgovara duži, gramatički, sintaksički i sadržajno izmišljeni tekst – tekst koji ništa ne znači jeste neka vrsta pantomime, univerzalno razumljiva, nemi film sa rečima. Oko govora na kraju filma niko nije mogao da mu pomogne. Diskusije oko masovnih scena proglasio je za završene. Posle Rifenštalove bilo mu je jasno: masa će biti prikazana! Mora! Nije bitno koliko košta! Kamera će se nalaziti iza leđa diktatora. Tako se vidi kome se obraća: hiljadama. Naredio je Sidu da isplati Dena Džejmsa i da mu da otkaz.

* * *

Posredno i tek kroz nekoliko meseci saznao je da se u Engleskoj pletu intrige oko njegovog filma. – Odakle je ceo svet znao na kakvom filmu radi! – Posle potpisivanja Minhenskog sporazuma, od strane premijera Nevila Čemberlena u septembru prošle godine, britanska politika se trudila da ne izaziva Hitlera, a popustljivost je imala samo jedan razlog: nahraniti bestiju i dobiti na vremenu. Jedan član Parlamenta napisao je „zabrinuto" pismo adresirano na podsekretara Ministarstva spoljnih poslova i njime tražio da se preduzme sve kako bi se u Engleskoj zabranilo prikazivanje „filma gospodina Čarlsa Čaplina u kojem on želi da izvrgne ruglu gospodina Hitlera". – Čega se plašio taj čovek? Prikazivanja jednog filma? Da će Hitler da bombarduje Englesku? Zbog prikazivanja jednog filma? – U svakom slučaju, engleska filmska cenzura je, posle toga, telegramom zamolila cenzorsku službu SAD da joj dostavi podatke o tom projektu. Ova se opet obratila Čaplinovoj firmi i dobila odgovor da ne postoji ništa, ni scenario, nikakav plan snimanja, čak ni finansijska konstrukcija. Ko je dao taj odgovor, Čaplin se više nije sećao. S jedne strane je smatrao da je odgovor originalan, s druge je bio van sebe što ga niko nije obavestio. Celo jedno prepodne se izdirao na svakog koga je sreo u studiju. Posle podne je u *Holivudskom reporteru* čitao članak u kojem je stajalo kako je Čarli Čaplin shvatio da „nije prikladno" da napadne demokratski izabranog predstavnika jedne države koja je u dobrim odnosima sa Amerikom, te je odlučio da odustane od tog projekta. Sledećeg dana novine su bile pune takvih priča, radio-stanice su to donosile kao važnu vest – pre vesti o Kinesko-japanskom ratu. Telefoni su neprekidno zvonili, kod kuće i u studiju. Na Samit drajvu su se opet tiskali reporteri. Rivers i Sid su se pojavili pred njim i želeli da saznaju zašto je, očigledno, pre obavestio ta piskarala, nego što je razgovarao s njima. Nije, drao se na njih, uopšte nije ni sa kim razgovarao. Sve su izmislili! Ta piskarala! Kako im pada na pamet da ga optužuju za tako nešto! Kako da sarađuje s ljudima koji u njemu vide takvog podlog prevaranta!

Dao je saopštenje za štampu.

Želim da razjasnim: ni u jednom trenutku nisam odustajao od ideje da napravim taj film. Sve druge vesti, današnje i buduće, jesu namerno izmišljene laži. Neću dozvoliti da me bilo šta zaplaši, ni mere cenzure ni bilo šta drugo.

(U potpisu: Čarli Čaplin)

To je bila njegova prva izjava u vezi s filmom *The Great Dictator*.

Bio je poznat i omiljen. I bio je omiljen i omražen. Preteća pisma su stizala u gomilama. Najveći broj njih je bio adresiran na „Jevrejina Čaplina". Hejzova kancelarija iz američkog odeljenja za cenzuru filmova poslala je nekog čoveka, koji nije dozvolio Čaplinu da dođe do reči – što je već nešto značilo! – i u stilu i tonu mafijaških reketaša objasnio da bi firma *Junajted artists* sebi uštedela gomilu para ukoliko bi odmah obustavila sve radnje u vezi sa tim filmom, jer ni u kojem slučaju – to on lično može da obeća, a da i nije pogledao film – taj film neće biti prikazan ni u jednom američkom bioskopu. Istog dana je stigla i vest da je čileanska vlada odlučila da zabrani Čaplinov najnoviji film – tamo su ubeđeni da je on već snimljen. Slično se čulo i iz Turske i iz Japana, čak i iz Francuske.

I konačno je svet mogao da čuje šta firer Nemačke o svemu tome misli – ali bez pominjanja Čaplinovog imena: „Ono što sebi dozvoljavaju različiti organi svetskih mutivoda može samo da bude kriminalni akt kriminalaca." Kako li izgleda *nekriminalni* akt kriminalaca, komentarisao je Sidni.

Jedna od sekretarica iz Čaplinove firme sastavila je sa svojim prijateljem katalog uvreda koje su mogle da se pročitaju u nemačkim novinama o šefu: „Dvorska luda", „primerak jevrejstva", „glumac sa psihopatskim crtama kretenizma", „hebrejska viršla", „obožavana crnačka groteska", „pajac niže rase", „rasistička jevrejska svinja", „boljševik amater". I tako dalje. Prijatelj sekretarice poticao je iz jedne nemačko-jevrejske porodice koja je emigrirala u Ameriku i preveo je sve izraze na engleski, ona je listu ponosno prezentirala šefu, a on je naredio da joj smesta daju otkaz.

Kava je želeo da bude koristan i pokazalo se da je bio isuviše koristan. On se javljao na telefon i odlučivao da li neko može ili ne da razgovara sa gospodinom Čaplinom. Kada je čuo ženski glas sa nemačkim akcentom, odlučio se protiv nje. I nije o tome ni razgovarao sa svojim gazdom. Otkako je Kono dao otkaz, Kava je svoj posluzi, bez obzira da li su bili u istom rangu s njim ili ispod njega, izdavao sva naređenja. I on je gledao *Trijumf volje*. Imao je tanak glas, ali je veoma dobro imitirao Firerov ton. A to je imalo dejstva. Sobarici je zabranio da se javlja na telefon. I svima je zabranio da uznemiravaju gospodina Čaplina. Naredio je da puste da telefon zvoni ili da se obrate njemu ako je u blizini. Jedna od devojaka je bila zaplašena njegovim tonom, ali samo tonom i strah je nije držao dugo. Obratila se šefu jer samo on je bio njen šef. I pitala ga obazrivo da li se on slaže s tim što gospodin Kava zahteva. Nije se slagao. Naredio je da mu pošalju Kavu i preslišao ga. Da li je među telefonskim pozivima koje je on odbio bila i žena sa nemačkim akcentom? Da, bila je. Neka mu tačno kaže šta je rekla. On nije, mrmljao je Kava, nažalost, sačekao da ona bilo šta više kaže, već je odmah spustio slušalicu, neka mu šef oprosti. Ali šef mu nije oprostio. Izdrao se na šofera glasom diktatora (i on!), terao ga da ponovi da je on samo šofer i samo šofer, i to samo dok njemu, Čaplinu, odgovara, a sada mu, na primer, ne odgovara, i od njega je zatražio da mu odmah da ključeve studebekera.

Čaplin se odvezao do Karmela, do Bena i Etel Ajhengrin.

Četrdeset godina kasnije Den Džejms je komentarisao Čaplinovo ponašanje iz tog doba: „Svakako da je poprimio osobine koje je imao i Hitler. On je vladao svojim svetom. On je stvorio svoj svet. A ni Čaplinov svet nije bio demokratičan. Čarli je vladao svojim svetom kao diktator.“

37.

Da je nemački Vermaht okupirao Poljsku Čaplin je čuo na radiju u kuhinji Bena i Etel. Etel, čija je majka bila poreklom iz Lublina i koja je kao dete sa svojim roditeljima stigla u Ameriku, skljokala se na malu sofu i počela da plače. Njen muž je besneo zbog nje. Od kako je ušla u klimaks plače za svaku glupost. Sipao joj je čašu vode. Zar mu nije jasno, kukala je i pila vodu, držeći čašu obema rukama, da Hitleru nije važna Poljska, a i zašto bi, tamo nema ničega, on ne bi ušao u neku zemlju iz koje su njeni deda i baba pobegli, njemu je stalo do Jevreja. Ah, uzviknuo je Ben, samo je to čekao! Kada je Hitler umarširao u Čehoslovačku i kada je umarširao u Austriju, nije plakala. Šta to Jevreje razlikuje od drugih da bi ona plakala? Zar Austrijanci nisu ljudi, i Česi? „Ja sam Jevrejka, ti si Jevrejin", rekla je Etel, „svi koje poznajemo su Jevreji, Herbert je Jevrejin, Čarli je Jevrejin. Hitler maršira zbog nas!" Ben je argumentovao nečim marksističkim i Hegelom, osim toga, Herbert Oukli je anarhista i to anarhoindividualista, znači nije upotrebljiv ni za šta, ni za vojsku, ni za religiju.

Čaplin nije mogao da ih sluša. Ne ovoga puta. Inače je uvek s pažnjom, čak sa oduševljenjem slušao Benove govore, od njega učio o istorijskom materijalizmu i o političkoj ekonomiji, klimao glavom sve dok ga ne bi zaboleo vrat, dok mu je Ben objašnjavao pad profitne stope ili fetišistički karakter robe. I oduševljavao se dok je Etel pričala kakvi se sve tipovi jednom mesečno okupljaju u mesnom odboru Komunističke partije – tmurni likovi spremni da se žrtvuju, za koje pretpostavlja da se noću vraćaju u roman *Zli dusi* Dostojevskog, zatvarajući za sobom korice knjige. Ovog puta je glasove svojih prijatelja čuo samo kao muziku, to mu je bilo dovoljno. Sedeo je naslonjen na kaljevu peć, koju su Ben i Etel, kao i sve drugo u svojoj kući, sami napravili, ispružio je noge jer je klupa na kojoj je sedeo bila duboka, sedeo je kao neka lutka postavljena na klupu. Toplota ga je omamila i pomalo činila tupim. Njih dvoje su oduvek vodili borbu između sebe, ali je to bila ljubavna borba između dva bračna druga, koji su želeli da ostanu emotivno u formi. Draža mu je bila Etel od Bena, ali samo malo više. Ben je bio debeo i mlohav, Etel je, nasuprot njemu, pazila na sebe. Trenirala je i jela mnogo povrća, nikada meso, samo sirovu ribu, i pila ogromne količine vode. Njena kosa je bila seda, ali vitalna kao kosa neke devojčice. Oboje su slikali, ona apstraktno, on figurativno, i time zarađivali za život.

Prvi put je pričao o sebi. A Ben i Etel su ga slušali. Pričao je o svemu i od početka, o pozivu žene koja je rekla da se zove „Hanelora", i da je imala nemački akcent, o muškarcu i ženi iz bara na Bulevaru Vilšir, o noćnim pozivima, o Konou, o Kavi; rekao je i da mu predviđaju samoubistvo.

Na njegovo iznenađenje oboje su se složili da mu je potrebno obezbeđenje. Profesionalno obezbeđenje, dakle neka od firmi za obezbeđenje iz Holivuda ne dolazi u obzir jer, kako je liberalna štampa skoro otkrila, njihovi zaposleni u šezdeset posto slučajeva i sami su simpatizeri nacista, a nemali broj njih su i članovi *Srebrnih košulja*. Obezbeđenje mora da izabere pažljivo. Da skrate: postoje samo dve organizacije koje to mogu da izvedu i imaju dovoljno snage za to: sindikati ili Koza nostra, jevrejsko kriminalno udruženje Bagzija Zigela i Mejera Lanskog. Etel bi mogla preko drugova iz partije da dođe u kontakt sa Herijem Bridžisom, predsednikom sindikata lučkih radnika, on je poznati protivnik nacizma i bio bi zahvalan svakome ko bi mu pružio mogućnost da premlati naciste. Ali ako su potrebne ozbiljnije mere, onda je svakako bolje obratiti se mafiji. On, Ben, iz pouzdanih izvora zna da Zigel i Lanski već razmišljaju da organizuju naoružanu grupu za borbu protiv američkih nacista, a šta Bagzi Zigel misli o Čarli Čaplinu, već je više puta ponovio, naime, sve najbolje, za gospodina Benjamina Hajima Zigelbauma gospodin Čarls Čaplin je odmah iza njegove mame i velikog Jahvea.

Ovo Benovo preterivanje činilo mu je dobro. Znao je da njegovi prijatelji nemaju veze sa sindikatom, a još manje sa organizovanim kriminalom i da ne poznaju nikoga ko poznaje nekog; ali mu je prijala pomisao da postoje ljudi koji bi bili spremni da se kao mala, ozbiljna armija brinu o njemu. Prijalo mu je da pusti mašti na volju i da pun besa i zadovoljstva i bez ikakve griže savesti posmatra krvave slike, koje mu je njegova mašta projektovala na filmsko platno, na kraju krajeva te slike su bile zaslužena osveta, a on nije bio režiser.

„A što se tiče tvog samoubistva", rekao je Ben, „tu postoji jedna sto posto sigurna metoda: nemoj to da uradiš!"

Bilo je to u septembru. U decembru je umro Daglas Ferbenks. Imao je tokom sna srčani udar. U martu sledeće godine Bena Ajhengrina su prebila tri čoveka dok je šetao plažom. Njegova žena Etel i njegov prijatelj Herbert Oukli bili su svedoci, identifikovali su napadače, nijedan od njih nije bio uhapšen. Nekoliko dana kasnije Ben je sebi pucao u glavu.

Čaplin nije mogao – nije želeo – da ode na sahranu svog prijatelja Daga na memorijalnom groblju Forest loun, ni na kremaciju svog prijatelja Bena u Karmelu. Nije imao srce za to, poverio je Jozefu Melceru. Nije imao srce ni da napiše pismo Benovoj ženi. Nikada više nije čuo ništa o njoj. A u Karmel više nije odlazio.

38.

Škola za klovnove, grad klovnova. – Odrastao sam u jednom gradu u Nemačkoj koji tokom Drugog svetskog rata nije bombardovan. To je – tako je pisalo u gradskoj hronici – bilo u vezi sa brojem stanovnika, koji je bio samo nešto malo veći od zadate veličine koje su se držali britanski bombarderi, a o tome je odlučivao maršal Heris, na čemu ću mu uvek biti zahvalan. Naš grad nema naročito interesantnu istoriju i ko je video Dinkelbil, Rotenburg, Bamberg ili Vitenberg u našem gradu će uzalud tragati za sličnim atrakcijama. Ali je naš grad dugo bio jedini grad u Nemačkoj, ne: dugo jedini na svetu, u kojem je postojala škola za klovnove. Škola je osnovana 1849. godine, nedugo pošto je revolucija prethodne godine ugušena; tada se zvala *Nemačka obrazovna ustanova za iluzioniste i komičare.* Od početka je to bila privatna škola koja se izdržavala od školarine i donacija. Kasnije joj je bilo dozvoljeno i da dodeljuje diplome. Krajem 1910. godine razmišljalo se o njenom gašenju i spajanju sa *Kraljevskom akademijom umetnosti* u Berlinu. Ali nije došlo do toga; škola je prodata i promenila ime u *Škola za klovnove*. Novi vlasnik Frederik Mering bio je Amerikanac čiji su preci bili poreklom iz Nemačke. Vratio se sa svojom porodicom u staru domovinu i investirao svoj novac koji je zaradio u industriji čelika. Dvadesetak godina pre nego što su nacisti došli na vlast naš grad je procvetao, imali smo pozorište – sa više od hiljadu sedišta – pet-šest manjih bina u podrumima i straćarama i svuda su igrane komedije i vodvilji. Hipnotizeri, treneri zmija, žongleri, ljudi koji umeju brzo da računaju, mađioničari, komičari, svi oni su ovde nastupali. Svake večeri je na ulici mogao da se čuje smeh. Frederik Mering je tokom svog života uspeo da stvori veliki broj prijatelja; bio je dobar sa Grokom, sa Dominikom Althofom i Karlom Godlevskim; čuveni Hudini je bio kum njegovom sinu, a sa Erikom J. Hanusenom, svaki put kada bi se sreli, vodio je žustre diskusije. Bio je šarmantan, elokventan čovek koji je mogao i kamen da pridobije za filateliju. Umetnici iz celog sveta dolazili su kod nas – nezaboravno je bilo veče sa umetnikom prdeža Jozefom Pujolom, u gradskom pozorištu, u prvim redovima su mirno, jedni pored drugih sedeli Kristina Kraft, kneginja od Hoenlo-Eringena i socijalist Georg Ledebor, a kada je „kralj prdeža" kao omaž svom domaćinu otprdeo *Yankee-Doodle*, u očima mnogih navrle su suze.

Ideja Frederika Meringa bila je: svaki umetnik koji nastupi u našem gradu morao je bar nekoliko sati da drži predavanja u njegovoj školi, „kako smeh i oduševljenje ne bi zamrli". Najveći broj njih to je radio bez novčane nadoknade i rado, jer naš grad je bio jedinstven – on je bio „grad klovnova".

To ime mu je dao Čarli Čaplin.

Najveći od svih komičara je, tokom svog obilaska Evrope 1931. godine, iz Berlina došao u naš grad. Svaki klovn sveta, rekao je, zna za naš grad, bila bi ga sramota i ne bi više imao smelosti da se pojavi među svojim kolegama u Americi da nas nije posetio i odigrao bar jednu predstavu i pokazao nam bar jedan od svojih trikova.

Improvizovao je na bini gradskog pozorišta scene iz svojih filmova, igrao kao u filmu *The Gold Rush* i sekvence u kavezu sa lavovima iz filma *The Circus* – naravno, bez lavova – a za kraj iz filma *City Lights* kada prodavačica cveća shvati ko je njen dobročinitelj – naravno, bez prodavačice cveća. Između scena nam je pričao o svom životu. Najveći broj gledalaca nije znao engleski, „ali gospodin Čaplin raspolaže jezikom kojem nisu potrebne reči, a reči koje izgovara jesu muzika“ – stajalo je u našim gradskim novinama. Neko je na binu doneo čelo i na njemu svirao melodije iz njegovih filmova, koje je on sam komponovao. Predstava je trajala duže od dva i po sata, a onda je publika ustala i aplaudirala „i dugo nije prestajala“.

Sledećeg dana je Čaplin u *Školi za klovnove* održao seminar pred decom. Jedan od dečaka u publici bio je moj otac. Trik koji je tog prepodneva naučio izvodio je celog svog života svakome ko bi nam došao u posetu. „Trik“ nije bio ništa drugo do određeno držanje tela koje je do tada moglo da se vidi samo kod Čaplina, kod Skitnice. U normalnim slučajevima štap, pa makar i najmanji, služi da preuzme opterećenje noge koju treba rasteretiti. Kad čovek stoji i svojom težinom optereti svoju desnu nogu, onda štap treba da drži u desnoj ruci. Ali Čaplin ga drži u levoj. Gledamo ga i vidimo da je nešto drugačije, ali nismo svesni šta. Njegovo držanje nas iritira: ovo odstupa od zakonitosti Zemljine teže. Prikazuje nam nešto na šta nismo navikli. Iritirani smo: zar je svet toliko nestabilan, nasuprot svemu čemu nas naučnici uče?

Nijedna reč nije izgovorena tokom njegovog predavanja. Učenici su morali da izuju svoje cipele, svako je doneo po jedan štap. I smejanje je u školi bilo zabranjeno. Klovn se ne smeje. Njegov smeh bi se oduzimao od smeha publike. Za uspomenu, tog popodneva Čaplin je svakom učesniku poklonio po jednu fotografiju na kojoj je bio prikazan Skitnica kako se – *ne* oslanja na štap. Preko cele fotografije je bio njegov autogram.

Na seminaru je u publici bila i jedna odrasla osoba. Samo jedna. Jedan mali, debeli čovek, već pomalo zašao u godine, koji je teško disao, u crnom odelu i s debelim lancem za sat na prsluku. On je bio najnespretniji. Čaplin je naglašavao nespretnost tako što ju je glumio: ona je u stvarnosti bila spretnost. Čoveku nije polazilo od ruke da razdvoji pojedine pokrete. *Metoda klovna* se sastoji u tome da se ludilo izbije ludilom. Budi nespretan! To nam on govori. A time misli: ne dozvoli da te savladaju! Kada pokretne stepenice idu nagore – a ti po njima ideš nadole, čini to graciozno! Kada štap držiš u pogrešnoj ruci čini to tako da niko ne shvati u čemu je stvar!

Čaplin je zamolio mog oca – da najspretnijem nespretnjakoviću – pomenutom gospodinu, pomogne. Gospodin je morao da „ostane“ posle nastave, dok je napolju padao sneg a deca se sankala. Njih dvojica su vežbala pred školskim ogledalom. Čovek nije znao nemački, zato mu je moj otac i rukama i nogama objašnjavao kako na spretan način biti nespretan. Moj otac je tek napunio devet godina. Zadatak je obavio veoma dobro.

Glasina je kružila gradom, a moj otac je celog svog života tvrdio da je nepoznati čovek bio niko drugi do Vinston Čerčil. Činjenica je da je u to doba Čerčil bio u Nemačkoj, to nije teško dokazati, razlog njegovog putovanja je meni nepoznat, verovatno je ono – kao i njegovo drugo putovanje, nekoliko meseci kasnije, sa porodicom – bilo u vezi sa njegovim istraživanjima za njegovu knjigu o vojvodi od Marlboroa. A možda je i došao samo da bi se sreo sa svojim prijateljem Čarlijem – možda čak da bi kod njega izučio *metodu klovna.*

U znak zahvalnosti za podučavanje, gospodin je mom ocu na poleđini Čaplinove fotografije napisao:

Thank you, my friend Robert,
I will not forget you and your pretty little town.
God bless the clowns!
*Your faithful student.**

Nije se potpisao.

Moj otac je dao da se rukopis grafološki istraži, istovremeno kod tri grafologa. Prvi nije baš bio uveren da se radi o Čerčilovom rukopisu; drugi je bio ubeđen da ta četiri retka nije napisao niko drugi do engleski premijer; treći je pak smatrao da to nije nemoguće.

Moj otac nikada nije govorio sve. – Bio je od ljudi koji su skroz naivni. Jedan od retkih koji znaju da su naivni;

---

* Engl.: Hvala ti, prijatelju Roberte. Neću zaboraviti ni tebe ni tvoj lepi gradić. Bog nek čuva klovnove. Tvoj verni učenik. (Prim. prev.)

jedan od retkih koji znaju da to ne može da im šteti. Rado bi postao klovn. Imao je i talenta za to. Sa zadovoljstvom je gledao kako njegov sin postaje to. – Nikada nije izgovorio, rekao sve, ne, ali ja znam, znam i znam, on je čvrsto verovao da je naš grad zbog toga bio pošteđen bombardovanja. – *God bless the Clowns!*

Peti deo

39.

Svom gazdi Vilijam Not nije rekao da je oženjen; svojoj ženi je prećutao u čemu se sastoji njegov posao kod gazde. Pred gazdom je slagao da je neposredno pred venčanje raskinuo sa svojom verenicom jer joj je priznao da je ne voli; svojoj ženi je govorio da je njegov zadatak da sve što premijer govori zapisuje i svrstava po datumima i temama, jer postoji namera da jednog dana od toga nastanu memoari. To što skoro i da nije imao vremena za nju opravdavao je time da gospodin ima mnogo toga da kaže i da on mora da bude prisutan.

Prema mom ocu je bio iskreniji. U svom prvom pismu je ponovio ono što je njemu, neznancu, tokom njihovog razgovora u Ahenu, otvoreno priznao: „Trideset i pet godina sam lagao: to je moja priča i to je moj prilog istoriji dvadesetog veka.“ Da bi konačno prestao s tim podstakao je prepisku sa mojim ocem. Vilijam Not je bio taj koji je to predložio. Moj otac je bio isuviše sramežljiv za tako nešto. Njemu bi bilo dovoljno što je sa „*very private* Private

Secretary to a *very prime* Prime Minister" bio na ručku i što mu je bilo dozvoljeno da mu tokom šetnje kroz park postavi nekoliko pitanja – isključivo politička i u vezi sa istorijom, za psihološka moj otac nije bio zainteresovan.

„Već trideset i pet godina lažem", izletelo je Vilijamu Notu tokom te šetnje. (Kasnije se prisećao mehaničkog, bezbojnog načina govora mog oca – bukvalni prevod s engleskog – koji mu je olakšao da se poveri pred anonimusom. Želim ovde da dopunim: uz to treba imati u vidu i bezličan izraz lica mog oca koje je podsećalo na fizionomiju Bastera Kitona; jer malobrojni koji su poznavali Kitona ne veruju u slučajnost prirode, već su smatrali da ih je on sve vreme varao.)

Odmah, u svom prvom pismu Not „otvara srce": „Laž je za mene postala moj pravi život. Živeo sam kao neki emigrant koji je naučio da govori drugim jezikom i koji je zaboravio svoj jezik. Mislim na tom stranom jeziku, čak sanjam na tom stranom jeziku. Lažem i tamo gde nije potrebno. Kada sam na putu telefoniram svojoj ženi i, mada ona ne pita, saopštavam joj da nosim plavo odelo, iako ispred sebe vidim kako ono visi na čiviluku. Kažem, dolazim sa ručka kada dolazim iz šetnje. Kažem da sam bio u bioskopu, a cele večeri sam sedeo na nekoj klupi uz jezero i hranio labudove. Čak i kada govorim istinu, radim to sa akcentom lažova."

Moj otac je tražio bliskost s nekim ko je neko vreme proveo u blizini poštovanog gospodina. Vilijam Not je tražio bliskost nekog prikladnog bića da bi uz njegovu pomoć mogao da se oslobodi istog tog gospodina. Sve što je Vilijam Not saopštavao mom ocu, u svojim mnogobrojnim, dugim pismima u vezi sa svojom službom kod Vinstona Čerčila – mog oca nije preterano zanimalo – poslužilo je da odmota klupče koje bi trebalo da ga vrati u njegov sopstveni život.

Vilijam Not je rođen 22. maja 1911. godine u Londonu, u delu grada koji se zove Lambet, a koji se nalazi na krivini koju Temza pravi prolazeći kroz grad. Njegov otac je imao visok položaj u gradskoj upravi, njegova majka je bila učiteljica u osnovnoj školi, osim toga je davala časove klavira. Vilijam je studirao fiziku, prekinuo je studije jer mu je ponuđeno mesto tehničara u timu koji je radio na osnivanju televizije pri Bi-Bi-Siju. Posle engleske objave rata Nemačkoj – dva dana posle Nemačkog upada u Poljsku – Čerčil je održao govor na televiziji. Premijer Čemberlen ga je pozvao u vladu, duge godine provedene u pustinji bile su okončane, Vinston se vratio na mesto prvog lorda admiraliteta. Džon Rajt, direktor Bi-Bi-Sija, odlučio je da ljudi treba da čuju i vide Vinstona, Vinstona Čerčila, ne Nevila Čemberlena. Stari-novi ministar mornarice do tada još nije govorio na televiziji. Kamera ga je činila nervoznim, kao i to što su ga našminkali, reflektori, gomila ljudi, jedino dobro je bilo što su se prema njemu odnosili kao prema mesiji – nikoga nije zanimalo šta drugi političari imaju da kažu o tome što se Engleska opet našla u ratu, ljudi su želeli Vinstona, Vinstona, Vinstona, samo on razume šta znači voditi rat – sve to ga je činilo nervoznim. I to što mu je proteza baš tog dana pala na pločice u kupatilu i iskrivila se dovoljno da više nije ležala kako treba, i što je zbog toga šuškao još više nego obično, to ga je posebno nerviralo. Neka pozovu njegovog zubara, on mora odmah da dođe i popravi tu prokletu stvar, moral naroda je u igri. I tada je u ekipi ugledao jednog mladog čoveka koji je vrteo glavom. Pokazao je rukom u njegovom pravcu i pitao ga zašto vrti glavom. Mladić je prišao, nagnuo se ka njemu i šapnuo mu na uvo da ne treba ništa da menja, ni pod kojim uslovima ne treba ništa da menja, upravo tako treba da govori budući premijer države koja se nalazi u ratu: šuškavo kao povređena zmija. Budući premijer? Tačno, budući premijer. I šuškao je. Nije bilo nikog prisutnog kome nisu prostrujali žmarci niz leđa. Tog mladog čoveka, tog tehničara sa Bi-Bi-Sija, njega je želeo da ima uz sebe. Zaposlio ga je. To je značilo: on ga konfiskuje. Sledećeg dana Vilijam Not je stupio u svoju neuobičajenu službu kod Vinstona Čerčila. Nekoliko meseci kasnije, desetog maja 1940. godine, Čerčil je izabran za premijera; sastavio je koncentracionu vladu od svih partija i, pored premijerskog posla, obavljao i dužnost ministra odbrane, što je značilo da je bio ministar za rat. Istog dana je otpočela nemačka zapadna ofanziva sa napadom na Luksemburg, Belgiju i Holandiju.

Vilijam Not, tek dvadeset i devet godina star, postao je poverljivi, lični Čerčilov sekretar. Kao takav je svuda predstavljan, svuda se tako i sam predstavljao. Njegovu platu – zarađivao je manje nego u Bi-Bi-Siju – plaćao je poslodavac iz svog džepa.

Poverljivi, lični sekretar nije bio zadužen ni za kakvu korespondenciju, nije morao da brine o terminima, nije bio zadužen ni za kakve telefonske razgovore, čak ni prilikom premijerovih razgovora sa drugima nije bio u obavezi da bude prisutan. Kada bi ga neko upitao šta je stvarno njegov zadatak, trebalo je da kaže: „Sve." A onda je trebalo da drastično oštrim tonom upita: „A vaš? Ko ste vi kada postavljate takvo pitanje? Zašto vas to interesuje? Ko vas je podstakao na to? Moraću da vas prijavim." I bez izuzetka treba tako da se ponaša prema svima: samosvesno, arogantno, sa visine. Naravno, ne i prema Klementini. Ali prema Randolfu da. Dajana i Meri su dovoljno pametne da ne postavljaju pitanja.

Čerčil se nije pretvarao: „Treba da brinete o meni", rekao je dok mu je pokazivao sobičak koji je u Dauning stritu 10 bio određen za njega (i u Čekerzu, tradicionalnom letnjikovcu premijera, kao i u Čartvelu, na njega je čekala slobodna soba). „Ne mogu sebi da dozvolim, a ni Engleska ne može sebi da dozvoli da me spopadne crni pas." I objasnio mu je o kakvoj životinji se radi. „Ukoliko bi se desilo da i pored vašeg zauzimanja iznađem načina da se ubijem, vi ćete uzeti oružje, obrisati moje otiske i tvrditi da ste jedan od zavrbovanih Hitlerovih ubica. Tako ću kao žrtva biti bar od neke koristi. U ratu je to važno. Ništa ne motiviše i ne mobilizuje tako kao žrtva. Ali ne zauvek. Čak ne ni zadugo. Nadam se dovoljno dugo dok ne nađu odgovarajućeg naslednika. Vas će najverovatnije streljati. To je deo ovog posla. Zato pazite dobro na mene. Istovremeno pazite i na sebe. Mnogo toga zavisi od vas. Sve zavisi od vas. Ako bi ljudi saznali da je Vinston Čerčil sebi oduzeo život, Hitleru više ništa ne bi stajalo na putu. Engleska bi propala. Civilizacija će propasti."

Ni o čemu drugom Čerčil nije s njim razgovarao, pisao je Not u svom prvom pismu mom ocu. Na početku je premijer još i nalazio po sat vremena da s njim porazgovara.

„Između nas dvojice", rekao je šef, „postoji samo jedna stvar: istina. Vi ste jedini čovek kome ću govoriti istinu i ništa osim istine. A vi ćete se ponašati na isti način prema meni. Mogu li na to da se oslonim?“

„Možete“, odgovorio je najpoverljiviji lični sekretar.

„I o svemu, o čemu god da nas dvojica razgovaramo, pred drugima samo: laž. Mogu li na to da se oslonim?“

„Možete.“

40.

Alkohol je dirigovao Čerčilovim životom. „Dirigovati ne znači diktirati", igrao se rečima Čerčil. „Oni koji to zaboravljaju jesu naši neprijatelji." Vilijam Not je predložio da strukturišu pijenje alkohola. Time nije mislio da premijer treba da pije manje; bilo je samo važno da se u tim važnim trenucima ne izgubi raspored, kada se pije, a kada ne. Svakog jutra posle doručka – koji su gazda i službenik uvek konzumirali odvojeno – Not bi mu pružao papir na kojem su bila navedena vremena kada se pije tokom tog dana. Čerčil nije zahtevao dodatna vremena, a ni veće količine.

Jednom prilikom došlo je do rasprave o alkoholu između Čerčila i njegovog novog ličnog lekara lorda Morona. „Bio je za glavu niži od mene, ali mu je i pored toga polazilo za rukom da na mene gleda sa visine." Njegov zadatak je bio sličan zadatku Vilijama Nota: da bude pri ruci premijeru, uvek i u svako doba. Neki članovi kabineta bili su toliko ubeđeni u neophodnost Vinstona da su zahtevali da bude pod stalnim lekarskim nadzorom, pisao je lord Moron u svojim sećanjima. Znao je u čemu se sastoji njihova „briga“; i on sâm je smatrao za više nego zabrinjavajuće što je premijer (on ga u svojoj knjizi permanentno pominje samo kao „PM“ – što je engleska skraćenica za premijera) konzumirao tolike količine alkohola. Čerčil je prilikom jednog generalnog zdravstvenog pregleda – u prisustvu Vilijama Nota, na tome je insistirao – na pitanje koliko tačno pije, odgovorio: „Jednu flašu šampanjca izjutra, jednu uveče. Viski preko dana, razblažen vodom, svečeri čist, ako se sabere, jedna do dve flaše viskija. I naravno, vino za vreme ručka i večere, a posle jela brendi.“ I onda se go obratio svom sekretaru: „Je l' to korektno, ili sam preskočio neku flašu?“ Dok se PM oblačio iza paravana, lekar je pozvao sekretara na stranu, pomalo grubo, i zamolio ga – ili kako se Not izrazio: naredio mu – da ga poseti u njegovoj ordinaciji. Not je zabeležio termin i adresu na listu za recepte i strpao ga u svoju torbu.

„Lord Moron je bio drzak, ljubomoran“, piše Not. „Nije mi ponudio ni stolicu u svojoj ordinaciji. Podmetao mi je da podilazim PM-u.“ Poznato je da je Čerčil u dugom periodu svoje političke apstinencije razvio slabost za pijanstva pripadnika nižeg staleža. Zato što oni nisu u stanju da razlikuju sreću i nesreću, te stoga nisu u stanju da prepoznaju ni kad ih pogodi jedno ili drugo. Ceo London je znao da „potomak vojvode od Marlboroa u izvesnim noćima“ šparta pabovima i sa bagrom ispija pivo. S time mora da se prekine. Engleska se nalazi u ratu! Not je uzvratio: kao prvo, kompanjoni s kojima ispija pivo nisu bagra, susedi njegovih roditelja, na primer, Bendžamin Vajnkl razvozi pivo i sasvim je čovek na mestu, familijaran čovek i filozof koji veoma dobro zna razliku između sreće i nesreće; a kao drugo, što se njega tiče: on lično uopšte ne pije alkohol, celog svog života nije popio onoliko koliko „njegov šef" popije za jedan dan; osim toga je mišljenja da je „njegov šef" dovoljno star da sam odluči šta i koliko pije, i dok bez prestanka pije on ne nanosi nikakvu štetu ni sebi ni Engleskoj; „moj šef" je doživeo šezdeset šest godina, i to bez ikakvih zdravstvenih problema.

„Ah?", uzvratio je lord Moron. „Otkud to znate? Jeste li vi lekar? Dakle, moj kolega? Gde ste studirali? Šta je vaša specijalnost?"

Vilijam Not ga je pogledao poluzatvorenih očiju i sasuo mu u lice: „A vi? Ko ste vi da smete da mi postavljate takva pitanja? Šta vas zanima? Ko vas je nagovorio da to pitate? Moraću da vas prijavim."

Posle čega je lord Moron pobledeo.

Nešto kasnije – Čerčil je upravo bio na sednici komiteta štaba, a Vilijam Not je čekao ispred vrata sedeći u fotelji (koju je službenik Parlamenta morao da donese po naredbi PM-a kroz dugački hodnik) – Not je iznenada bio okružen sa pet muškaraca u frakovima i sa cilindrima, koji su mu se osmehivali, koji su se čak pred njim poklonili, naravno, samo u nagoveštaju. Stali su ispred njega kao neki crni zid, tako da neko ko je tuda prolazio nije mogao da ga vidi. Prvo su se izvinili zbog ponašanja lekara. Lord Moron stvarno nije znao koji častan posao obavlja on, Vilijam Not, rekli su. On je klimnuo glavom. Hteo je da ustane. Oni su prišli još bliže, nagnuli svoja tela nad njim. Ne treba od njih da se plaši. On se nikoga ne plaši, rekao je. To, opet, nije baš pametno, rekli su, ceo svet se, na primer, plaši Adolfa Hitlera, samo se budale nikoga ne plaše. Dobro, što se njega tiče, rekao je, od Hitlera se i on plaši. Ko se brine za dobrobit Engleske taj mora da se plaši, nastavili su. Oni su dobronamerni. Da li se seća određene formulacije koju je lord Moron koristio u vezi sa PM-om i njegovim životom – „izvesne noći“? Hm, seća se toga. Da li zna na šta je lord Moron time mislio? Ne zna, ne. Da li pretpostavlja šta je lord Moron time mislio? Na to nije odgovorio.

„Naša briga, ili nazovite to strah“, rekao je jedan od njih, za koga je on procenio da je najstariji među njima, i koji sada više nije bio prijateljski raspoložen, „jeste da vi, gospodine Not, podržavate PM-a u njegovim mračnim nagonima, ili kako bi to duhovno rastrojstvo nazvali nekakvi austrijski pametnjakovići, da ga vi na neki način podstičete. Šta vi mislite, šta je Engleska? Diskusioni klub? Bizarno društvo za čaj? Gnezdo puno čudaka? Hipodrom? Šta mislite zašto Vilijama Osvajača nazivaju Vilijam Kopile? Mi znamo zašto. Jer je bio kopile. Ako nam neko dođe i priča o religiji i moralu, osnivamo novu crkvu i staru razvalimo u paramparčad. Šta mislite zašto u Šekspirovim dramama o kraljevima teče više krvi nego što svi u publici imaju u svojim žilama? Jer nas Engleze raduje kad se glave kotrljaju, vratovi kidaju, vade oči, kada žene i decu naših neprijatelja kolju, kada se braća i rođaci truju i ostala rodbina briše sa lica zemlje. Kada nam neko stoji na putu ne ubijamo ga tek tako, ne, mi uništimo sve oko njega, koliko pogled seže. Mi ovde ne predstavljamo dr Džekila i gospodina Hajda, gospodine Not, mi predstavljamo Ujedinjeno kraljevstvo protiv nemačkog Rajha. Vinston

Čerčil je sada naš najvažniji vojnik. Nećemo tolerisati nikoga ko mu u glavu uliva gluposti. Hitler je u pravu: naš PM nema dušu. Tu nema ničega što bi moglo da se izazove tokom određenih noći. Dajte otkaz! Vi u ovoj kući nemate nikakvog šefa. Nikome ovde niste potrebni. Ako kolima pređemo preko vas nećemo ni primetiti!"

Ustao je, piše Vilijam Not, bez reči se provukao pored njih i stao s druge strane. Na neki način ih je to izbacilo iz takta. Zgledali su jedan drugog, čudili se i otišli brzim korakom. Crni gavrani Parlamenta.

Svečeri je svom šefu ispričao šta mu se desilo. Čerčil ga je potapšao po ramenu i smejao se. „Genijalna strategija!", uzviknuo je. „Ne diskutovati, promeniti položaj, ali ne i stav!"

Uistinu, bio je zaplašen gavranima. Nije mu padalo na pamet šta da im uzvrati. Čak je zaboravio i na naučene floskule. A to što je promenio položaj i prešao na drugu stranu, bilo je zato što su kolena počela da mu trnu.

Čerčil je znao da – pre svega u redovima njegove sopstvene partije – postoje pojedinci koji ga smatraju za „neuravnoteženog" i oni koji ga smatraju za „neuračunljivog", a bilo je i onih koji su otvoreno govorili da je lud. Najzanimljivije je bilo da su ti isti, koji su sami sebe smatrali za nosioce državnosti, smatrali da ga treba istaći u prvi plan kao neku vrstu zaštitničke figure, dok će oni, u zaleđu, povlačiti konce – za dobrobit Engleske, podrazumeva se. Da ne bi bilo nikakve nedoumice, ko je u državi za šta odgovoran, dao je da se objavi sledeće saopštenje:

Mora apsolutno da bude jasno da će sva moja naređenja biti ispostavljena u pismenoj formi, ili da će naknadno biti pismeno zabeležena i da ne snosim nikakvu odgovornost za stvari koje se tiču nacionalne bezbednosti, kao i da ne prihvatam nikakvu odgovornost za odluke koje su donesene, a nisu u pisanom obliku.

Lično je rukom dodao:

Ovo važi pre svega i za sve odluke koje se tiču mog ličnog personala. Time mislim na: osobe koje su tu zbog moje bezbednosti, vozače, kuvare i sekretare.

Premijer je konzumiranje alkohola bitno smanjio. O tome je diskutovao sa Vilijamom Notom, ozbiljno kao što je sat pre toga slušao generale iz vojnog štaba i suprotstavio se kada su ga izveštavali o stanju u Francuskoj. Iz svih papira o alkoholu koji je ispijen proizašlo je da šampanjac mora da se svede na jednu čašu uz doručak i da se brendi potpuno izostavi posle jela, kao i da se viski tokom dana razblažuje sa duplo više vode, dakle, količina je prepolovljena. Vilijam Not u pismima mom ocu naglašava da to nije bilo u vezi sa mirnije provedenim danima, već zbog više posla, što je značilo da je manje vremena provodio za svojim radnim stolom, a što mu je nekada češće pružalo priliku da potegne čašu, tako da je sada premijer imao manje prilika da se dohvati čaše i da pije i da iz flaše doliva; i njegova usta su sada mnogo više nego ranije bila zauzeta govorom („što“, komentariše on, „teško da je moguće, tvrdili su drugi meni kao pratiocu premijera, ali što je svakako bio slučaj, kao što su i oni mogli da se uvere, posle pola dana provedenog u njegovoj blizini“). Premijer je smanjio konzumiranje alkohola iako je njegov dan sada trajao duže. Premijer je manje spavao nego pre njegovog izbora. Ali zato dublje. „Ne trebaju mi nikakvi podsticajni snovi“, rekao je (i napisao u knjizi *Drugi svetski rat*). „Činjenice su bolje od snova.“

41.

Već u septembru su počeli vazdušni napadi na London. Posle jednog britanskog napada na Berlin, Gering je još pojačao napade; od sada je svake noći iznad Londona brujalo po dvesta nemačkih bombardera. Grad nije bio spreman na to. Poslednjih godina Čerčil nije propuštao nijednu priliku da iz poslednjih klupa Parlamenta uvek iznova zahteva veće naoružavanje Engleske; i morao je da otrpi kritiku kako je ratni huškač, čak i od članova sopstvene partije. Upravo ti isti sada su računali na njegovu zlobu. „Računaju na moju zlobu", rekao je Vilijamu Notu, „a imaju dovoljno mašte i iskustva i znaju dobro šta ću im odgovoriti. Ćutaću. Sve drugo bi bila zavera." Ipak nije ćutao. Kritikovao je noćne borbene letove engleskih lovaca i paljbu protivavionske odbrane. Kritikovao je generala Pajla, komandanta protivavionske odbrane, izdirao se na čoveka koji je sedeo pred njim i u rukama vrteo svoju šapku, sve dok se niz generalove obraze nisu zakotrljale suze; rezultat: za samo dvadeset četiri sata broj protivavionskih topova u glavnom gradu je udvostručen. Kanonada je i dalje obarala samo poneki avion sa neba, ali je građanima Londona ulivala poverenje i smirivala njihov bes. Nemački špijuni su javljali Berlinu da se život u sedmomilionskom gradu, posle početne iritacije, skoro sasvim vratio u normalu, što je kod Geringa i njegovih generala izazivalo bes, čuđenje i divljenje. Hitler je pretio: „Ako napadnu naše gradove, njihove gradove ćemo sravniti sa zemljom!"

I vladine zgrade oko Vajthola bile su pogođene. Kancelarije ministarstava i premijera premeštene su u solidnije vladine zgrade kod Storiz gejta. Za Vilijama Nota je i tu obezbeđen jedan sobičak (morao je da bude trebovan – što je Čerčil uradio i što je sâm Čerčil i odobrio). I za profesora Frederika Lindemana obezbeđeno je mesto za spavanje; on je bio Čerčilov najbliži savetnik za raspored i dopunu protivavionske odbrane, premijer je insistirao da profesor bude u njegovoj blizini, za slučaj da mu tokom noći padne na pamet neka ideja koju bi onda s njim prodiskutovao.

Kad bi došlo do nestanka struje i kada bi po ko zna koji put dizel-agregat morao da se popravlja, večernje sednice vlade su neretko održavane u podrumu premijerove privatne kuće. Čerčil je imao čitavu armiju informanata, tako da je znao sve o radu svakog resornog ministarstva bolje od samih ministara, što je povremeno dovodilo do napetosti, jer su se resorni ministri osećali zaobiđenima, i do oštrih diskusija, čak i do pretnji ostavkama, jer je premijer bez prethodnog dogovora spojio Ministarstvo unutrašnjih poslova i Ministarstvo za nacionalnu sigurnost i imenovao novog ministra. Doći će dan, ironisalo se – i ne samo ironisalo – kada će postojati samo jedno ministarstvo, *njegovo* ministarstvo, a to će se desiti kada se spoje funkcije premijera i kralja.

Svakog utorka Čerčil je pozivan na zajednički ručak kod kralja Džordža VI, u Bakingemsku palatu, gde su razgovarali o aktuelnoj situaciji i završavali državne poslove. Nekoliko puta su morali da uzmu svoje tanjire i čaše i da se spuste u podrum, koji je upravo preuređivan u bunker. Čerčil je dolazio u uniformi, što se kralju spočetka nije dopadalo. Da li ume da rukuje mašinkom, pitao je Čerčil. Naravno da ne, zgadio se kralj. Tu vrstu oružja monarh je smatrao za vulgarno oružje za masovno ubijanje, neprihvatljivo i neupotrebljivo u plemenitoj borbi. Čerčil ga je nagovorio da na sat vremena pođe s njim u streljanu. Kasnije je zadivljeni kralj, u falsetu, oduševljeno govorio o – svom tompsonu. Prilikom sledeće posete Čerčil je sa sobom poneo karabin, pištolj i jedan američki lovački nož. I kada je, godinu dana kasnije, proizveden bitno lakši sten gan, britanski automatski pištolj, čija je izlazna brzina metka bila tri puta veća nego kod sličnog američkog, kralj je dobio prvi proizvedeni primerak, njegov premijer drugi.

Vilijam Not je pisao da je imao utisak kako se Čerčil potpuno odrekao sna. Ni on lično, u noćima bombardovanja, nije spavao duže od četiri sata, ali kada bi u pet sati ustao i bosonog se kroz hodnik dovukao do improvizovanog kupatila, čuo je kako premijer pored tompusa u ustima mrmlja neku pesmicu. Vrata njegove radne sobe uvek su bila otvorena kako bi, već nekome, mogao da izda naređenja. U noćima kada su napadi bili najžešći šef bi njega i profesora Lindemana probudio i zajedno bi se popeli na krov, pored kupole, da bi posmatrali jedinstven spektakl. Izgledalo je kao da je kraj sveta. Kao da grad vrišti, tako je delovalo. Na licu profesora Lindemana nije se videla nikakva reakcija, ali je Čerčil uživao. Preko pidžame je obukao gornji deo uniforme, na glavi oficirska šapka, i stajao je na samoj ivici, a prilikom svake eksplozije uzvikivao: „Deset puta više! Deset puta!" Najveći deo Pal Mala je goreo. U St. Džejms stritu su divljali požari, kao i na Pikadiliju. S druge strane Temze se video pojas vatre koji se širio. Sledeću noć su Čerčil, njegova žena, profesor Lindeman i Vilijam Not proveli u podrumu. Protivno Čerčilovoj želji. „Engleska je naš brod, a ja sam kapetan", rekao je. Lindeman je rekao da je to sentimentalna glupost, Engleskoj nisu potrebni mrtvi junaci, već živ strateg koji će se osvetiti.

Grad veličine Londona pretvoriti u prah i pepeo, za to Nemačka nije imala dovoljno kapaciteta. Za povredu i uništenje njegove duše – bilo ih je dovoljno. Avioni su pored konvencionalnih bombi bacali i bombe koje bi eksplodirale tek posle nekog vremena. One bi se zabile u zemlju, zaronile duboko u kuće i dvorišta, morale su da se traže, iskopaju i neutrališu – ako bi uopšte mogle da budu neutralisane pre nego što eksplodiraju. To je bilo naporno, obeshrabrujuće, opasno, demorališuće. Neizvesnost je mlela ljude, dovodila ih do ludila. U opštoj buci napada niko nije mogao da kaže gde je pala neka od „mirnih" bombi. Mogle su da budu bilo gde. Širile su se glasine da su takve bombe pune eksera. Glasine su tvrdile da su ofarbane jarkim bojama da bi privukle decu. Kadgod je bilo ljudskih žrtava i za to bi svi krivili državnu civilnu zaštitu. To je širilo defetizam. Vodio se psihološki rat. Čerčil je naredio – da se u svakom gradu, svakom mestu, u svakom okrugu, osnuju posebne jedinice dobrovoljaca koji će tražiti takve bombe, iskopati ih i učiniti bezopasnim. Na ubrzanim kursevima obučavani su mladi ljudi i žene – uz takvu disciplinu da su i sami predavači bili iznenađeni. „Dobrovoljci su se“, pisao je Čerčil lakonski u svojim memoarima, „gurali da učestvuju u toj smrtonosnoj igri.“ Engleska je imala svoje prve mučenike. Ljudi su govorili: „Da smo samo ranije poslušali Vinstona!“

Čerčil je imenovao Herberta Morisona, iskusnog laburističkog političara i jednog od svojih najžešćih političkih protivnika, za ministra snabdevanja i za glavnokomandujućeg svim vatrogascima Londona, i u isto vreme zahtevao od njega da broj stradalih i ranjenih smanji za najmanje pedeset procenata. Nije prošlo ni dvadeset časova od kako ga je imenovao, a već je naredio da usred noći dođe kod njega u „ratnu kancelariju“ (njegovu spavaću sobu), kako bi čuo šta je uradio. Ljudi rade na tome. To nije bilo dovoljno. Zato je premijer lično predložio svoj plan: zaštićen prostor, koji će moći brzo i jednostavno da se napravi, koji je mobilan i jevtin. On je već izradio i crteže, trodimenzionalne, precizne. Kada? Radi se o masovnoj prozvodnji nečega što izgleda kao velika kutija od čelika, sa ojačanim stranicama i isprepletena čeličnom armaturom, nešto slično kuhinjskom stolu, „ali koji je u stanju da na sebi nosi ruševine jedne manje kuće“. Objekt treba smestiti u podrum na lako pristupačno mesto. U svakom ima mesta za pet do šest odraslih osoba ili osmoro do devetoro dece.

„Ali to su kavezi“, rekao je Morison. „Je l’ vi to hoćete naš narod da strpate u kaveze?“

„Kao divlje životinje, da“, rekao je premijer. „Nemci su od nas načinili divlje životinje. Zatvorite divlju životinju u kavez i ona će postati još divljija. Zašto bi vam smetalo da u ovo doba mi, Britanci, postanemo bestije? Troškove proizvodnje će svakako na sebe preuzeti država. Pripremite odgovarajući zahtev. Odmah, sad! Sedite tamo, za pisaću mašinu! Ja ću odobriti taj zahtev i potpisaću ga. Stanovništvo može da zadrži kaveze. Posle rata mogu s tim da rade šta im je volja. Već sam znatiželjan."

Da bi zaustavio odmahivanje glavom svog glavnog vatrogasca, Čerčil je predložio da se kavez nazove *Morisonova zaštitna soba*. „Za to ćete od kralja dobiti orden." I gospodin Morison ga je i dobio.

Četrnaestog novembra 1940. godine Gering je izdao naređenje pod nazivom *Mesečeva sonata*. Posle te noći u gradu Koventriju je izbrojano 568 mrtvih, više od četiri hiljade kuća je bilo razoreno. Gebels je govorio o „koventriziranju" i time mislio na razaranje gradova iz vazduha. Maršal Artur Haris, od 1942. godine šef RAF-ove komande bombardera, posle potpunog razaranja Hamburga zapaljivim bombama, govoriće o *hamburgizaciji*. Keln, Kasel, Dortmund, Darmštat, Frankfurt, Forchajm, Drezden – dug je to spisak – *hamburgizovani* su. Najveći broj nemačkih gradova će tokom rata pretrpeti štete od osamdeset-devedeset procenata, a neki će biti potpuno pretvoreni u prah i pepeo.

42.

Čerčil je u to doba živeo kao da se radi o tri osobe, piše Vilijam Not mom ocu. I bio je spreman da i najmanje rupe između svojih obaveza smisleno popuni – pri čemu pod smislenim, kao što je to otvoreno saopštio svom sekretaru, ne podrazumeva politiku, ni rat, već „bavljenje lepim“. Kada je pre rata u novoizgrađenom turskom hotelu *Pera palas* (koji je u decembru bio pogođen jednom bombom SC 2000, potpuno se srušio i posle rata više nije bio obnovljen) večerao sa kanadskim ministrom inostranih poslova, zapazio je u toaletu male fontane, smeštene iznad lavaboa. Pritiskom na dugme tekla je voda. Razlog je očigledno bio higijena; na taj način se sprečavalo da se dođe u dodir sa bakterijama nekoga ko je pre toga dodirnuo slavinu. Njegov razgovor sa Kanađaninom bio je već osmi u toku tog dana, čekala su ga još tri termina, jedan od njih sa direktorom *Rols rojsa*. Ipak nije izdržao, vratio se u restoran, izvadio blok i olovku iz torbe, zamolio svog gosta da ga izvini na pet minuta, požurio u toalet i skicirao fontanicu iznad lavaboa – istu takvu je želeo da posle rata ugradi u toaletu svog letnjikovca. Dok je organizovao odbranu engleskih gradova, planirao uništenje Nemačke, nežno, ali uvek uz upozorenja, pokušavao da natera američkog predsednika da uđe u rat, dok je obavljao uobičajene državničke poslove koji su odlučivali o ratu i miru, dok je odlazio na krštenja novih ratnih brodova, na krštenja novih aviona, dok je obavljao svoju dužnost kapetana na engleskom brodu, planirao je, skicirao i od kartona pravio modele delova svog letnjikovca. Razvio je i sistem kako da nanovo organizuje svoju biblioteku – izbušene kartice koje će visiti na nekoliko tankih metalnih žica i biti poređane po oblastima, prapredak prve mašine za pretraživanje.

Jednom, posle neke od dugih sednica kabineta, zamolio je Viljama Nota da dođe u njegovu kancelariju. Sekretarici je rekao da ne želi da ga niko uznemirava sledećih sat vremena, čak i ako gospodin Hitler lično zakuca na vrata da bi ponudio kapitulaciju Nemačke, moraće da sačeka. Zaključao je vrata i zamolio Vilijama Nota da sedne direktno ispred njega. To je bila njihova privatna, privatna sednica: koleno uz koleno. Čerčilova alternativa Frojdovom kauču.

Šef mu je delovao neuobičajeno ozbiljno, piše Vilijam Not.

Čerčil je počeo: „Kada neki čovek umre, umire ceo svet. Znate li tu poslovicu?“

Nije znao tu poslovicu.

„Tako govore Jevreji. Kako vam se čini ova poslovica Vilnote?“

Odgovorio je da mu se dopada.

„Dobra je“, rekao je Čerčil. „Ne smemo da prestanemo da mislimo tako, Vilnote. Posebno u ratu, ne smemo da prestanemo tako da mislimo.“ Izvadio je jedan od svojih blokova iz unutrašnjeg džepa sakoa. „Ne smemo da prestanemo tako da mislimo“, ponovio je. „To mi je postalo jasno tokom pređašnje neverovatno dosadne sednice vlade. Mi samo pričamo i pričamo. Lord Halifaks ne može ni u doba rata da prestane da ironiše, ispred svake reči koju izgovori kao da stoji ’takozvani’ – ’takozvano’ glasanje, ’takozvani’ ugovor, ’takozvani’ rat. Klement je kao i uvek precizan i kratak. A onda počinje da govori Kingsli Vud, u svom maniru, pri čemu već posle četvrte izgovorene reči znam kako će zvučati sedamnaesta i moram da pomislim kako upravo neka bomba pada na naše glave, dovoljno brzo, pre nego što gospodin Vud završi svoje izlaganje, koje će svi ionako brzo zaboraviti, pre nego što on dođe do onog bitnog, do ’takozvanog’ bitnog, kako bi to rekao Halifaks. Ali ako nas stvarno pogodi bomba, pomislio sam, svi ti svetovi će nestati. Shvatate li, Vilnote, svako je nešto rekao, nešto nevažno ili važno. Svi mi nešto razmišljamo, ali pri pogledu na smrt sve to je nevažno. Ali to nije tačno. Te poslednje izgovorene reči, koliko god da su banalne ili dosadne, iznenada govore sve. Sve. Život. Goli život. Tu su govorili – tu sad leže mrtvi. Izgovarali su reči i to su bile njihove poslednje reči, a da to nisu ni znali. Zamislite, Vilnote, neki pesnik izgovara reči kao da će one biti poslednji put izgovorene. Zar to nije definicija poezije? Govori kao da je to poslednji put! Svaka reč bi bila kao biser iz jednog nestalog sveta. Dokaz da je ovde nekada postojao život. Ništa drugo do poezija. Ako neko poželi da vam poturi neku drugu definiciju, udarite ga po nosu! Ja nisam mogao drugačije, zapisivao sam šta su gospoda govorila. I to tako kao da se radi o nekoj pesmi bez rime."

U oktobru se Sara vratila iz Amerike, sama. Njen muž Oliver Vic ima izvanredan posao u Holivudu i nema vremena da je prati, pisalo je u „određenim novinama". Bilo je podne, sunce je sijalo iznad grada, ljudi su očekivali noćne napade, koristili tišinu i poslednje tople dane da obave kupovine ili samo da izađu u šetnju, ili da se bar malo izlože sunčevim zracima. Čerčil je mahnuo Vilijamu Notu da dođe do njega, sreli su se u hodniku Dauning strita 10, neka pođe za njim na krov, ima nešto s njim da porazgovara. Šefovo lice je bilo vlažno i plavkastobelo. Gore na krovu mu je pokazao jedan novinski članak. Neprimereno drsko, u novinama nije bio pod navodnicima samo „izvanredan posao", već i „njen muž". Izdavač Harold Mur je bio lični Čerčilov prijatelj, simpatizer nacista, koji je pre godinu dana čestitao Hitleru zauzimanje Čehoslovačke. U poslednjem pasusu članka stoji: Oliver Izrael (sic!) Vic je očigledno želeo da se na grub način reši poznate ćerke „našeg" premijera; i bukvalno: „način je svakako neprikladan, ali, kao što znamo iz ponašanja njemu sličnih, čovek može da ima razumevanja za njega."

„Sada nije moguće da se razvede od njega", rekao je Čerčil. „Oni su hteli da se razvedu, ali sada to više nije moguće."

Šef mu je ispričao, saopštava Vilijam Not, kako je godinu dana plaćao jednog detektiva koji je u Holivudu pratio Sarinog muža i pronašao šta bi prilikom razvoda moglo da bude upotrebljeno protiv njega. I pronašao je. Više nego što je bilo neophodno. Ali je sada sve to bezvredno.

Vilijam Not nije ništa rekao.

„Mislite da je bilo nisko što sam tražio da se prati moj zet?“

Vilijam Not opet nije rekao ništa.

„Znao sam da s njim neće biti srećna. Znao sam. Isto kao što sam znao da će doći do rata između Engleske i Nemačke. I došlo je do rata. Ona je sada nesrećna. Da vi, Vilnote, imate ćerku, zar i vi ne biste preduzeli tako nizak potez, samo da biste svoju ćerku spasli nesreće?“

I konačno je nešto rekao: „Da, uradio bih.“

„Pokvaren, nizak, prljav potez?“

„Najpokvareniji, najniži, najprljaviji potez.“

Premijer je podigao glavu kako bi mogao da ga privuče k sebi i dugo ga je držao stisnutog na ramenu. Veoma dugo.

Seli su na drvenu klupu, koju je Ed Tomas, hauzmajstor, još pre nekoliko nedelja doneo na krov, kako bi premijer i njegovi gosti mogli udobno da sede dok posmatraju napade. Dole, na ulici, stvorila se gužva od ljudi, neki su bili na biciklima, neki su vukli za sobom mala kolica, žene sa dečjim kolicima, mlekadžija sa konjskom zapregom. Zagrljeni parovi. Užurbani pojedinci. Oni koji su besciljno šetali. Odnekud je dopirala muzika, bleh orkestar. Pištaljka nekog policajca poplašila je ptice, koje su u jatu hitro uzletele, ali samo nakratko, ubrzo su vrapci opet cvrkutali kao u horu.

„Ceo svoj život vam još nijednom nisam ispričao, Vilnote“, reko je Čerčil. „Za to više neće biti vremena. Ali sam vam ispričao više nego drugima. Mislim na stvari koje nisu opštepoznate. Narediću da od sada krov bude blokiran. Vi i ja, Vilnote, mi ćemo biti jedini izuzetak. Samo vi i ja. Ako ne mogu da vas nađem, moram da znam da ste ovde, gore. Smem li da vas zamolim za to?“

„Da.“

„Onda je dobro.“

„Mogu li i ja vas nešto da zamolim, ser?“, pitao je premijera. „Ne zovite me više Vilnot. Moje ime je Vilijam Not.“

43.

U jednoj od noći kada su sirene ponovo zavijale i bombe padale – piše Vilijam Not mome ocu – nije mogao da zaspi i popeo se na krov, a tamo je zatekao svog šefa, koji je u mraku sedeo ispred štafelaja i slikao. Bez viskija! Bilo je toliko mračno da ni u kom slučaju nije mogao da razlikuje boje. Povremeno bi neki blesak osvetlio nebo, ali je on samo zaslepljivao. Čerčil je rekao da bi voleo da on sedne pored njega. Četkicom je sa palete uzimao boju, i ne gledajući u tom pravcu, da bi je onda u širokim, brzim potezima nanosio na platno. Da li mu je poznata slika Kandinskog *Akvarel bez naslova*, pitao je. Ona važi za prvu apstraktnu sliku u istoriji umetnosti. On ne veruje da je Kandinski želeo da naslika apstraktnu sliku. Nijedan čovek ne može da želi tako nešto. A i zašto bi. Njegovo mišljenje je: Kandinski je slikao bez svetla, kao on sada. Naravno da je Kandinski želeo da naslika neku figuru. Ali nije ništa video. I zato je nastalo ono što je nastalo, naime *Akvarel bez naslova*. Teorija je nastala kasnije. Kao i uvek. Ni u umetnosti nije ništa drugačije od politike. I sa ratom je isto. U borbi o pobedi i porazu odlučuju neke nepredvidive slučajnosti. Prvo se verovalo da je istorija božji plan; zatim je istoriju pisao sam čovek. A šta ako ni jedno ni drugo nije tačno? Odgovori teologa su mu uvek bili apsurdni, pa makar to bilo i samo zbog reči koje koriste – duh umesto hleb, smisao umesto odeće prikladne za zimu. Još kao dete ga je krasila nesposobnost da ga zamajavaju imaginarnim slikama.

„Zar ne bi bilo zadovoljstvo preuzeti na sebe ruku božju i, na primer, ceo prelepi grad Keln pretvoriti u prah i pepeo, a katedralu ostaviti čitavu? Nemci će misliti da ju je Bog sačuvao. A u stvarnosti smo to bili mi."

Hitler i njegovi Nemci ne znaju, ili ne žele da znaju: na kraju će njihovi gradovi izgledati kao apstraktne slike! Apstraktno je u stvari kukavičluk, samo padanje na kolena pred prošlošću, samo spoznaja besmislenosti večnih tokova stvari i delanja. Ne smemo da se udružimo u nekom delanju sa bezdušnicima! Dušu imamo samo mi. Ne postoji niko osim nas u univerzumu ko može da zamisli nezamislivo. – „Dosta je bilo, gospodine Note, dosta smo videli, dosta čuli! Pakujemo se! Idemo!"

Dole, u kancelariji, zajedno su posmatrali sliku. U međuvremenu je bilo već tri časa iza ponoći.

„Šta kažete, Vilijame?", pitao ga je šef. „Kako da je nazovem? Razmislite! Molim vas!"

Ali on nije znao šta na to da kaže.

To je bilo krajem novembra.

Dvanaestog decembra naveče – taj datum će gospodin Not uvek pamtiti – neko je zagrebao na vrata. Crni pas je bio tu.

* * *

Vilijam Not je znao u čemu se sastoji njegov zadatak – „Ako vam neko kaže pazite na mene da ne bih sebi prosvirao glavu, onda čujete njegove reči, ali niste od početka svesni konsekvenci“ – zato je stupio u kontakt s jednim „psihologom“. Ne nekim psihologom koji ima diplomu koja mu daje za pravo da brblja, koji rečima pokušava da reši problem i olakša novčanik pacijenta. Radilo se o prijatelju jednog poznanika, koji je već neke brakove održao i neke teške misli odagnao, neke udaljio od flaše, a neke približio Bogu. K njemu je otišao – „za njega bi čovek rekao: svetac“ – njemu je lamentirao o svom suicidnom „ocu“ i pitao ga kako da se ponaša u datoj situaciji. Odgovor je glasio: „Šetnje, šetnje i još jednom, šetnje. Do iznemoglosti – šetnje.“

Tih dana je bilo neobično hladno. To je bila prednost. Vilijam Not je nabavio – iz sopstvenog džepa – jedan jevtin, ali debeo kaput, kakve su nosile hiljade ljudi, i jednu jevtinu, dobro postavljenu kapu sa štitnicima za uši, a uz to i šal i cipele. Tako obučenog, čak ni gospođa Čerčil ne bi nikada prepoznala premijera. Na sreću, nalazila se u Čartvelu, brinula o Sari i staklenoj bašti. Vilijam Not je noć proveo u stanu na Storiz gejtu, na madracu ispred otvorenih vrata Čerčilove spavaće sobe.

Čerčil se nije ničemu opirao. Sedeo je na svom krevetu i piljio u zid. Vilijam Not je upalio samo lampu na nahtkasni. Zavese su ostale navučene. Obukao je svog šefa, glasno izgovarao ono što radi – to mu je „psiholog“ preporučio, to pacijentu ukazuje na realnost, a i komično je – navukao mu kapu na čelo, obmotao šal oko vrata, tako da su samo nos i oči ostali otkriveni, pomogao mu da navuče kaput, rukavice dobro zategao i držeći ga podruku izašao zajedno s njim na ulicu. S desne strane nije bilo nikoga, a ni s leve se nije video niko. Dva bloka dalje čekao ih je šofer s kolima. To nije bio Čerčilov šofer ili neki oficir, već prijatelj poznanika koga je Not na brzinu angažovao i ispričao mu nekakvu izmišljenu priču. Ugurao je svog umotanog šefa na zadnje sedište, seo pored njega i automobil je krenuo. Sunce još nije bilo izašlo.

Izašli su iz grada, nastavili dalje, uzvodno uz Temzu, dok i poslednja kuća nije nestala. Sad su stali uz put da bi doručkovali. Vilijam Not je sa sobom poneo sendviče sa sirom i šunkom, jabuke i termos čaja. Šofer se okrenuo k njima i posmatrao ih, nije hteo ništa, već je doručkovao. Čerčil do tada nije izgovorio ni reč. Vilijam Not mu je podmetnuo stolicu, dodao mu sendvič i metalnu šolju punu čaja koji se pušio. Nemo je pio i jeo. Nije hteo da puši. Vrteo je glavom. Sekretar nije poneo alkohol.

Odvezli su se dalje, do močvarne obale Temze. Vilijam Not je voleo ovaj predeo, bila su mu draga sećanja na vreme koje je tu proveo sa svojim dedom, sa konjima koje su gajili i sedlima koja su popravljali. Na trenutak je pomislio kako bi rado i on bio konj. Činilo mu se da je dobra ideja da se pravi da su on i njegov šef konji, dva divlja konja, slobodna konja. Dogovorio se sa šoferom da ih na istom mestu sačeka za četiri sata.

Hodali su i ćutali. Čerčil je sve vreme vrteo glavom, ali nije ništa govorio. Put ih je vodio između ograda. Iza jablana su bile štale i kuće u starinskom stilu. Dim iz odžaka. Na jednom utabanom delu poljane stajalo je tuce konja, ukočeni kao statue, sunčevi zraci, koji su se probijali kroz izmaglicu obasjavali su njihove glave. Među njima je bilo nekoliko sivih konja, zelenaka, smeđih sa crnim grivama i lepo izvajanim vratovima.

U susret im je dolazio motocikl s prikolicom, žena i muškarac su bili tako umotani da su im samo nosevi virili, kožne kape na glavama, naočare na očima. Čovek je smanjio brzinu, upitao prigušenim glasom da li im je potrebna pomoć, da li nekoga traže. Vilijam Not se prijateljski osmehnuo, kao da se poznaje sa ženom i čovekom, rekao da je u predbožićnoj šetnji sa svojim ocem, koji je ovde odrastao i želi malo da ublaži svoju nostalgiju, vratio se tek pre nekoliko dana iz Čikaga. Kada su žena i čovek otišli dalje, Čerčil je rekao: „Vrlo dobro. Ja bih mogao da budem vaš otac, zar ne?" Na izgovorenu laž nije se nasmejao. „Psiholog" je Notu rekao da ništa bolje ne tera na smeh osobe s teškim mislima kao kada se treća osoba bezobzirno laže. „U njegovom društvu treba da se ponašate pomalo mangupski", rekao mu je, „ukradite u njegovom prisustvu neki kolač, slažite nekog policajca, isplazite se nekom detetu dok njegova majka ne gleda, glumite ćopavog Francuza ili mucajte. Osobu sa teškim mislima razonodi kada je učinite svojim saučesnikom. Ne pitajte me zašto je to tako. Tako je."

Vilijam Not je ubrzao hod, postepeno, kako njegov šef ne bi to primetio. I to mu je „psiholog" savetovao. On mora da se dobro izmori, običan umor nije dovoljan. „Kada je čovek nateran da razmišlja o kostima i mišićima, ne razmišlja o duši." Osim toga, „psiholog" je bio mišljenja da duša ne postoji (zato ga je Vilijam Not u svojim pismima stavljao pod navodnike).

U jednom trenutku Čerčil ga je upitao da li je obavestio osoblje u kancelariji, jer Engleska mora dalje da funkcioniše. Obavestio je Pola Akrojda – činovnika iz Ministarstva odbrane, da će premijer provesti jedan dan odmora na Bahamima. Premijer je to spontano odlučio. Nije bilo potrebno to posebno objašnjavati, svi u kancelariji su se složili da premijer hitno treba da uzme jedan dan odmora. Ni na pominjanje Bahama Čerčil se nije nasmejao.

Posle dva sata šetnje Čerčil je rekao: „Ovo je bila dobra ideja. Hvala, Vilijame. Sad mi je bolje. I vi se slažete, je l' da?"

U noći 14. na 15. decembar Vilijam Not nije spavao na patosu ispred Čerčilovih vrata, već na podu ispred Čerčilovog kreveta. Ako bi šef ustao, morao bi da stane na njega. To je bila ideja. A onda se probudio usred noći, a šef nije bio u svom krevetu. Nije stao na njega. Nekako se izvukao iz sobe. Vilijam Not je obuo papuče i kaput, ustrčao uz stepenice i preko metalnih stepenica dospeo na krov. Šef je stajao naslonjen na gelender. Bos. U pidžami. Gologlav. Bombardovanja su od sredine novembra popustila. Možda su Nemci razmatrali neku novu strategiju, pošto im nije pošlo za rukom da slome hrabrost građana Londona; možda su čak i izgubili interes za Veliku Britaniju. Kada se saznalo da je Hitler sklopio pakt sa Staljinom, Čerčil je mašući i smeškajući se išao kroz hodnike. To je prvi korak ka objavi rata Rusiji, predskazivao je. Ili je Staljin lukava lisica, u šta je on bio ubeđen, i sada će se grozničavo naoružavati, ili je i on glup kao i ostatak sveta i u tom slučaju će nemački Vermaht ubrzo okupirati Rusiju. To što je broj letova iznad Engleske smanjen za Čerčila je bio znak da će uskoro uslediti napad na Rusiju – to je nekoliko dana pre nego što je pas zagrebao na vrata saopštio svojim zapanjenim ministrima. Noć je bila hladna, ne toliko koliko su bile hladne prethodne noći, i mirna. Bez vatre, bez sirena, bez topova, bez detonacija. Zamračen grad, ali miran.

Ne okrećući se, svom najpoverljivijem ličnom sekretaru rekao je: „Ne prebacujem vam, Vilijame. Niko vam neće prebacivati. Čak ni vi. Neću skočiti. Sada sam još dovoljno pri sebi da donesem jednu odluku. Daću ostavku. Dr Moron će pred štampom dati odgovarajuću izjavu. Popeo sam se samo da bih video kako bi to moglo da izgleda.“

„Šta kako bi moglo da izgleda?“, pitao je.

„Kako bi bilo kada bi mali, debeli čovek kao ja nekoliko dana pre Božića tresnuo na asfalt Tothil strita. Od toga bi teško mogao da se iskonstruiše atentat. Iako se sve da iskonstruisati. Jesam li vam pričao da ja i moj prijatelj Čarli Čaplin strastveno sakupljamo vrste samoubistava? Zamislimo neki način i onda zamišljamo kako bi bilo kada bismo ga primenili na sebe. To je ponekad osvežavajuće...“

Onda je Not prekinuo svog šefa i uzviknuo: „Čarli Čaplin je u gradu! Zar ne znate? Piše u novinama! Za tri dana će prikazati svoj novi film. To je najsmešniji film koji je ikada snimio. Film o Hitleru. Urnebesno je smešan!“

Premijera filma *The Great Dictator* trebalo je da se održi istovremeno u četiri bioskopa, u bioskopu *Princ od Velsa*, u *Gomont hejmarkeru*, u *Marbl arču* i u londonskom teatru *Paviljon*. Vilijam Not je išao od bioskopa do bioskopa. Oven Peters iz Hejmarkera je jedini znao – ili je bio jedini koji je za novac progovorio – gde se nalazi Čaplin: u *Hajdon studijima* u Hamersmitu, na pet dana je zakupio prostoriju za montažu. Priča se da tamo čak i spava.

44.

Dok sam još predavao u školi, jer od komedije nisam mogao da živim, pisao sam skečeve za dve osobe, nastupao sa jednom koleginicom, ja kao pajac, ona kao Glupi Avgust, sa okruglim, crvenim nosem i širokim kariranim pantalonama. Dobro nam je išlo. Svakog vikenda smo imali angažman. Dobro smo se slagali. Sebi sam pisao manje smešne tekstove jer sam igrao pajaca koji je sve znao bolje od drugih, sa svojim belim licem, a njen lik je bio lukav, namerno trapav i donekle užasno anarhistički. Ona se uskoro udala i više nije išlo kao pre, dobila je dete, od tada više uopšte nije mogla da nastupa. Jedno vreme sam nastupao sâm. Ali mi to ne leži. Krajem osamdesetih godina prošlog veka u Štutgartu sam, u okviru lutkarskog festivala, gledao australijskog lutkara Nevila Trantera, sa njegovim komadom *Underdog* – i bio oduševljen. Hteo sam da budem kao on. Hteo sam da pokušam sa lutkom koja bi bila moj partner. Pronašao sam ono što sam tražio. A sve vreme je bilo preda mnom. Čovek sa drugog kraja sveta skrenuo mi je pažnju na ono što mi leži.

Moja majka je umrla kada sam imao pet godina, jedva da je se još sećam. Moj otac taj gubitak nikada nije preboleo. Nije se više nikada ženio. Da bi donekle sebe utešio i da bi mi ulio nešto porodične topline, igrao mi je svako veče igru „razgovori roditelja o njihovom sinu“. Tako se on direktno izrazio. Zagrlio bi jastuk, to bi bila moja majka, i govorio jednom kao on, jednom kao ona. Ne menjajući boju glasa. U tome nije bilo nikakve parodije. Razgovori bi ponekad bili veseli, najčešće ozbiljni: pričao je mojoj majci šta se tokom dana dešavalo, ona bi davala svoje komentare, on bi pitao za savete, a ona bi mu ih davala. Dešavalo se da nisu imali isto mišljenje; dešavalo se da se svađaju, onda bi on bio uvređen i nije više govorio, prepuštao je njoj da govori, sve dok se ne bi opet pomirili. Toliko je to dobro izvodio da mi nijednom te scene nisu delovale nestvarno. Kada je igrao uvređenog, on je *bio* uvređen, a ja sam ga molio da se pomiri s mamom; inače ne bih mogao da zaspim. Moj otac je bio veliki komičar, ne svojom voljom veliki komičar.

Pravio sam i isprobavao razne lutke, sve po uzoru na Nevila Trantera: u veličini odraslog čoveka i sa pokretljivim ustima – jedan Glupi Avgust, jedan harlekin, jedan klovn, jedan Baster Kiton. Improvizovao sam razgovor s njima. Nisam uspevao da pronađem pravi ton.

Onda je umro moj otac i u njegovoj ostavštini sam pronašao njegovu obimnu prepisku sa Vilijamom Notom. Čitao sam o Čerčilovom prijateljstvu sa Čarlijem Čaplinom i da su njih dvojica sklopili savez protiv svog zajedničkog neprijatelja – depresije. Čitao sam kako je Vilijam Not, u svom očaju, glavnokomandujućeg Velike Britanije u noći 14. na 15. decembar 1940. godine strpao u taksi i neprimećeno ga odvezao do Hamersmita u *Hajdon studije*, da bi se tamo sreo sa svojim prijateljem koji je mogao da mu pomogne. Čitao sam da su Čaplina zatekli u gomili celuloida, iz koje je tek gornji deo njegovog tela bio vidljiv – čoveka kome nije manje bila potrebna pomoć njegovog prijatelja nego njegovom prijatelju njegova. To već nije moglo da se predvidi: da će crni pas obojicu posetiti u isto vreme.

U strahu od Herstove žute štampe, koja je imala veći uticaj na zapadu nego na istoku SAD, Čaplin je odlučio da svetska premijera filma *The Great Dictator* bude održana u Njujorku, u pozorištima *Kapitol* i *Astor*. Štampa koja je bila u rukama Randolfa Hersta nije se libila da film proglasi za ratnohuškačko delo, koje je naručila čerčilovsko-ruzveltovska klika. Štampa na istoku je pominjala očiglednu političku dimenziju filma, ali u njemu nije videla ubedljiv umetnički nivo. *Njujork tajms* je pisao da je to verovatno najvažniji film koji je ikada snimljen, ali da je njegovo dejstvo političko, osim toga, kritičari su smatrali da su dijalozi slabi – „što i nije čudno jer je to prvi Čaplinov zvučni film“ – smatrali su da je muzika katastrofalna, a osim toga, zbog mešanja stilova, da je film konfuzan. U jednoj drugoj recenziji je stajalo da je film grandiozan promašaj. A u trećoj, uopšteno, da film nije tako loš, ali da je mogao da bude i bolji. Završni monolog, kada jevrejski frizer, koga su smatrali za diktatora, govori preko radija o miru, toleranciji, slobodi i nadi, smatran je za kič. Govorilo se o velikoj sramoti, o kolosalnom nedostatku ukusa, o izdaji umetničkog etosa. Jedan je čak napisao da

Čaplin tim govorom nije upropastio samo ovaj film, već i celokupnu svoju karijeru. Klaus Man je besneo: „Ovaj film nema stil, nikakav tok, nikakvu snagu. To je smešna farsa ukrašena prenaduvanom angažovanošću. Čaplinov govor u završnoj sceni je nepodnošljiv."

Čaplin posle njujorške premijere nije bio dostupan. Kasnije je ispričao Jozefu Melceru da se osećao kao da mu kroz vene teče ledena voda. Kao da mu se ceo svet smeje do besvesti. Kao da je počinio neko zlodelo. Prvo je hteo da otkaže londonsku premijeru; ali mu je Sid objasnio da bi takav potez napravio veliku prazninu u njihovom budžetu. Zato je telegrafski rezervisao jedan studio u Londonu i, ranije nego što je planirao, otišao u Englesku – u koferu se nalazila drvena kutija presvučena somotom koju mu je dao Rafael Bruks. Nameravao je da za pet dana ceo film sasvim drugačije montira. Ako bude radio i dan i noć, ubeđivao je sebe, mogao bi to da postigne. Dan pred premijeru je postao svestan da to nije izvodljivo. Jednu kopiju je upropastio. Ako već bude morala da bude prikazana američka verzija filma, on se neće pojaviti pred londonskom publikom. Više se nikad neće pojaviti pred publikom.

Pre nego što su Čerčil i Vilijam Not ušli u montažu, Čaplin je – stoti put! – slušao govor frizera.

Hana, možeš li da me čuješ? Bez obzira gde si, pogledaj napred. Pogled gore, Hana! Oblaci se razilaze. Sunce se pomalja u jednom novom svetu! Izlazimo iz tame na svetlo! Idemo u potpuno nov svet – u prijatniji svet, u kojem su ljudi iznad svoje pohlepe, mržnje i nasilništva. Gledaj napred, Hana! Čovekova duša dobila je krila i on konačno počinje da leti! Leti u dugu, u svetlost nade. Gledaj ponosno, Hana! Pogled gore!

Čerčil mu je prišao s leđa, stavio ruku na rame i rekao: „Ja sam, Vinston." I ponovio: „Ja sam, Vinston."

Čaplin se okrenuo, ustao, rekao njemu, Vilijamu Notu, da želi da bude nasamo sa svojim prijateljem. Zamolio ga je da sačeka. Neka sedne u fotelju. Uzeo je Čerčila za ruku i uveo ga u mračnu komoru. Vrata su se zatvorila za njima.

A on – on je čekao, piše Vilijam Not.

Bilo mi je poznato da je moj otac bio prijatelj sa Vilijamom Notom, ali mi nije bilo poznato šta je bio njegov zadatak u Čerčilovoj službi. Nisam znao ništa ni o obimu njegovog dopisivanja sa mojim ocem – moj otac nikada nije razgovarao o tome sa mnom. Kada sam čitao sva pisma – Notova udovica je bila ljubazna da mi dozvoli uvid i u pisma koja su bila adresirana na Nota – znao sam da je trebalo da obavim dug, veoma dug razgovor sa mojim ocem. Da, sada, kada više nije bio živ. Kao što je on sa mojom majkom vodio duge razgovore posle njene smrti. Napravio sam novu lutku sa njegovim crtama lica, njegovom frizurom, njegovim vratom, njegovim rukama. Na bini ne bi trebalo ništa drugo od rekvizita osim jednog velikog stola za kojim bismo sedeli ja i moj otac. Trebalo je da deluje kao da sam ga zagrlio jednom rukom. Na taj način sam mogao da upravljam lutkom. Napisao sam dijalog, zamolio svoju nekadašnju koleginicu da mi bude pomoćni režiser i tutor. Ona je čitala tekst. Da li sam siguran da to želim, pitala je. Da, rekao sam, zašto? Ona je mislila da je tekst sličan klasičnom klovnovskom uvodu, ali malo duži. Rekao sam: zar nije tako? Moj otac i ja razgovaramo o depresiji, ja sam Beli Klovn, a on Glupi Avgust. Mi ne pričamo viceve, ne koristimo igru reči, ne izgovaramo bezobrazne reči. Ostavljamo duge pauze, tužne pauze. Ali se pubilka smejala. Smejala se toliko da je premijera trajala dvadeset minuta duže od generalne probe. Beli Klovn i Glupi Avgust razgovarali su na koji sve način može da se izvrši samoubistvo. A razgovarali su i o *metodi klovna*. Beli Klovn je pričao o staroj indijanskoj bajci o stvaranju sveta, u kojoj se govori kako je Bog iz dosade stvorio svet, tako što je, ležeći na stomaku i vrteći se u smeri kazaljke na satu, stvorio sve na svetu – počevši od razdvajanja dana i noći, vode i zemlje, zatim stvaranja biljaka od sunčevih zraka, stvaranja životinja i ljudi od blata, pa ljubavi, mržnje, do prvog ubistva, oprosta, sećanja, prve muzike – povezujući sve u jednu spiralu sačinjenu od slika i crteža koji su urezani u stene, kao i da će svet propasti kada on bude došao do svog stomaka i ne bude mogao više da piše. Glupi Avgust je pričao o prijateljstvu velikog državnika i velikog umetnika; kako su se obojica borili protiv crnog psa, jedan smehom, drugi ratom. Beli Klovn bi ubacio priču o Teodoru Adornu i njegovom zagubljenom radu i kako je filozof u najtežim trenucima provedenim u američkom egzilu ležao na stomaku i pisao pismo samom sebi. Glupi Avgust je pričao o Bogu, u koga veruje, i kako Bog može ponekad da bude prevaren, od strane Belog Klovna na primer, i da nije na njega ljut iako on ne veruje u njega. Beli Klovn je Glupog Avgusta proglašavao za glupog, Glupi Avgust bi ćutao i ćutao, dugo gledajući u prazno. „Molim te, govori sa mnom“, rekao bi Beli Klovn Glupom Avgustu, „govori sa mnom inače neću noćas moći da spavam!“ Tu bi ga Glupi Avgust poljubio i pričao o tome kako je od velikih komičara naučio da drži štap za hodanje i kako je on kao vešt nespretnjaković nekom, već u godine zašlom, debelom gospodinu u crnom odelu, i sa debelim lancem za džepni sat, davao časove o tome kako biti nespretan, dok je napolju padao sneg i deca išla na sankanje na obližnji brežuljak u našem gradu koji je bio dovoljno veliki za planove profesora Lindemana i koji je i pored toga ostao pošteđen od bombardovanja tokom rata. Postoji samo jedna potvrda komičnosti: smeh. Beli Klovn uz pomoć čije ruke se pomerao Glupi Avgust čuo ga je iz sale. Ništa nije video jer su reflektori bili upereni u njega.

Vilijam Not je čekao. Spustio je uvo na vrata. Posle sat vremena – on misli da je protekao sat vremena – pritisnuo je kvaku i otvorio vrata. Ugledao je sto za kojim su sedeli državnik i klovn, glavu uz glavu. Pogledali su ga i treptali na svetlu.

O autoru

Mihael Kelmajer rođen je 1949. godine u Hardu na Bodenskom jezeru, živi u Hoenemsu i Beču. Objavio je romane *Zapad* (2007), *Madalin* (2010) i *Avantura Džoela Šetača* (2013), kao i zbirku pesama *Voleti se posle doručka* (2012).

Mihael Kelmajer
DVA GOSPODINA NA OBALI

Za izdavača
Dejan Papić

Urednik
Nebojša Barać

Lektura i korektura
Milan Gligorijević, Vesna Jevremović

Slog i prelom
Saša Dimitrijević

Dizajn korica
Lidija Šijačić

Tiraž
2.000

Beograd, 2016.

Štampa i povez
Margo-art, Beograd

Izdavač
Laguna, Beograd
Resavska 33
Klub čitalaca: 011/3341-711
www.laguna.rs
e-mail: info@laguna.rs

CIP – Katalogizacija u publikaciji
Narodna biblioteka Srbije, Beograd

821.112.2(436)-31

КЕЛМАЈЕР, Михаел, 1949-

Dva gospodina na obali : roman / Mihael Kelmajer ; preveo s nemačkog Nikola B. Cvetković. - Beograd : Laguna, 2016 (Beograd : Margo-art). - 277 str. ; 20 cm

Prevod dela: Zwei Herren am Strand / Michael Köhlmeier. - Tiraž 2.000. - O autoru: str. 275.

ISBN 978-86-521-2140-3

COBISS.SR-ID 222976780